文春文庫

文字に美はありや。

伊集院　静

文藝春秋

文字に美はありや。

目次

文字に美はありや。

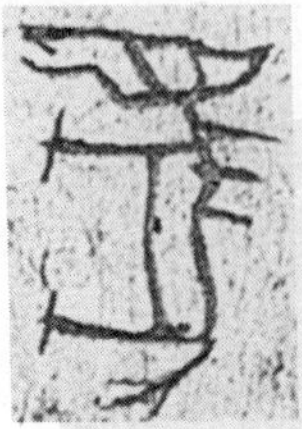

牛骨甲骨文(部分)

牛骨甲骨文｜北京・中国国家博物館蔵｜写真提供：ユニフォトプレス

第一話　なぜ文字が誕生したか

まずは前ページの左上の、この奇妙な、それでいてどこかユーモラスなものをご覧いただきたい。〝もの〟と書いたが、子供の絵のようでもある。しかしこれは立派な文字なのである。

甲骨《こうこつ》文字と呼ぶ。読んで字のごとく亀の甲や牛などの骨に古代人は文字を刻み、文章としてのかたちを作った。これを甲骨文という（前ページ、牛骨甲骨文）。この牛骨に文が刻まれたのは中国大陸でのことである。紀元前一四〇〇年前後と推測されている。中国は殷《いん》の時代だ。『史記』の中の「殷本紀《ほんぎ》」に武丁《ぶてい》という王が出現したときの記述がある。武丁は二十二代目の王で、この時代には珍しく五十年以上在位した。王位に就いて三年間は政治に一言も口出ししなかった。政治はもっぱら大臣たちにまかせて自分のおさめている国とは何ぞや、と観察を続けたと『史記』にある。面白い人物である。武丁の時代、殷は栄えた。殷の中興の祖と司馬遷《しばせん》は記している。そういう王の時代は文明、文化が華やかになる。文字の原型があらわれたのである。

さても一度、一〇ページの左上の文字を見ていただきたい。勘の良い読者ならすでにおわかりであろう。首をかしげている方は本書を左に九十度回してご覧あれ。そう、これは四足の生きもののかたちをあらわしている。顔がきわめて長い。長い顔面のことを今でも馬面《うまづら》と呼ぶ。

文字は〝馬〟である。この文字が〝馬〟の文字の原型だ。

このユーモラスなかたちが私たちが現在使っている〝馬〟となるには長い歳月を必要とする。

しかしこれらの文字のかたちはひとつの基準があったのではない。殷の武丁が文字を成立させたように書いたが、そうではない。

中国の古代の王、および王朝はひとつの国によって成立してはいない。なにしろあの広大な土地である。国はいくつもあったが、主としては、この時代、夷夏《いか》東西のふたつに分れていた。東方地域を〝夷《しゅう》〟と呼び、西方を〝夏〟と呼んだ。殷は東方の一国でしかない。対して西方には夏、周という国があった。これらの国が東西で交代しながら国力を増していったのである。

それぞれの国に文字らしきものが誕生したのが紀元前一四〇〇年あたりであろうといわれている。

ではなぜ文字が成立したか。

古代人は言語はおぼろに持っていた。言葉を持つことで人と人が話をし、意思、感情を伝えることができるようになり、その言葉はやがて共通の発音が定着するようになったのであろう。

そこに文字が必要になったのはなぜか。

子供の頃に学校で〝伝達〟遊びをしたことがあると思う。ひとつのメッセージを隣りの子供の耳元でささやき、それを受け取った子供が、そのまた隣りの子供の耳元でささやいてメッセージを伝える。そうすると五人も伝達したあたりで、すでにメッセージは最初のメッセージと違ってしまう。子供ということもあるが、かほどに人の口から発せられ、耳から脳におさめられたものをそのとおりに伝えることはきわめて難しい作業なのである。

正確に〝伝達〟するのに最適なものは文字である。文字とは読んで字のごとく、字ひとつでは単一の情報だが、それらが組合わされることでメッセージになり、或る時は命令になり、或る時はお告げともなる。

誰が最初に文字を必要としたか。それは王である。国の民たちに、意思を伝える必要があったからだ。たとえば、あの川は我々の国のものになった。以後、他所《よそ》の国の民がこれを使うことを禁ず、というようなものであろうか。この説明は現代的でわかり易いが、古代人に国境がどれほど意識下にあったかは計れない。それよりも文字の成立にはもっと大切なものが存在した。

白川静《しらかわしずか》博士の説《とな》えた、〝神聖なるもの〟が文字を一番必要とした。民をひとつの意思に従わせるために必要なのは絶対的な力である。神聖なるものの伝達である。一国の王が命じているのではない。神聖なるものが告げているものが、文字のはじまりにはあった。王〝神聖文字〟と呼ぶ。神が宿ることで、このユーモラスな文字も神聖化していった。古代エジプト王朝もそうである。ツタンカーメンの墓に残る文字がそうである。エジプト古代は神聖なるものの一番近くに存在する者であった。これが神権を持つ者である。古代エジプト王朝もそうである。ツタンカーメンの墓に残る文字がそうである。エジプト古代文字は誕生が紀元前三二〇〇年前後だから、こちらが人類の歴史では本家である。ところが面白いものでツタンカーメンの時代に神聖文字が確立したとすれば、丁度、中国、殷の武丁の時代とほぼ同時代である。

白川静博士の説では、その理由を古代王朝成熟期、もしくは王朝の最終段階であるからだとされている。まことにわかり易い。

文字が伝達の役割を果す上で、大切なことがある。それは共通性である。普遍性と言ってもよい。かたちが違っては判断不能、時には意味を違えて解釈することも起こる。共通に保持する必要がある。共通とはすなわちかたちであり、大きさであり、並びであり、さらに言えば佇《たたず》まいでもある。

左ページの図は牛骨甲骨文の〝馬〟の文字の行の三文字ほど下にある文字だ。何やら三角の塔にも見えるし、大きな人にも見える。大きな人で正しい。〝王〟の字である。この牛骨だけで六個の王の字があることでわかるように、これは王を中心とした文である。その下の窓の絵が三つあるように見えるのは窓ではなく車輪を表わし、〝車〟の文字の原型である。まことに楽しい。

文字成立の話はいずれまた語るが、この随筆、実は文字に美しい、美しくないということが本当にあるのだろうか、というきわめて個人的な疑問から歴代の名筆、名蹟をたどっていくものである。

果して美しいだけで文字はいいのか。

本当に、文字に美はありや。

牛骨甲骨文（部分）

行穣帖（本文部分）

尺牘（龍馬裏書）｜坂本龍馬
慶応２（1866）年｜宮内庁書陵部蔵

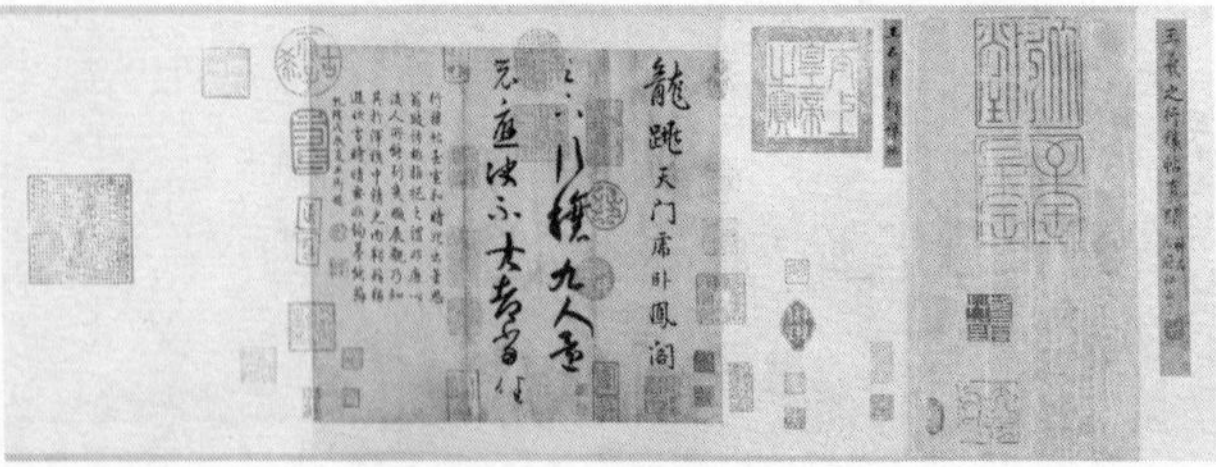

行穣帖｜王羲之｜唐時代・７〜８世紀｜プリンストン大学付属美術館蔵｜協力：ユニフォトプレス

第二話　龍馬《りょうま》、恋のきっかけ

今回は〝書聖〟王羲之《おうぎし》の話をする。その名前くらいは耳にしたり、目で見た日本人は多いかと思う。〝書聖〟と呼ばれている人は、今も、昔もこの人しかいない。この人があらわれておよそ千七百年が過ぎているが、〝書聖〟は世界中で王羲之、一人である。

しかし小題は坂本龍馬《さかもとりょうま》の恋？　どういうことかは小文の終りに登場する。

「王羲之の前にも後にも彼を超える書家はあらず」と後世の書家たちは言う。西暦三〇三年ごろに生まれた人であるからおよそ千七百年後の今日まで彼の字が峰の頂《いただ》きにいる。今日？　と思われようが、今私たちが高級中華料理店で目にするメニューの文字、家のどこかに仕舞ってある卒業証書の文字、面白いところでは麻雀牌の〝九萬〟の字……。それらすべての手本となっているのが王羲之の書いた文字と言われる。世界中にある創作分野（音楽、絵画、小説……）で一人の作品が範であり続ける例は他にない。彼が生きた時代が書の草創期であったこともあるが、楷書、行書、草書のすべての字を残し、以後皆がこれにならった。どのくらい持ち上げられたかというと、中国の歴代皇帝が彼の書を欲しがり、唐《とう》の太宗《たいそう》などは中国全土に散在していた羲之の書の収集を命じ、手に入った名品を宮中の奥でかたときも手元から離さず、没する時に陵墓に副葬させた。こうなると愛着というより信仰に近い。いやはや、たいしたものである。それほどか……。

一六ページ下は『行穰帖《こうじょうじょう》』と呼ばれる羲之の名作の一品である。しかしどれもこれも羲之の手になるわけではない。書聖が書いたものは中央の勢いのある二行、十五文字だけである。

〝足下行穰　九人還示　應決不　大都當佳〟とある。何のことだ？「稲の作柄の視察に行き九人帰り、指示を伝えてきた。指示どおりでよろしい」というようなことが書かれた手紙の一文である。羲之はこの時、地方の官僚、軍人であった。もう一度一六ページをご覧いただきたい。羲之の十五文字以外の書は讃辞が書かれている。四十個余りの押印は大半が皇帝たちの印である。清の乾隆帝《けんりゅうてい》が一番多いのは彼がこの書を所有していた証《あか》しだ。北宋《ほくそう》時代の徽宗帝《きそうてい》の印もある。おそらく元所有者であろう。いささか見辛いが右上の大きな印には「太上《だじょう》皇帝（乾隆帝）之宝」とある。帝の宝物なのだ。

一六ページ左上の龍の文字は、乾隆帝が羲之の文字を手本に書いたものである。実は羲之の真筆は世界中のどこにもないのである。えっ、それでは帝の宝物はいったい何なのだ。模本である。あとは宋時代の拓本が残る。模写した本をこれほど珍重し続けてきたのか。そうなのであるが、模本と言ってもこれがたいしたもので唐時代の初期、搨書《とうしょ》手《しゅ》と呼ばれた模写専門の職人が素晴らしい模本技術を開発した。この技術を〝双鉤塡墨《そうこうてんぼく》〟と言い、髪の毛一本の細さを重ねて書の筆の勢い、カスレまでを再現した。これが大評判となり、こぞって高官がこれを求めた。日本からやって来ていた遣唐使《けんとうし》たちも持ち帰った。これが日本における書、字体の手本となった。王羲之の文字が海を越えて大和《やまと》へ渡り、書の範として江戸期まで日本人の習いとして生き続けた。

では今回のハイライト。もう一度一六ページ、今度は右上を。少し斜めになっているが〝龍〟の文字の上は〝坂本〟と読める。

そう、あの幕末の英雄、坂本龍馬の手になる〝龍〟である。文字の勢いは羲之の書の勢いを感じさせる。龍馬が幼少で学んだ手本の文字が羲之の書であったかは定かでない。定かではないが、『千字文《せんじもん》』（子供が書を学ぶために作られた異なる千字の漢字で構成された手習い文）を見て書いていれば、その基本は遣唐使たちが持ち帰った王羲之の文字である。

さて龍馬の〝龍〟の文字の背景に何やら文字が映る。〝龍〟が書かれた裏側に記された文字。実はそちらが表で、龍馬の文字は裏に書かれたものだ。表は何が書かれているのか。薩長同盟の六項目の条文である。

薩長同盟が成立した翌々日の慶応二年（一八六六年）一月二十三日、桂《かつら》小五《こご》郎《ろう》（木戸《きど》孝允《たかよし》）

は盟約内容を六項目にまとめた条文を携《たずさ》えて龍馬の宿である京都伏見の寺田屋《てらだや》を訪ね、これに裏書を求めた。龍馬が裏書きしたのは翌月であった。幕府の役人の襲撃を受け、手が動かなかった。両手の指を負傷していた。それゆえ少し文字が斜めになっているのかもしれない。

さて最後は左ページの一文をご覧いただきたい。これも龍馬の字。姉・坂本乙女《おとめ》と姪・坂本春猪《はるい》(おやべ)に出した手紙の字である。龍馬は生涯で多くの手紙を書いているが現存するものは百三十通余り。

龍馬の文字の特徴は躍動感があるところだ。ひらがなは特に自由奔放《じゆうほんぽう》である。

慶応元年(一八六五年)九月九日に土佐にいる姉と姪に近況を報《しら》せた手紙では、世相のことや自分のしたことがはじめに書いてあるが、この手紙にはのちに恋人となるおりょう(お龍)のことが書いてある。

〝今の名ハ龍と申、私しニにており候〟、名前は龍と言って、私に似ている娘だ、と姉にさらりと紹介している。憎い。

この龍と龍馬が近づくきっかけになったのは龍が茶を運んで来た折、龍馬が彼女に名前をたずねると、龍は龍馬の掌《てのひら》に〝龍〟の文字を書いたとの逸話がある。

英雄はくすぐったくも嬉しくもあったろう。

「そいはわしの〝龍〟と同じじゃきい」

龍馬が叫んだかどうかは知らぬが、羲之の〝龍〟を医者の娘である龍も手習っていたことは十分考えられる。

ともかく二人の恋は〝龍〟の一字からはじまった。

文字には恋もありや。

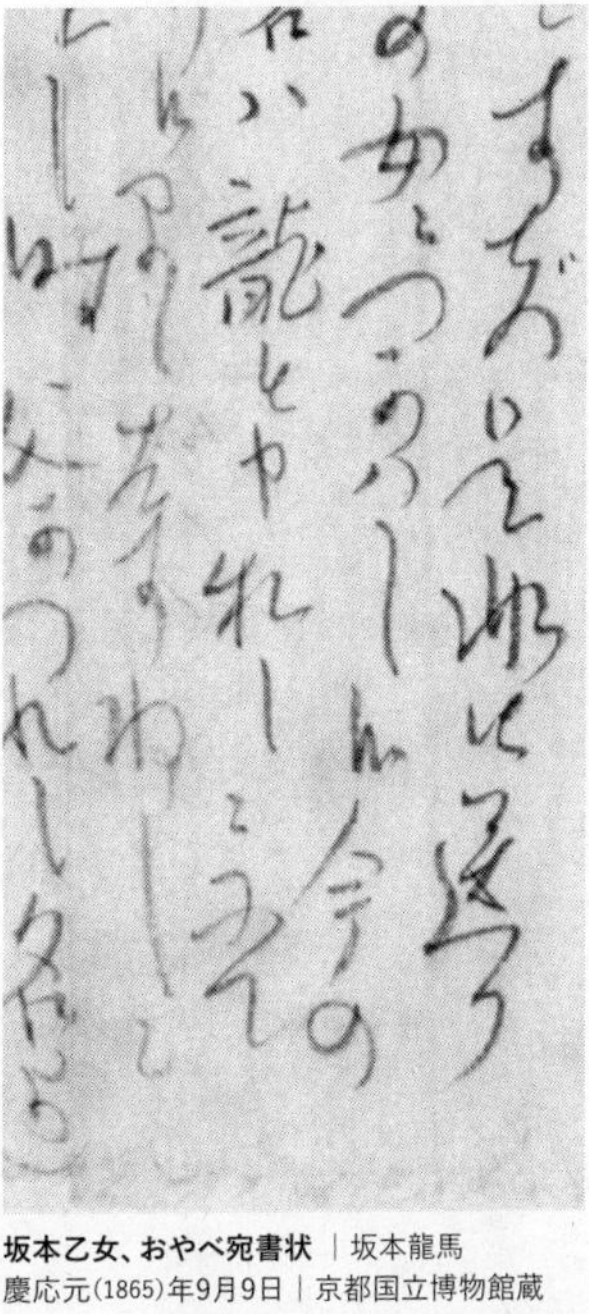

坂本乙女、おやべ宛書状｜坂本龍馬
慶応元(1865)年9月9日｜京都国立博物館蔵

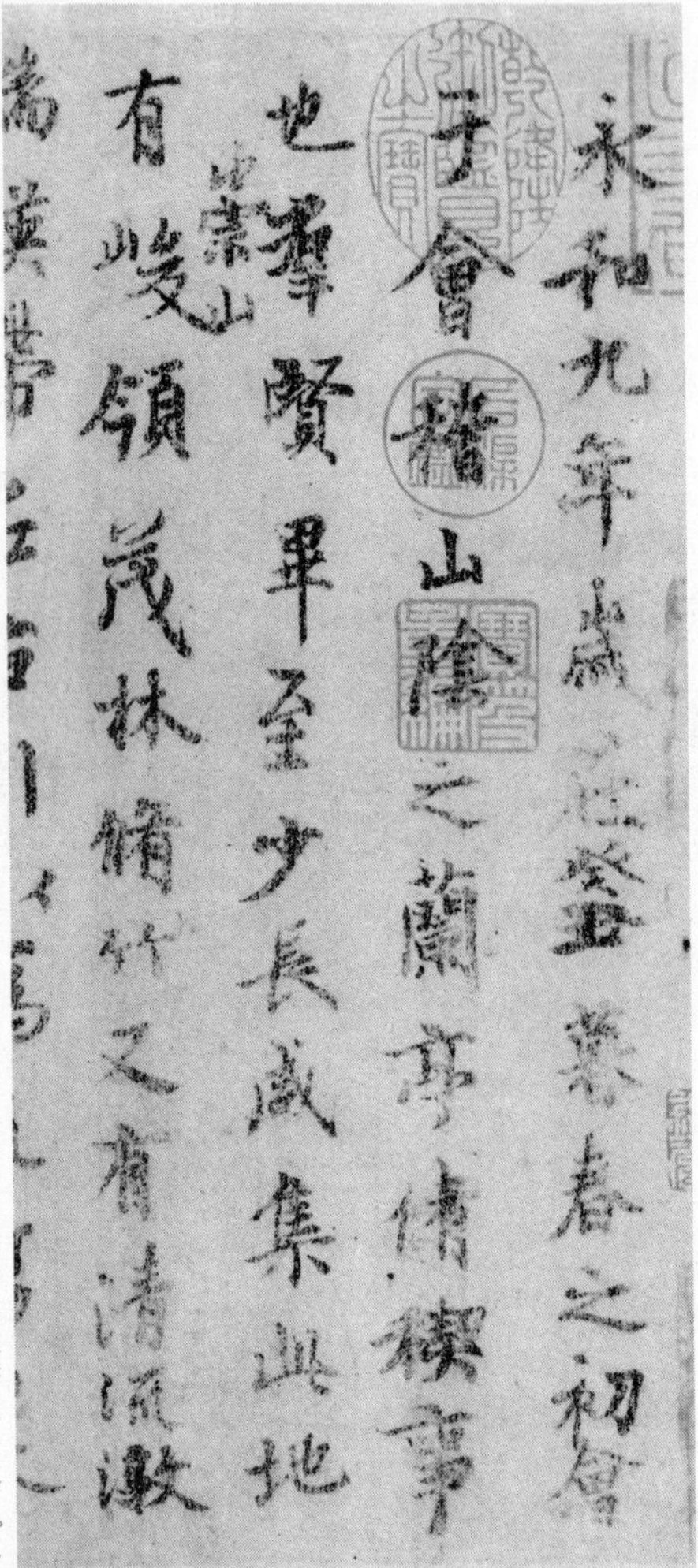
永和九年歳在癸丑暮春之初會
于會稽山陰之蘭亭脩禊事
也羣賢畢至少長咸集此地
有崇山峻領茂林脩竹又有清流激

蘭亭序（八柱第一本）―王羲之―北京・故宮博物院蔵―写真提供：ユニフォトプレス

第三話　蘭亭序《らんていじょ》という名筆、妖怪？

坂本龍馬の手紙の文字にまで、その筆の力がおよんだのではと紹介した、およそ千七百年前にあらわれた〝書聖〟王羲之の話を続ける。

まず右ページの書をご覧いただきたい。

王羲之の最高傑作と呼ばれる『蘭亭序《らんていじょ》』の書き出しの四行と余字である。

ご覧いただいている傑作は正確には『蘭亭序（八柱第一本《はっちゅう》）』と呼ばれる。本物は北京《ペキン》の故宮博物院にある。今でも書家をこころざす者、書をいつくしむ人が生涯の内に一目だけでも見ておきたいと切望する作品である。

正確な名称に（八柱第一本）とわざわざ加えるのは、この『蘭亭序』で名品とうたわれるものだけで八百作品近くあり、その中でもこの（八柱第一本）が卓越しているからだ。

八百本？　なぜそんなに名品があるわけ？　そう思われるのは当然である。本物は北京に、と書いたが、前回までで書いたとおり、王羲之の真筆の作品は世界中を探しても一点もない。勿論《もちろん》、この『蘭亭序（八柱第一本）』も模写である。

この真筆が一点もこの世にないところが、王羲之の書をより神秘的にしたと言っても過言ではない。この作の、この書のどこが素晴らしく、千七百年間に出現した無数の能筆（書を能《よ》くできる人）、書家より卓越しているかは後に書く。

〝幻の書家〟と呼んでもいいのかもしれない。ないものを欲しがるのは人間の性分《さが》である。同じ人間でも、その人物が世界を掌中《しょうちゅう》におさめていると自負する者なら余計である。

唐の太宗皇帝は中国歴代の皇帝の中で名君の誉《ほま》れ高き帝だそうだ。二十九歳で帝位につき、政治家としての力量、武人としての能力に長じていた。その上、各方面の人材の発掘、登用においても抜群の才量があったという。本当かしらねぇ……。後世の人が太宗を評価するもののひとつとして、知識人、学者、学士をその身分にかかわらず出仕させ、自らが討論の中に入り、学問の進展に貢献したことがある。その結果世に生まれたのが『貞観政要《じょうがんせいよう》』なる書である。これが帝王たるもののなすべき道を説く教科書となった。中国ののちの皇帝に長く読み続けられ、日本においても明治期まで天皇、将軍から諸大名までの手本の書となった。ここまで賞讃されると、欠点はなかったのかと疑ってしまう。

この太宗自らも向学心が高く、書を広く読み、当時の文人のたしなみである書も能《よ》くできる人であった。

この太宗が〝書聖〟王羲之にぞっこん惚《ほ》れ込んだ。惚れ込むというより、〝羲之命〟であった。

羲之はすでに二百五十年以上前に没している。真筆がどこを探してもなかった。権力者たる皇帝は臣下に大号令を出し、「〝書聖〟の真筆を国中くまなく探し求めよ」と宣《のたも》うた。家臣は血眼《ちまなこ》になって、羲之、羲之と探した。しかしこれがおいそれとは見つからない。

ところがどうやらあそこに真筆があるらしいという情報が皇帝の耳に入った。王羲之の七代目の孫に智永《ちえい》なる者がいて、この人が弟子の弁才《べんさい》に『蘭亭序』の真筆を与えたという。弁才は永欣寺《えいきんじ》の僧侶であった。太宗は家臣の中でも策略の才に長じた蕭翼《しょうよく》を弁才の元に遣わした。蕭翼は言葉巧みに弁才に近づき、たちまちのうちに昵懇《じっこん》の仲となった。

蕭翼はまんまと『蘭亭序』を弁才から騙し取った。目の前にこれを差し出した折の皇帝の興奮はいかばかりであっただろうか。想像を絶する。その証拠に『蘭亭序』の真筆は、それ以降、宮中の奥に仕舞われ、二度と表に出ることはなかった。太宗はこれを模写、拓本にさせ、友好国の使者の謁見、家臣の価値ある報奨の折に、この模写文を下賜した。

『蘭亭序』の模写文、拓本の価値はますます上がり、これを手に入れることが国中で一大ブームとまでなった。宋時代には士人であれば、なんと一家に一作、『蘭亭序』の模写文とまで言われた。この時、すでに『蘭亭序』を手本とする模写文の名作は八百作を越えていたという。勿論、最高峰は太宗の手元にある真筆からの模写文であった。それにもっとも近いものが、『蘭亭序（八柱第一本）』である。

前回も書いたとおり、当時の中国に日本から遣唐使として勉学に訪れていた僧侶、学者たちもこぞってこの模写を求め、日本に持ち帰ったのである。

太宗が〝書聖〟の真筆を探した時から、千年が過ぎた清の時代、八大山人と呼ばれた名書家、朱耷《しゆとう》は『蘭亭序』を生涯を通じて何度も揮毫している。全文を諳んじて機会あるごとにこれを書いた。断っておくが、千年後に朱耷だけが書いたのではない。その長い歳月において名だたる書家が綿々と一人の書家の作品を書き続けたのである。

いったい何者であろうか、王羲之とは。

いったいなにものなりや、『蘭亭序』は。ここまでくると名作というより生きものではないかと思えてくる。まさか妖怪ではあるまいか。

あっ！　肝心なことを書き忘れた。

太宗がようやく手に入れ、かたときも手元から離さなかった真筆、『蘭亭序』はどこへ行ったのか。

中国歴史上で名君と呼ばれた皇帝は自分の死に際してこう言った。

「私の陵墓に一緒に葬《ほうむ》りなさい」

名君がこういうことするかね。とは言え、この愚行が王羲之の書を幻にしたことは事実だろう。

『蘭亭序』の内容、書については、次回詳しく書く。

真草千字文(関中本・部分)
智永
原跡：陳〜隋・６〜７世紀
台東区立書道博物館蔵

十七帖(王穉登本《おうちとうぼん》)
王羲之
原跡：東晋・４世紀
台東区立書道博物館蔵

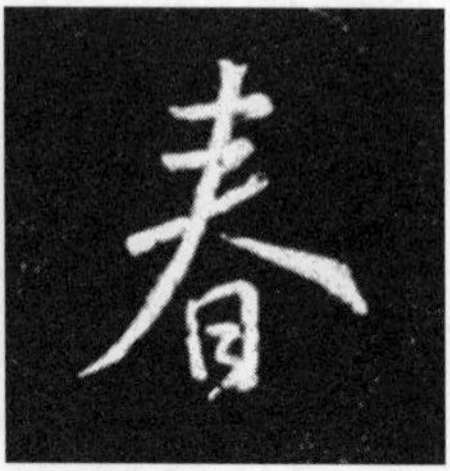

興福寺断碑(大雅集字・部分)
王羲之
唐時代・開元９(721)年
台東区立書道博物館蔵

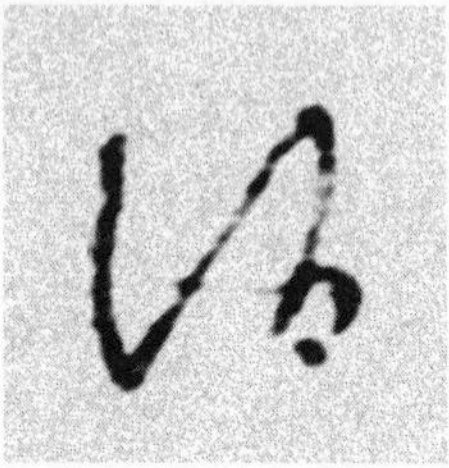

賑民帖(『二王帖』より・部分、白黒反転)
王羲之
原跡：東晋・４世紀
台東区立書道博物館蔵

書譜(天津本・部分、白黒反転)
孫過庭
原跡：唐・垂拱３(687)年
台東区立書道博物館蔵

第四話　桜、酒、春の宴《うたげ》

外は春である。

これまで、古代中国にあらわれた〝書の先生〟王羲之と、日本人が今日、暮らしの中で目にする文字、書の関わりを書いてきたが、王羲之先生の書のどこがよいのか、正直、私にもよくわからない。

そこでせっかく春なのだから、能筆だとか、美麗だとか訳のわからないものは放り投げて、しばし文字を愉《たの》しむことにしよう。それで今回は〝春〟、〝櫻〟、〝酒〟の三文字を見てもらうことにした。これを書いたのは王羲之とその七代目の智永である。羲之の真筆は勿論《もちろん》ない。いずれも拓本、写本から抜粋したものである。

王羲之の書で、花見の一杯である。

さて次に前ページ右下にある書はその上段にある〝春〟の草書体である。

ふぅーん、これが春ね。まあ春と言われれば春のような……。これでもまだわかりやすい方である。

書いたのは唐の時代〝草書の名蹟〟と呼ばれた孫過庭《そんかてい》である。孫先生は『書譜《しょふ》』なる書の大講義本も残している。孫先生の先生は勿論、王羲之である。

草書の歴史は古い。〝漢興《おこ》りて草書有り〟と後漢の人が言っている。漢の時代にあった隷書《れいしょ》を略して〝章草《しょうそう》〟なる書体が流行した。これが草書と呼ばれるようになったというのが通説だ。

草書について中国らしい逸話を紹介すると、秦《しん》の時代の終りに各地で戦争が頻発《ひんぱつ》し、軍書（命令書、作戦書）が行き交い、羽檄《うげき》（急ぎの伝達文）が飛び交ったため、隷書の速書き（隷《れい》草《そう》）を作った結果が草書を誕生させたという。いかにもの話だが、おそらく作り話であろう。

孫先生が範とした上段にある王羲之の〝春〟。これは『興福寺《こうふくじ》断碑《だんぴ》』と呼ばれる石碑から抜粋《ばっすい》した。唐の僧、大雅《たいが》が当時の将軍のために王羲之の書を集字した碑で数少ない名碑とされている。ところがこの碑はなぜか長い間土中に埋没《まいぼつ》しており、八百五十年後に西安《せいあん》城南の土の中から発見され、すでに上の半分が断裂していた。だから断碑と呼ぶ。明《みん》の時代の発見である。この碑の発見でまた王羲之が見直された。本当に王羲之先生は不死鳥である。

二八ページ左下にあるのがその上段の〝酒〟の草書体である。こちらは羲之先生の手になる。先生は酒もほどほどにたしなんだようで、酔って筆を持てばなるほどこんな感じの字形になりそうに想像するのは素人《しろうと》の思い違い。草書体にはきちんとした決りが成立する。先述した孫過庭は羲之の『十七帖《じゅうしちじょう》』を手本として学び、『書譜』の中に、〝楷書、行書は点画が欠けても文字になるが、草書は筆さばきを誤ると文字ではなくなる〟と曰《のたま》っている。ほう、そういうものかね。文字でないということはでたらめの線でしかない。草書も奥が深いようだ。

日本人の大半が、楷書→行書→草書の順で文字の形が簡略化したと考えているが、これは間違い。むしろそれぞれが故あって誕生し、それぞれのかたちをなしたと考えるべきであろう。現存する書体は篆書《てんしょ》、隷書、楷書、行書、草書が主である。

さて前回で述べた王羲之の書の中で名品と呼ばれる『蘭亭序』の話の続きである。

春となれば、羲之先生も陽気に誘われて宴《うたげ》のひとつもしようとした。春の初め、蘭亭なる場所に四十一名の粋人が集まり春の宴を催《もよお》した。当時、この国では春秋に〝禊《みそぎ》〟と称し、水辺で身を清める慣わしがあった。しかしそんなことはしやしない。小川の辺《ほと》りに人々が座し詩作した。詩作だけでは趣《おもむ》きがない。そこで酒を満たした盃《さかずき》を流れに浮かべ、その盃が目の前を通り過ぎるまでに詩を一作完成させる。できなかった者はその盃の酒を一気飲み。何をやってるんだろうね。東晋人《とうしん》は……。

この宴のそれぞれの詩作を一冊にまとめて後世の人に残しておこうとなり、その序文を王羲之がまかされた。これが世に言う『蘭亭序』である。

この名品には何が書いてあるか。書だけの賞讃が先走ってはおかしいので、その内容を説明しよう。

〝永和九年、歳在癸丑　暮春之初　會于會稽山陰之蘭亭　脩禊事也　群賢畢至　少長咸集……〟で序文ははじまる。要約すれば「永和九年（三五三年）の三月の初めに会稽《かいけい》の山陰にある蘭亭という場所で禊事《けいじ》（春の宴）をやりました。多くの賢者が少長（老人も若者も。実際、参加者に羲之の息子の王献之《おうけんし》もいた）皆集まりました」。この地がいかに美しい場所で、当日の天候がどんなに素晴らしかったかを序文には書き連ねている。

さてこの三百二十四字で語られている『蘭亭序』の中で、私がこの一節の文章とその書体が、いかにも王羲之の真骨頂であると思うものを紹介する。羲之は水辺に座し、空を仰《あお》いだ。先生は宇宙の限りない広さに感動し、次に視線を俯《うつぶ》して万物の活き活きとした様子にこころを打たれた。これを十二文字で表現しているのが左ページの書である。

〝仰觀宇宙之大　俯察品類之盛〟

この書なかなかでしょう。〝仰〟に続く〝觀（観）宇宙之大〟の筆の勢いは見事である。筆の勢いと書いたが〝筆勢〟と呼ぶ。これが王羲之の書の第一の特徴である。

読者はすでにお気付きだろうが、書というものをよくよく眺めると、そこに一定の速度を感じる。この速度は書にとって生命線でもある。

続いて〝俯〟からの筆の運びの丁寧さとそれぞれの文字の流麗さは最後の〝盛〟にいたって思わず、盛りとは斯《か》くありやと感嘆する。

私は王羲之の書の特徴として三点を挙げたい。

一、筆勢の不二（この勢いはふたつとない）。

二、文字としての全量のたたずまいと構成力。

三、情緒のゆたかさ（感情と言ってもよい）。

きわめて個人的な鑑賞だが、千七百年の間、羲之の書を賞讃する人は同じようなことを曰っている。

次に見てもらいたいのは〝之〟の二文字である。筆遣い、かたちが違う。これは当時の書の特徴で、同じように書かない。と言うより文字に独立性を与える。まだまだ語らねばならぬことが王羲之先生にはあるので、次回も続く。

蘭亭序（八柱第三本）
王羲之｜北京・故宮博物院蔵
写真提供：ユニフォトプレス

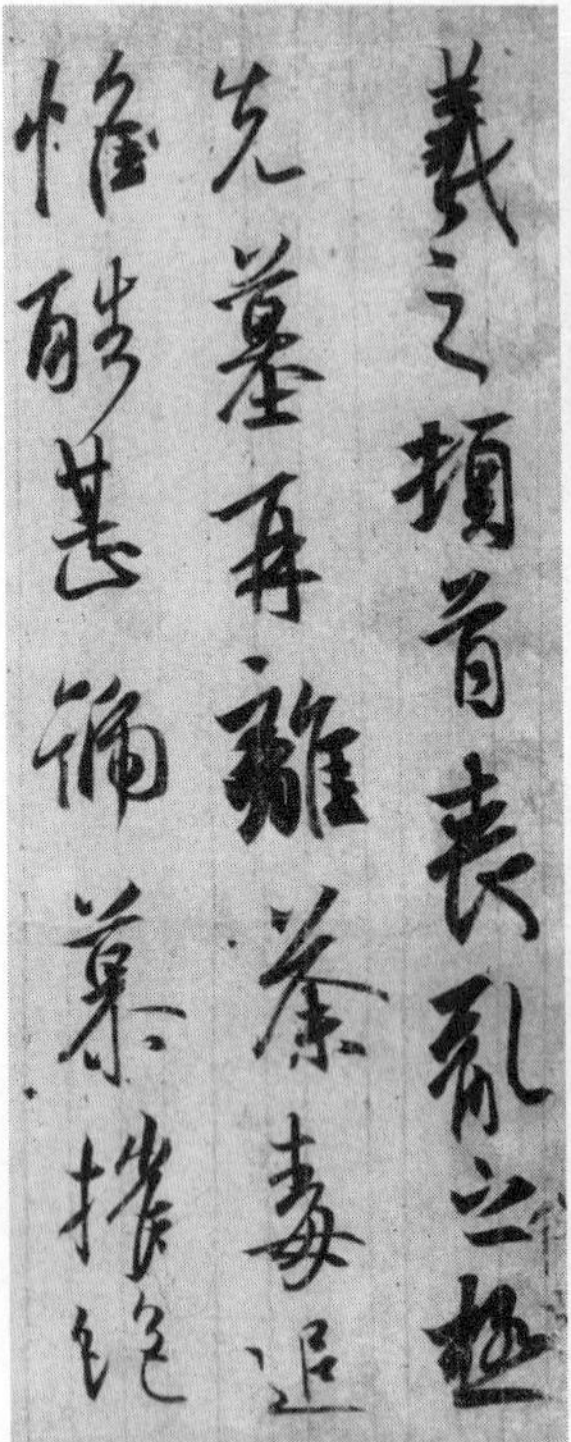

喪乱帖｜王羲之｜唐・7世紀
宮内庁三の丸尚蔵館蔵

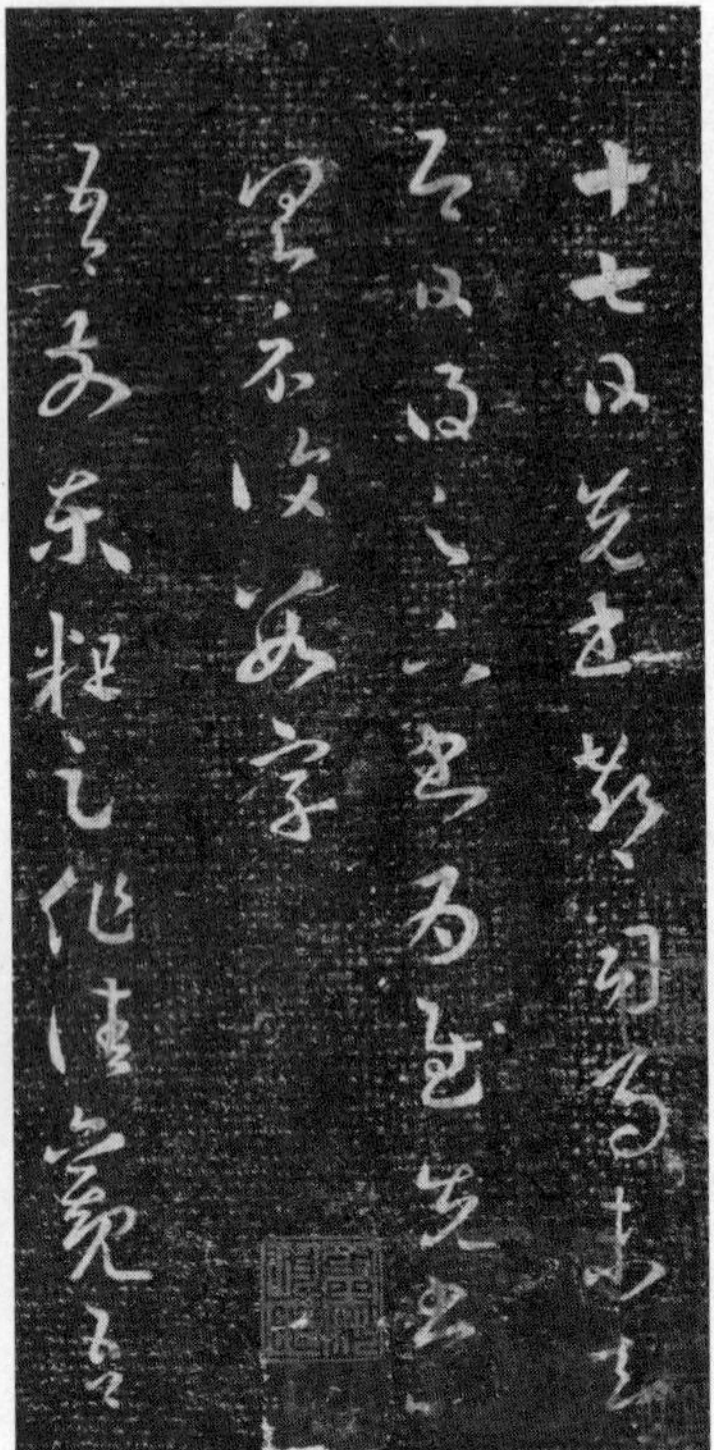

十七帖(上野本)｜王羲之｜原跡：東晋・4世紀
京都国立博物館蔵

第五話　友情が育んだ名蹟

連載もはや五回にいたり薫風そよぐ季節となった。

数日前、仕事場の文具箱から硯《すずり》、墨、筆、紙を出し、恩師への礼状を書いた。墨、筆を使う時は朝一番が良い。墨をすっている折の、あの匂い、香りの心地良さは何なのだろうか。少し開けた窓から入る風に墨の香が部屋にひろがる。墨、硯、筆を考案した人(長い歳月を要したであろうが)はたいしたものだ。

毛筆での礼状を済ませ、さらに数通の手紙を万年筆で書いた。インク瓶《びん》の隣りに、洗った硯が並んでいる姿を見ると、東洋と西洋の歴然とした文化の違いと驚くほどの人間の道具の共通性がわかる。

さて連載の本題、王羲之である。

謎の多い人物である。本当に実在していたのかと疑いたくなる。この人に対する戸惑いが出たので王羲之は今回で一度休む。故に〝書聖〟の真骨頂と評判の名品を紹介する。『十七帖』と名するものだ。三四ページの右にあるのがそれで、拓本である。晩年の羲之が友である周撫《しゅうぶ》に宛てた二十九通の手紙だ。これが羲之の草書の最高傑作とする書家が多い。上野本《うえのぼん》とあるのはこの帖には他にもいろいろ拓本があるからで、上野本とは日本の某新聞社の創業者の一人が所蔵していて、その創業者の姓から。三井本《みついぼん》（これも三井何某の所蔵）と並んで秀逸とされるが、日本でのこと。私の好む日本の書道家の一人は『欠《けつ》十七行本《じゅうしちぎょうぼん》』がはるかによろしいと二十年前に力説している。見てみるとこれもいい。私は創造の真髄《しんずい》は反骨精神と考えるから、その説もしかりと思う。

手紙の内容は互いの暮らし振り、知人の安否、羲之の孫の様子などが短い文で綴《つづ》られている。この書がどうして羲之の書の中で賞讃されるのか。その理由のひとつを私は、信頼する友への手紙であったからだと考える。手紙の文面から周撫は羲之が大切にしていた友であったとうかがえる。同時に、人生に対する考え方、趣味、好事などにかなりの共通点があった。周撫が手紙の文字を見て、『羲之さんは相変らずいい字だな。この頃はますます味わいが出たのではないか』という相手の姿さえ想像したかもしれない。そんな常識は友への手紙にないと考えられるかもしれないが、前回紹介した『蘭亭序』もそうだが、己の書が後世に残るという意識は少なからずあったはずだ。

では『十七帖』の書のどこが良いかと訊《き》かれると、正直、私には説明し難い。書の良し悪しは主観である。まあ物事すべてそうなのだが、羲之の書はそれが顕著に出るように思われる。では良くないのか。これは客観で見るとあきらかに良いのである。

同時代の人の書（まあ百年くらいの幅ですが）と並べて見れば歴然とする。なぜ羲之ばかりが良いのかと思うに、羲之以前の書に、これが書の基本形というものが見つからないからではないか。鍾繇《しょうよう》の楷書、張芝《ちょうし》の草書と羲之が手本とした先達はいたが、この人こそが書の基本、さらに言えば基幹となる書がなかった。そう考えると羲之の書は〝良き文字の原型〟とも言える。三四ページの左にあるのは『十七帖』と同様に逸品とされる『喪《そう》乱帖《らんじょう》』である。見事な書である。これも羲之の手紙を唐の時代に模写したものだ。最初に〝羲之頓首《とんしゅ》〟とあるが〝頓首〟とは古く中国の礼式で、頭を地につくほどうやうやしく下げる行為のことで、それが目上の人への挨拶《あいさつ》で謙虚な姿勢を示した。今でも古い人は手紙の末尾に〝草々頓首〟と書く。

文学の世界でも、一人の文学者の内に在ったものを理解しようとした時、その人物の出した手紙というものが役に立つ場合がある。『十七帖』ではないが、手紙を宛てた先が特別親しい相手だと思わぬ心情がわかったりする。

次のページにあるのは文豪、夏目《なつめ》漱石《そうせき》の筆字である。明治二十八年（一八九五年）十一月に、英語教師として赴任していた松山から友人の正岡子規《まさおかしき》へ出した手紙の一節である。この年は漱石、子規にとって思い出の多い年であった。帝大を退学し新聞記者になっていた子規はこの年、日清戦争の従軍記者として中国へ渡ったが、帰国の船の中で大喀血《かっけつ》する。生死の境をさまよい、奇跡的に命を取りとめ、故郷、松山に子規は一時戻った。そ

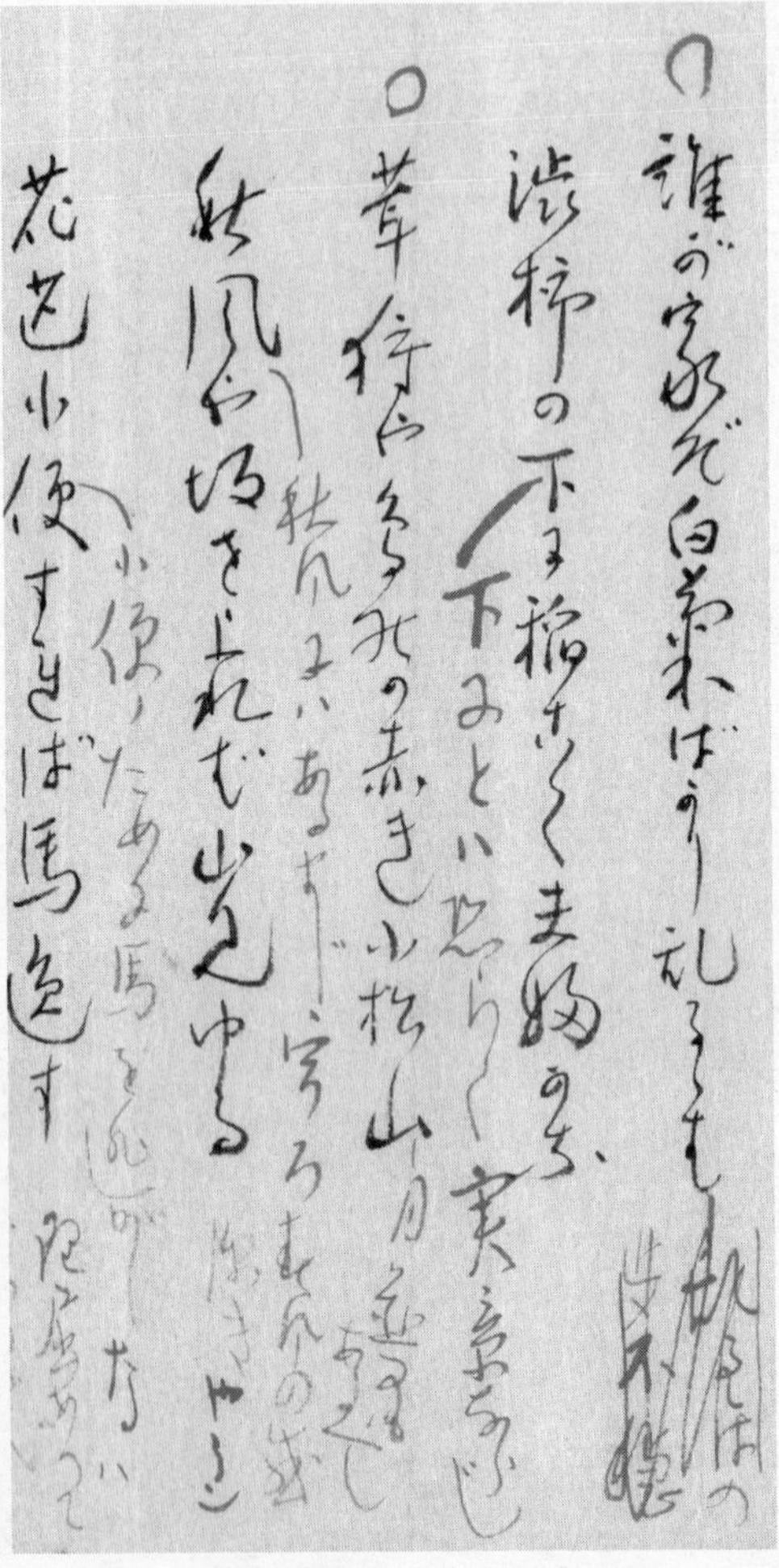

正岡子規宛書簡―夏目漱石―明治28（1895）年11月―神奈川近代文学館蔵

こで漱石と再会し、子規は漱石の下宿に転がり込み、その居を〝愚陀仏庵《ぐだぶつあん》〟と称し、五十二日間ともに生活する。これが二人が暮らした最初で最後の日々であった。子規が漱石に訊く。

「松山はどうぞなもし?」

「いいところだが、田舎者は遠慮がなくて困まる。その図々しさが生徒たちの性根にまでおよんでいる」と言ったとか言わないとか。そのあたりの漱石の松山の印象は小説『坊っちゃん』を読めばわかる。

この手紙の実物を、私、先日、神奈川近代文学館で見たが、まことに丁寧《ていねい》な筆文字で漱石の繊細さが伝わってきた。さてこの手紙の中身をよくよく見ると、したためてあるのは俳句である。

〝秋風や坂を上れば山見ゆる　漱石〟

この句の脇に、赤い文字が見える。まるで先生が生徒の作文にアカを入れているかのように見える。実はそのとおりで、漱石が手紙に書いてよこした俳句に、師匠格である子規が添削をして戻してきた手紙だ。この句まだまだであるらしい。気難しい漱石がなぜか子規には従順だった。互いが認め合っていたのである。死ぬまで青年を押し通した子規も漱石には何でも打ち明けた。

それが四一ページにある子規の手紙でわかる。明治三十三年(一九〇〇年)の書簡だ。漱石は松山から熊本に赴任していた。

子規はすでに起き上がることがかなわず、すべて横臥《おうが》したまま創作した。俳句、短歌の評を執筆するかたわら絵を趣味として描いた。あづま菊を描いて熊本にいる友に歌を送る。〝あづま菊いけて置きけり火の国に住みける君の帰りくるかね〟。子規は漱石に逢いたかったのである。

さて二人の筆文字。子規の字はいささか乱れている。すでに横臥してしか書けない。元気な頃の子規の字は実に勢いのある瑞々《みずみず》しい字である。それもそのはずノボさん（子規の愛称）は五歳の時から故郷、松山一の右筆と言われた伯父・佐伯政房《さえきまさふさ》に書を学んだ。松山には智永の『千字文』が残る。智永の先生は羲之である。漱石の方の書の師は判明しないが、晩年、彼の書には風格が出た。この話はいずれゆっくり。

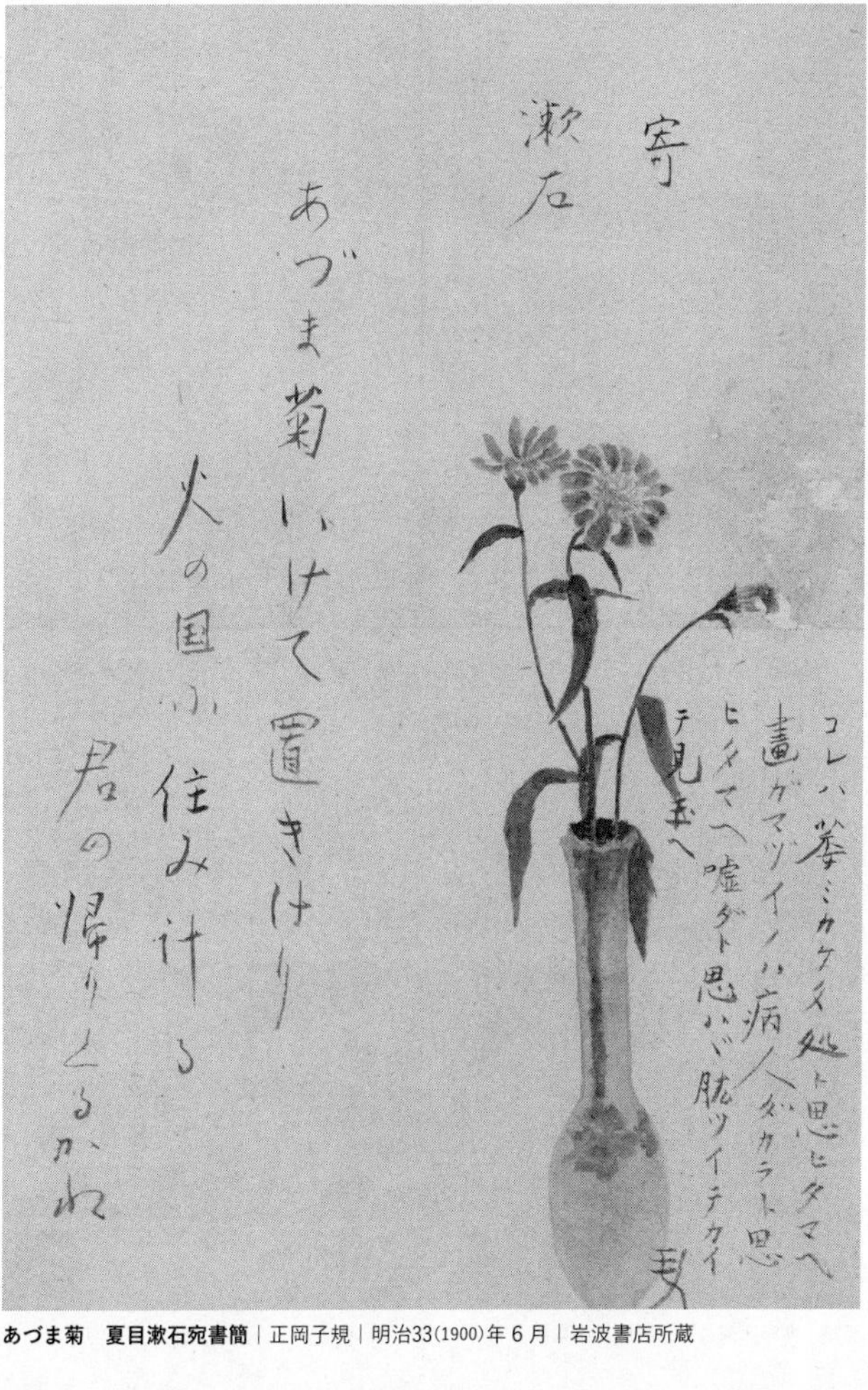

あづま菊　夏目漱石宛書簡｜正岡子規｜明治33(1900)年６月｜岩波書店所蔵

石鼓｜北京・故宮博物院蔵｜写真提供：ユニフォトプレス

第六話　始皇帝《しこうてい》vs.毛沢東《もうたくとう》

唐の時代の初め、現在の陝西省《せんせいしょう》鳳翔《ほうしょう》県の草むらに黒く煤《すす》けた何やら得体の知れぬものが発見された。

長い間、雨風に晒《さら》され、苔生《こけむ》していた。指先で汚れを落すと、そこに奇妙な絵のような、文字のようなものがあらわれた。これはいわくありと周囲を探すと似たようなものが数基、土の中からも見つかった。

今回はまず右ページにある、このユーモラスにも映る一品をご覧いただきたい。北京の故宮博物院のガラスケースに入れて大切に展示してある。高さ九十センチの鼓《つづみ》に似た石であることから〝石鼓《せっこ》〟と呼ばれる。素材は花崗岩《かこうがん》である。路傍《ろぼう》に置いてあれば思わず腰を下ろしたくなる石には古代の文字が刻まれてあった。それが四六ページの拓本に写した〝石鼓文〟である。

貴重な一品である。どのくらい貴重かと言うと、一九四九年冬、毛沢東《もうたくとう》率いる共産党軍に追われた国民党の蔣介石《しょうかいせき》がこの石鼓を逃亡先の台湾に持って行きたがったが泣く泣く断念したという代物《しろもの》である。何が貴重なのか。現存する石に刻まれた中国の最古の文字であるからだ。石鼓文を見ればわかるが、現在、私たちが使用する文字と比べるとかなり異形である。それでもよく見れば〝車〟〝馬〟の二文字は読み取れる。文字の原型であることがわかる。

〝篆書〟と呼ぶ。正確には大篆《だいてん》と小篆《しょうてん》があるが、ここでは小篆の話をする。篆書は、その文字のかたち、風情《ふぜい》からこれを漢字の基礎としてとらえ、篆書をいつくしむ人は今も昔も大勢いる。〝篆刻〟と称し、実印などに今も使用されている。本好きの人なら一度は図書館や古書店で目にされたことのある、岩波書店が刊行したあの夏目漱石の『漱石全集』の表紙の装丁に用いられている。

現存する石鼓は十基。写真で紹介したもののように原形をとどめているものは二基しかない。この石鼓、戦乱の中でさまよい続け、或るものは毀《こぼ》れ、また或るものは真半分に切断され農家の土間に石臼となっていたりした。驚くような話であるが、事実である。この石鼓文に刻まれている内容は、当時の狩猟の様子を詩にしたものだ。狩りの描写？　何のことだ？　と思われよう。

何の目的でこれが作られ、どのような場所に、何のため設置されたか。それを知るには、この石鼓を作るように命じた者を紹介しなくてはならない。

秦の始皇帝《しこうてい》である。

あのとてつもない墓を築いて、天に昇ったと言われる王である。彼が秦国の三十一代の王に就いたのは紀元前二四七年、十三歳の時だった。即位して十年、二十三歳の時、王は諸国統一のために征服に乗り出す。紀元前二三〇年に韓《かん》を滅ぼし、二年後に趙《ちょう》国、その三年後に魏《ぎ》国、さらに二年後に楚《そ》国、代《だい》国（趙国の王族が自称した）、その後は燕《えん》国、斉《せい》国を占領、平定し、紀元前二二一年に統一を果した。この間わずかに十年。凄《すさ》まじい勢いである。武力も備えていたが、それ以上に征服した国々を統治する能力にも長じていた。なにしろ七つの大国の人々を統治するのであるから並大抵なやり方ではできない。トップが命令を下し、それを遵守させるには統一した言葉が必要だった。文字を整備させた。〝小篆〟と呼ばれる文字がそれである。

各都市を建設し、文字の確立により、法を制定することが初めて可能になった。これによって春秋戦国の時代は終焉し、初めて中国という国家が成立した。すでに西、北、南より交易に訪れる商人たちは存在した。彼等は秦の、中国という国の大きさに驚愕《きょうがく》する。

現在も中国の名称が、英語ならチャイナ、フランス語ならシーヌ、日本語でひと昔前まで支那《シナ》と呼ばれていたのはすべて秦《シン》の国の読みから由来している。

王は自らを皇帝と称することにした。〝皇〟とは、まぶしく輝くという意味である。皇帝のはじまりである。次のページの〝皇帝〟の文字は『泰山刻石《たいざんこくせき》』と呼ばれる石碑の中の文字である。始皇帝は生涯で何度も各地を巡幸、視察の旅に出て、皇帝の権勢を石柱

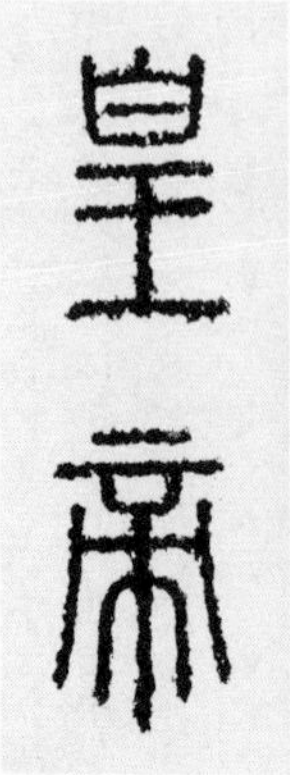

「泰山刻石」より

石鼓文｜三井記念美術館蔵

に刻ませ、これを建立させた。その行動を踏まえると〝石鼓〟もおそらく各地の拠点、都市に置かれたと考えるべきだろう。

〝石鼓文〟の拓本を見ると、文字のひとつひとつの大きさが統一されていることに気付かれると思う。第一話で甲骨文を紹介した。〝馬〟という文字がまさに馬のかたちをしていた象形文字に近いものだ。あの甲骨文字はそれぞれの文字の大きさがバラバラで、しかも一行の文字数もまちまちであった。だが始皇帝の〝篆書〟は文字の大きさ（拓本の場合は四センチから五センチ）が規律を持っている。実はこれが文字の成立にとって重要な要素のひとつなのである。始皇帝が征服する以前の七つの国には独自の文字があった。それは当然のことで春秋戦国の時代は約五百五十年という、文字がそれぞれの国で確立するのに十分な時間があったのである。文字だけではない。言葉、すなわち音韻にも、文法にも違いはあった。それを統一するのに始皇帝は大胆な方法を採った。

焚書《ふんしょ》である。皇帝の片腕に李斯《りし》なる丞相《じょうしょう》（大臣）がいた。李斯は各地にまだ残る『詩経《しきょう》』『書経《しょきょう》』と言った書籍をすべて焼くように提案する。諸子百家《しょしひゃっか》（孔子《こうし》、孟子《もうし》、老子《ろうし》……）の著作も焚《や》け。命令に従わぬ者は一族処刑にすべきだ。始皇帝はこれを実行した。但《ただ》し医業、卜筮《ぼくぜい》（占い）、種樹（農業関係）はその例外とした。これが「焚書事件」である。

権力者は無茶なことをするものである。ところがこの強引さが漢字、漢文を統一する結果となった。では諸子百家の著作が息絶えたか、と言えば、彼等は家の壁の中に著書をおさめ、その上に土を塗ってこれを守った。やるものである。君子危うきに近よらずである。

漢字が統一され、必要に応じて次から次に、新しい文字が誕生した。始皇帝から二千年後の清国の時代の『康熙《こうき》字《じ》典《てん》』に登録された漢字は親字が四万七千三十五字、古代の異体字が一千九百九十五字。まさに文字の王国である。

さて、最後になるが、この漢字の中国語を何とか表意文字から英語、フランス語のような表音文字に変えたいと考えた権力者がいた。

毛沢東である。

彼は中国語を世界の言語にしたいという夢があった。一九五六年『漢字簡化方案』を、一九五八年に『漢語拼音《ぴんいん》方案』を公布し、中国語のローマ字綴り法を制定した。ところがこの法には欠陥《けつかん》があった。ローマ字で表記されるＣＨ、ＺＨ、ＳＨ、Ｒの巻舌音《けんぜつおん》は統一語の基とした北京語にしかなく、地方にいる中国人は発音できないし、聞き取りもできなかった。この方案は有名無実となった。今なお中国では始皇帝の作った漢字、漢文が日常で読み書き、話されているのである。

红
卫
兵

紅衛兵（簡体字）

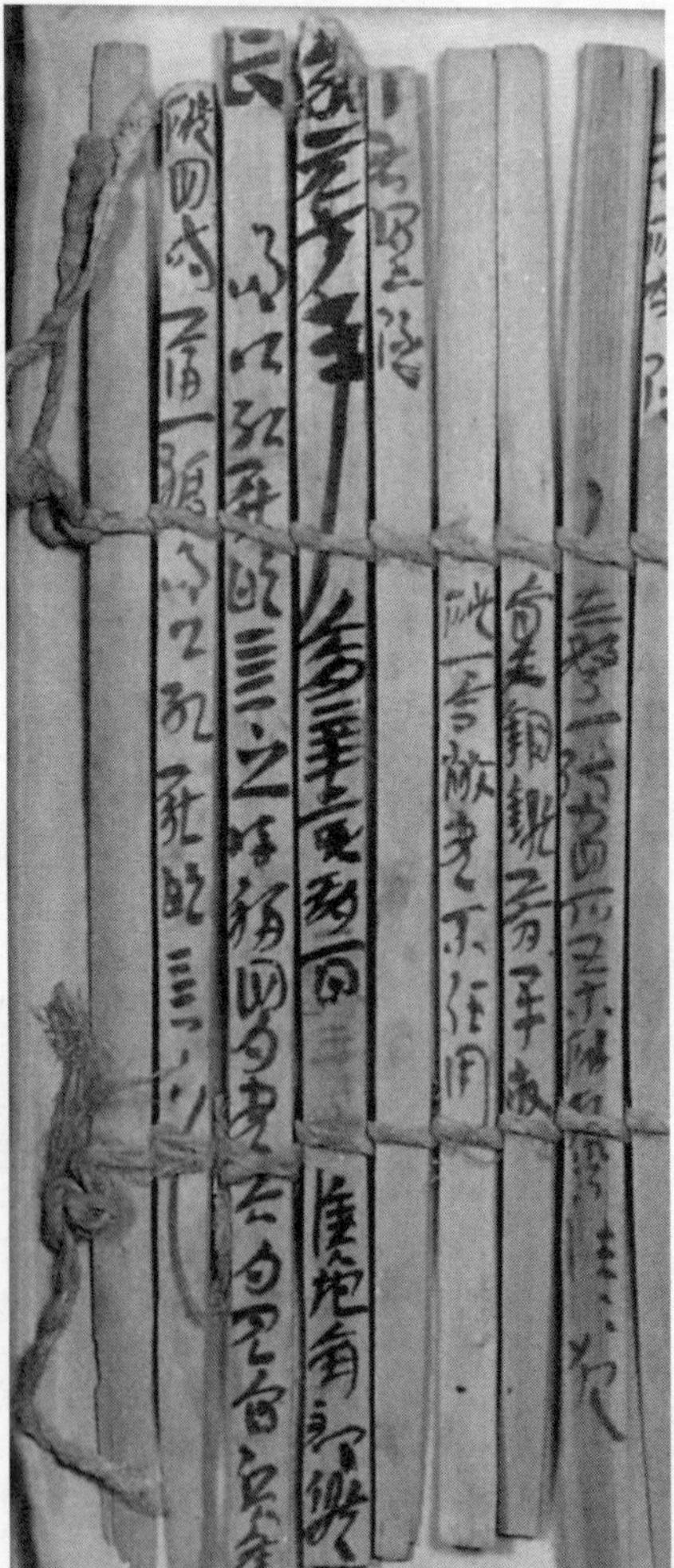

永元器物簿―台北市中央研究院歴史語言研究所蔵―写真提供：ユニフォトプレス

第七話　木簡《もっかん》からゴッホの郵便夫へ

人がよく言う、あの人の字は綺麗だとか、達筆だという文字、書というものには、何か肝心なものが欠けているように私は思う。

それが流麗であったり、優美にさえ感じられたら、なおさらつまらないものに映る。人の手が書く文字、書というものは、そこに、その人の気持ちがあらわれるものだと私は考えている。いかにも上手いという字、書には書いた人の傲慢《ごうまん》が漂う。但し、書を生業《なりわい》とする書家のそれは私が語れるものではない。王羲之を私は書家とは考えていない。彼を書家としたのは後の人である。

最近見た書では、哲学者の西田幾多郎《にしだきたろう》の晩年の書に、感心した。西田先生が五十代に書いたものを見たが、己の書とまことに誠実に向き合っている。決して達筆の部類ではないが、丁寧に誠心誠意書いていることが伝わって来る。それが六十代の後半から、目を見張るがごとく、素晴らしい書に変わる。いや驚く。鍛錬《たんれん》とは、向き合う姿勢でしかないことを、日本を代表する哲学者の書から学んだ。いずれ機会があれば紹介したい。

同じことは、画家、熊谷守一《くまがいもりかず》の書にも言えるが、こちらは書くというより、描いていると言った方がいいだろう。彫刻家・詩人、高村光太郎《たかむらこうたろう》もしかりだ。文字、書には、人の感情、姿勢が不思議と表出するから面白い。

〃文字に美はありや〃。現時点では、生半可な〃美〃なんぞなくてよろしい、というのが私の思いである。

さて今回はまず五〇ページにある木片を縄のようなものでつないだものをご覧いただこう。

さまざまな言い方はあるが〃木簡《もっかん》〃と呼ぶ。前回、花崗岩に文字を刻んだ〃石鼓〃〃石鼓文〃を紹介した。

あのユーモラスな石塊《せっかい》の〃石鼓〃よりもさらに古くから中国、韓国、そして日本で文字を書く素材として長く使用されたのが、この〃木簡〃である。

さてこの木簡に書かれた文字をご覧いただきたい。左から四本目、〃永元七年六月辛亥朔二日壬子〃とある。永元七年とは西暦九五年のこと。永元七年に中央政権から申し伝えられた役人の伝言であるから、これを『永元器物簿《えいげんきぶつぼ》』と呼ぶ。台北市中央研究院歴史語言研究所に（長ったらしいね）所蔵されてある。蔣介石もこれは軽いから持っていったのだろう（話がわからぬ人は前回を読みなさい）。

次に左から二本目、〃磑四時簿一編　叩頭死罪敢言之〃。死罪とは何やら物騒だが、これは木簡で何事かを御上《おかみ》の方から申し伝える時の常套句《じょうとうく》で、申し伝えを守らねば首を落とす、と命じているだけのことだ。

この最後の一本で大切なのは〝死罪〟の文字ではなく〝一編〟の方である。木簡を縄でまとめて右から読めるようにしたものを〝編〟と呼ぶ。〝篇〟でもよろしい。木を縄で編んで読めるようにしたからである。

実はこれが現在、私たちが手にして笑い、涙し、時折感動までする書物、本の原型なのである。極東アジアにおいてのすべての書物のはじまりである。文字が意味を持ち、文節、文章として成立させることを〝編む〟とした。

編集である。いっとき若者の間で花形の職業と言われた編集者の由来はこの〝編〟にあることになる。

この歪《いびつ》な縄のような紐のようなもので木簡を編んだことが小説を、詩歌集を、議事録を、楽譜を、コミックまでを誕生させたのである。

この〝冊〟も実は木簡が生まれた時に、編んだもののひとつとして〝一冊〟と称した。面白いですね。さらに言えば、この編んだ木簡をぐるぐる巻いて束《たば》ねたものを〝一巻〟と称した。ひと昔前まで日本の家庭の本棚にあった百科事典、文学全集などの一巻、二巻である。分かり易いでしょう。

では、文字がテーマのこの随筆になぜ木簡が登場したか。

王羲之は別として、取り上げた文字は最初が動物の骨に刻んだ甲骨文字、次が石に刻んだ（青銅器などに刻まれたものもあるが）篆書と呼ばれる文字。このふたつに共通するのは文字がまだ骨、石という素材のために、削る、彫る、刻む、という作業でしか字のかたち、字体が作れなかったことである。これでは字を書くのに手間がかかる。文字、言葉の有用性をさらに広げるには別の方法が必要である。

筆、墨というものがいつ誕生したかはわからぬが、おそらく絵画、染料と深く関るはずだ。〝木簡〟の生まれる以前に、筆と墨はおぼろにかたちを成したのであろう。

左ページの木簡の文字を見ていただきたい。

おわかりだと思うが、木簡、竹簡《ちくかん》に書かれた文字にはあきらかに筆特有の書の流れ、勢いが出ている。

書体の誕生である。

ここから私たちが知る書の風情、雰囲気が生まれたのである。〝編む〟ことは同時に書が持つ創造性の広がりを見せはじめた。ちなみにこの木簡の文字は手紙、つまり〝書簡〟の原点である。しかも右側の〝吏馬馳行〟とは速達という意味で、左側は〝以郵行〟とあり、これは郵便のはじまりなのである。漢の時代、五里一郵と称して二キロに一ヶ所、文書輸送の駅があった。その駅を〝郵〟と呼んだ。これが今日の郵便の語源である。

画家、ゴッホが懸命《けんめい》に描いた郵便夫も、いわばこの木簡からはじまった。ゴッホは弟テオへの手紙をやさしい郵便夫ジョゼフ・ルーランにたくした。郵便夫への想いは肖像画にまでなった（『郵便配達夫ジョゼフ・ルーランの肖像』）。ゴッホにとって郵便夫は天使であった。

文書の伝達に使われた木簡
（いずれも『居延漢簡甲編』より）

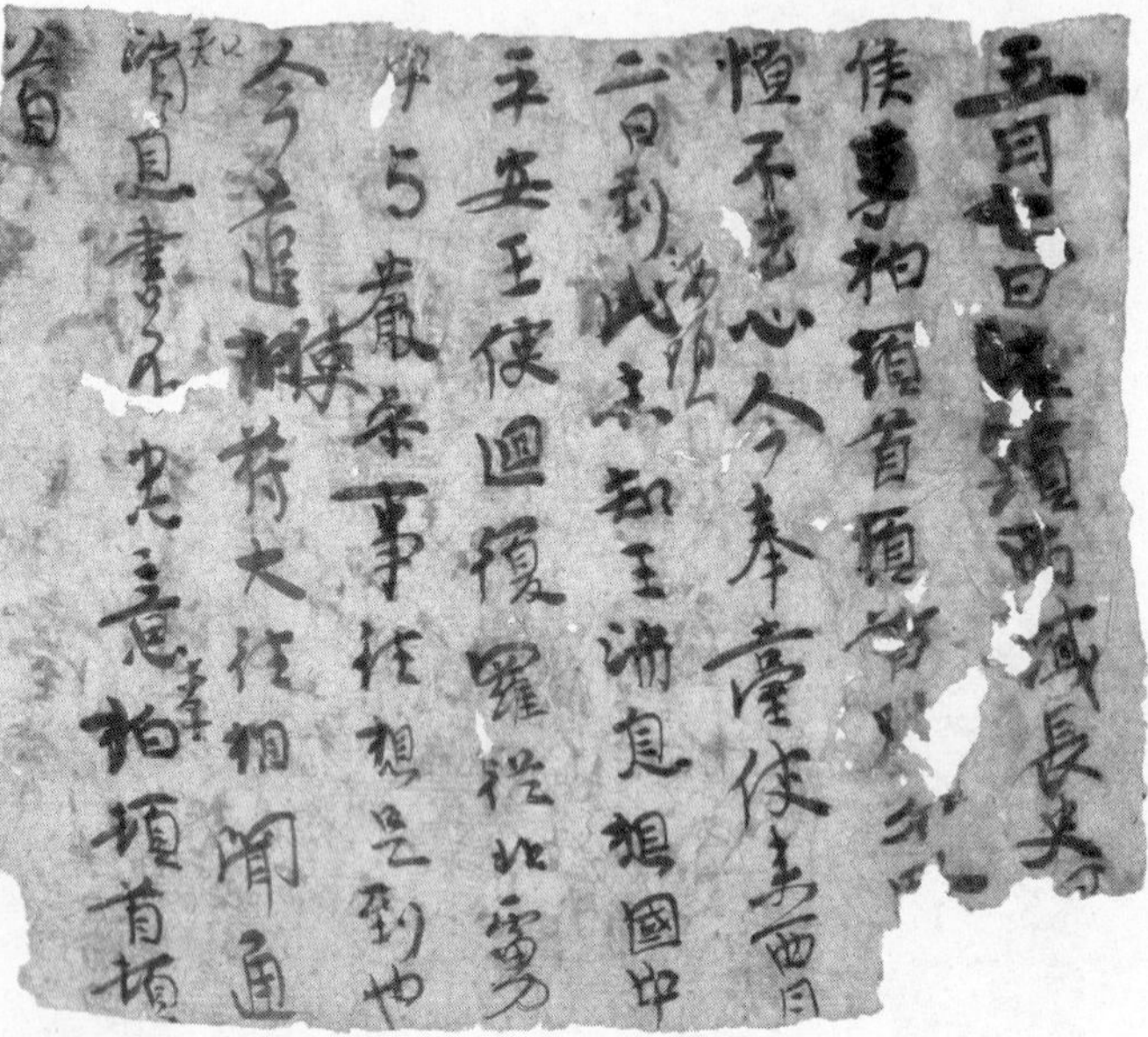

李柏尺牘稿｜前涼・太元５～７（328～330）年｜龍谷大学図書館蔵

第八話　紀元前一四〇年、紙の発明

原初、文字の役割は神に近づくことであったことは白川静博士の研究にもとづいて、第一話で紹介した。〝神聖文字〟である。神に近い存在としての王が文字を彼等の立場の確立のために柔軟に使用し、文字の役割、能力がさらに広がり、多様化した。

文字は、書き、写すことが可能になり、書写をする素材が生まれる。〝甲骨文字〟が亀の甲羅《こうら》や牛、馬の大腿骨《だいたいこつ》に刻まれたものであったのは、獣骨が素材として強靱《きょうじん》であったからだ。同じように書写材料は地域、時代によってさまざまなものが活用された。獣骨と同様、原始は岩石が素材になった。やがて金属が発見されると、鉄、青銅といったものにも文字が刻まれた。木の葉、樹皮、貝殻《かいがら》といったものも書写材料として使われた。メソポタミア文明では粘土板によって楔形《くさびがた》文字が成立し、エジプト文明では植物の表皮からパピルスを誕生させた。ヨーロッパでは獣皮からパーチメント（羊皮紙）が作られた。やがて極東では木、竹で、木簡、竹簡が作られ、これが長く文字の書写素材となった。布もあったが素材としては高価過ぎて、人々の目に広くふれるものではなかった。

さて今日、現代人が文字を目にする最大の書写材料は、紙である。紙の画期的な活用は十五世紀のグーテンベルクによる印刷技術の発明で一気に効率性が上がる。それ以前、紙が誕生したのは東洋であった。ここで述べている紙とは、植物繊維を分離させ、これを漉《す》き、あらたな繊維状の素材を作ったものを言う。そこがエジプト文明でパピルスの表皮を丁寧に剝《は》がし、張り合わせたものとは異なるので、別扱いにした。

ということで五六ページをご覧いただこう。その紙に文字が書かれたもので、年が判明している最古のものの一つだ。

西域《さいいき》、楼蘭《ろうらん》遺跡群の中から発見されたものである。これを発見したのは日本人の探検隊である。一九〇九年、大谷探検隊の橘《たちばな》瑞超《ずいちょう》氏が発見した。大谷探検隊とは西本願寺が出した西域調査隊である。新疆《しんきょう》、楼蘭の発掘でこれらの紙断片がいくつかあらわれた。『西域長史李柏文書《さいいきちょうしりはくもんじょ》』である。『李柏文書』または『李柏尺牘稿《せきとくこう》』とも呼ぶ。

李柏は前涼《ぜんりょう》の将軍で当時、中国を統治していた東晋王朝から西域長史に任ぜられ、この楼蘭にいた。楼蘭は東晋の西の端の都市であった。李柏は王の命によりさらに領土を広げるために高昌《こうしょう》国を占領しようと、西域周辺の国々の動静をうかがおうとした。まだ楼蘭にロプ・ノール（さまよえる湖）が水をたたえていた時代である。李柏は焉耆《カラシャール》の王、龍《りゅう》熙《き》に宛てて手紙を書いた。その手紙の下書きが、この一枚なのである。『李柏尺牘稿』に〝稿〟とあるのは下書きの稿である。

さてここで李柏の書いた文字に注目していただきたい。この連載で何度も紹介した人物の文字、書に似ている。〝書聖〟王羲之の文字である。それもそのはずで、この『李柏尺牘稿』は大谷探検隊の調査で咸和《かんわ》三年から五年（前涼の年号では太元《たいげん》五年〜七年＝三二八年〜三三〇年）と推定された。それはすなわち王羲之が二十五歳から二十七歳の時である。

李柏は西域長史に任ぜられた将軍であるから、当然、その教養は東晋の中枢の人としてかたちづくられている。東晋は江南《こうなん》の恵まれた物資とゆたかな経済力を背景にして門閥貴族を中心とした政治、文化が華やかであった王朝である。李柏の書が当時流行した書体をマスターし、これを使用したのはごく自然のことである。筆を勢い良く右回転に動かしているのは東晋期に誕生した〝通行書体〟の典型である。すでに東晋王朝で紙が文字の書写材料として広く活用されていたことを示す一品である。

ではこのレベルの紙はいつ誕生したか。ひと昔前まで中国において、紙の創始者は蔡《さい》倫《りん》なる人物であると定められていた。『後漢書《ごかんじょ》』（巻七十八）の「蔡倫伝」に、彼が樹皮、麻繊維、ボロきれ、漁網などを用いて元興《げんこう》元年（一〇五年）に紙をこしらえ、和帝《わてい》に献じたと記されていたからである。ところが後年、それ以前（紀元前一四〇年〜紀元前八七年）の遺跡から紙が次々に発見された。さらに紙に文字らしきものが書かれたものもあらわれた。

さてこの紙の製法が西洋に伝わるまでには長い歳月がかかった。紙は、絹と並んでシルクロード交易の貴重品であったから、その製法は秘密とされたからだ。

七五一年、唐王朝は天山山脈から流れるタラス河沿岸においてイスラム帝国のアッバース王朝軍と開戦した。ところが唐軍は呆気《あっけ》なく大敗し、大勢の兵士が捕らえられた。この捕虜《ほりょ》の中に製紙職人が何人もいた。アッバース朝の王は捕虜の仕事を調べさせ、紙の製法を手に入れた。サマルカンドに製紙工場を建設し、紙の生産をはじめた。これが今も残る〝サマルカンド紙〟である。サマルカンドは紙の製造で一挙に栄えた。聖典『コーラン』を書写したのもこの紙であった。その紙がやがて、イスラム世界からヨーロッパへ伝わり、今日に至るのである。

ではなぜヨーロッパにおいて八百年もの間、紙が発明されなかったのか。

それはふたつの書写材料の発達と、広くこれをヨーロッパ人が使用したからである。

ひとつはパピルスである。エジプト文明の象徴であるこの書写材料はナイル河畔に生育する多年草の茎の中にある木髄質をタテに薄く剝ぎ、これを一定の長さですき間なしに並べ、その上に同じものを繊維の方向が直角になるように並べたシートである。パピルスの代表文書である『死者の書』には、読んで字のごとく墓に入った死者が復活と永遠の生命を得るための呪文と祈りの文書が書いてある。死者のテキストだ。絵も描けるし、着色も可能だった。紙よりすぐれた点も多々あった。

もうひとつの素材はパーチメントである。獣皮、羊の皮を巧みに削り落とし、皮をのばしてこしらえた。製法は職人たちのみが知っていた。このパーチメントはインクがよくのったし、両面を使えたので重宝された。

ちなみに中国の紙の製法が日本に伝わったのは六一〇年、朝鮮（高句麗《こうくり》）の僧侶によって絵の具、墨の製法とともにやって来た。

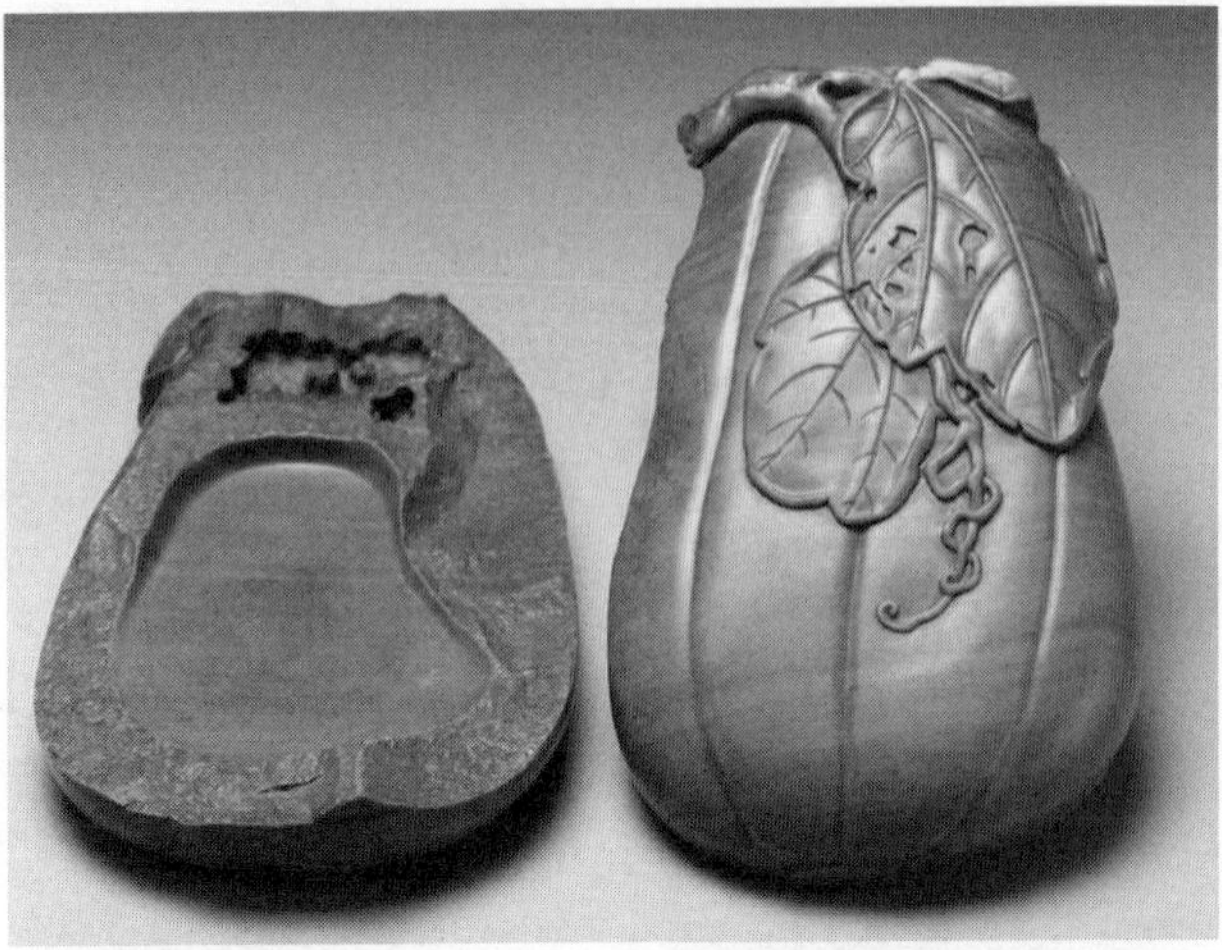

松花石甘瓜硯｜清時代・康熙年間(1662～1722年)｜台北・國立故宮博物院蔵

青紫墨｜明・天啓元(1621)年
程君房製｜台東区立書道博物館蔵

彩漆雲龍管筆｜明時代・嘉靖年間(1522～66年)
台北・國立故宮博物院蔵

第九話
書に四つの宝あり

前回、現存する〝紙に書かれた最古の文字〟『李柏尺牘稿《りはくせきとくこう》』を紹介した。紙を紹介すれば次に筆記具（筆、墨、硯）を紹介するのが手順だが、筆以外は最古のものと思われるものは中国にも残っていない。筆が先か、墨が先かを推測すると、これは墨または顔料の方が先に決っている。墨に関しては煙煤《すす》が最初という説はなるほどうなずける。洞窟《どうくつ》で暮らしていた人類が火を発見し、その煙煤に指先で触れ、洞窟の壁にナニモノかを描いた姿は十分に想像できる。次がおそらく色鮮やかな土であったろう。以前、スペインのアルタミラの洞窟画を見たが（マドリード国立考古学博物館のレプリカだが）、見事なものだった。オーストラリア、アボリジニの人々の壁画も鮮やかな土である。正確には細かい石（例えば蠟石《ろうせき》、滑石《かっせき》）。だから、顔料と呼んだ方がいい。おそらく古代中国でも同じ行動をしていたはずだ。この煙煤に脂質を合わせたものが墨である。当初は〝墨《ぼく》丸《がん》〟と呼ばれ、大きさ、かたちは碁石とほぼ似ている。それを水でやわらかくして使用する。

では筆であるが、これは書写するものが必要となる。それが第七話で紹介した木簡であり、竹簡、そして紙の登場で誕生する。想像するに、最初は指、次が尖った木片、竹であったろう。筆の登場の時代は定かではない。しかし言えることは木簡、紙（絹も使われた）の登場で一気に今日の筆のかたちが誕生したはずだ。前漢の末から後漢の初め、筆管を四つ割りにして毛を挟み、麻糸でしばり、根元を漆《うるし》で固めたものが発見されている。墨が、筆が、紙が、そして硯が誕生していく。文房具の誕生である。〝文房〟とは書斎である。王、貴族の間でのことだ。

さて今回六二ページで紹介するのは、その文房具の珍宝である。〝文房四宝《しほう》〟と呼ぶ。

四宝とは筆、墨、硯、紙を言う。皇帝が使ったものだ。まずは上にある見事な石。硯である。〝松花石甘瓜硯《しようかせきかんかけん》〟と称す。清の時代、四代皇帝、康熙帝《こうきてい》のために制作された。瓜のかたちを模したのは、瓜は種が多く、子種、子宝に恵まれて福を呼ぶとされたからだ。松花石は中国東北、吉林省《きつりん》と黒龍江省《こくりゆうこう》に流れる川、松花江で産出する。康熙帝はこの松花石を愛《め》で、石を産する地域に一般人の立入りを禁じ、帝室御用達の硯材《けんざい》とした。硯材は紫禁城《しきんじよう》に運ばれ宮廷の硯匠によって名硯を制作させた。硯匠はその技術を駆使した。よくご覧あれ、瓜の葉に虫食いの痕までつけている。さらによく見ると硯の下方に二ヶ所ほど鑿《のみ》の削り跡のようなものが残る。荒っぽい仕上げ？　ところがそうではない。蓋《ふた》にこなった瓜の内側に一ミリメートルの誤差もなく鑿の痕が彫られ、いったん蓋をすると、これが吸いついたように合わさり、片手では開かない。それほど精巧にできている。私に言わせると、だからどうしたという気持ちなのだが、まあそれはよろしい。なにしろ宝なのだから。

次に右下にあるのが〝宝の筆〟である。〝彩漆雲龍管筆《さいしつうんりゆうかんひつ》〟と称す。明《みん》の時代の嘉靖帝《かせいてい》が使用した。写真ではよく見えぬが、山、海、五爪の龍が施《ほどこ》されてある。これもだからどうしたという思いだが、宝なので紹介した。この硯と筆、二〇一四年六月から九月、東京国立博物館で開催された「台北　國立故宮博物院―神品至宝―」展に展示された。

最後が左下の墨である。同じく明の時代の〝青紫墨《せいしぼく》〟である。この墨は松と油を燃やして採取した煤と膠《にかわ》を練り、これを型に入れて乾燥、固体化させたものである。この製法は唐の時代に確立された。書道家の中には〝古墨〟と称して、三百年、五百年と経ったものを好む人もいるという。

なぜ四宝なのか？　ひとつには中国の歴代皇帝に書、画を自ら嗜《たしな》む帝が実に多かったことが挙げられる。それを賢帝の鑑《かがみ》としたからである。もうひとつは貴族の中で文人と呼ばれる人々が文房での書、画を愛で、これを最上の趣味とした。

その証しが、あの王羲之の真書を、自らが没した時に陵墓に一緒に埋葬させた唐の太宗皇帝の行動である。

その王羲之の時代にすでに〝文房を宝とする〟風潮はあった。では王羲之の筆も贅《ぜい》をつくしたものだったか。羲之先生曰《いわ》く、

「私は実際に書をする時は管筆（筆のこと）は素竹《しらたけ》の方が書き易いね」

そりゃそうだろう。まともな人間ならそうするはずだ。

硯は端渓《たんけい》と耳にする。端渓の硯は色は紫、肌理《きり》は艶《つや》やか、美しい紋斑《もんはん》があり、墨色は漆のようであるそうな。〝文房四宝〟言い出したらキリがない。私の趣味にはまったく合わない。左ページ下は筆入れである。筆筒《ひっとう》と呼ぶもので〝彫竹窺簡図筆筒《ちょうちくきかんずひっとう》〟と称すこれも宝だそうだ。朱稚征《しゅちせい》という名匠の作。元《げん》時代の芝居のワンシーンが彫ってある。

私の好みの硯は左ページ上の〝陶硯《とうけん》〟。漢の時代の硯で、この硯が皿状に凹部があるのは、ここに煤のかたまりを置き、磨りつぶしながら水を加え、墨液をこしらえたからだ。こういうこまやかで丁寧な準備が、その人なりの文字を書かせることになると私は信じている。真の宝は人間の内に在ると、森鷗外《もりおうがい》先生もおっしゃっている。

陶硯｜漢時代(BC 2～AD 3 世紀)
河南省洛陽出土｜台東区立書道博物館蔵

彫竹窺簡図筆筒｜明時代(17世紀)
台北・國立故宮博物院蔵

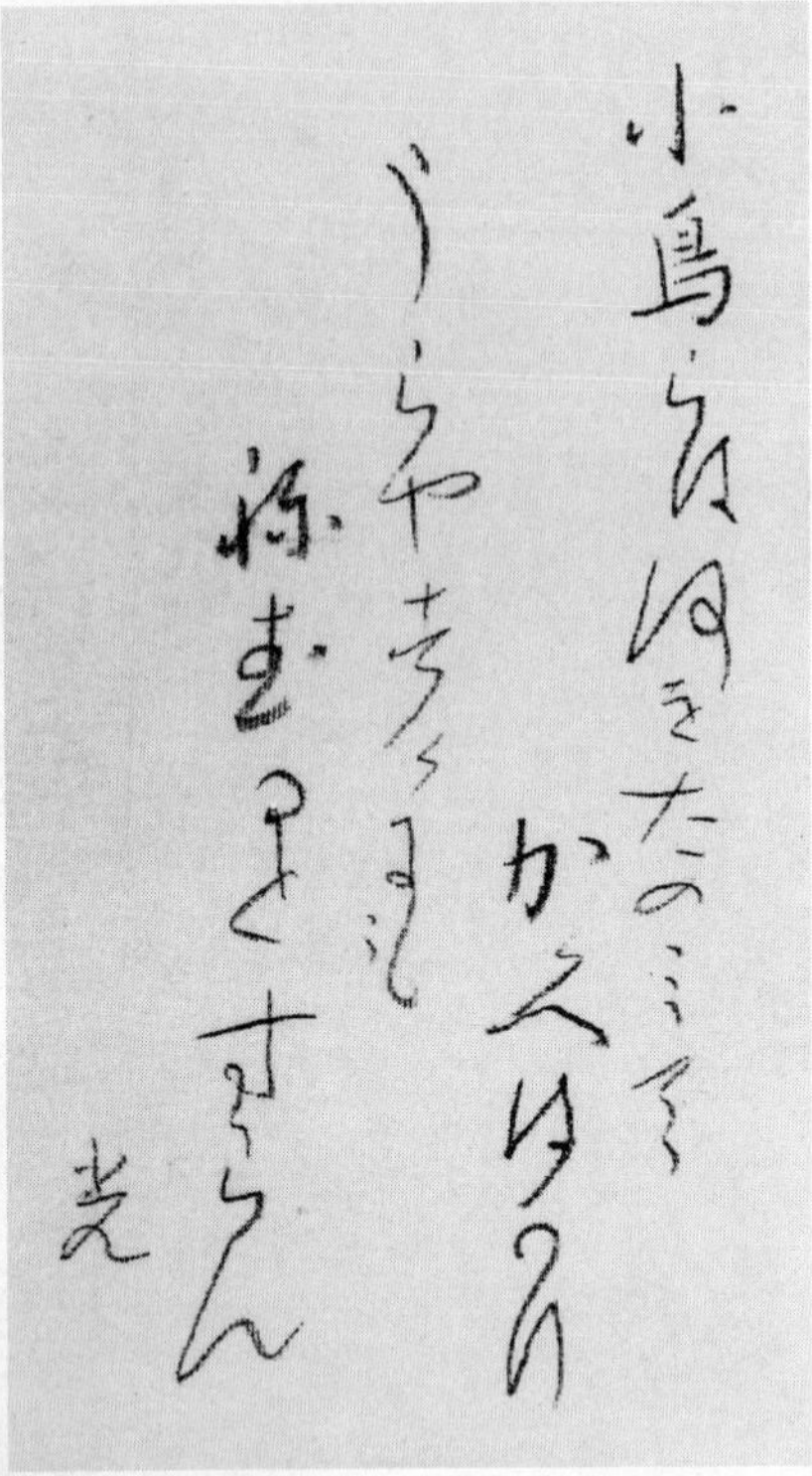

短歌（白文鳥の包みより）一高村光太郎一昭和6（1931）年頃

小鳥らは何をたのみて
かくばかり
うらやすげにも
ねむるとすらん　　光

白文鳥（木彫）一高村光太郎
昭和6（1931）年頃一高村規撮影

第十話 猛女と詩人の恋

彫刻家であり、日本の近代詩の先駆者である高村光太郎《たかむらこうたろう》は、書についてこう語っている。

「書をみるのはたのしい。画（絵画）は見飽きることもあるが、書はいくら見ていてもあきない。またいくどくり返してみてもそのたびに新らしく感ずる」

光太郎の晩年の言葉だが、光太郎の書は実に味わいがあり、まさに見ていて飽きない。彼はほとんど独学で、素晴らしい書の世界を手に入れている。若い時に書の先生に習ったが、それらの書がつまらないことに晩年気付いた。独学と書いたが、古典の書、拓本を師とした。『書について』という文章もあり、書とは何かを深く考察している。この光太郎が、最初に、書はどうも厄介だと感じた述懐がある。

「中国の書には王羲之なんかがいて、どうにも歯が立たないと思ったけれど、黄山谷《こうさんこく》（北宋時代の人）なんか見るとこういうのもあるかと思って。（略）これから書を自分のものにしようと思う」。こう思ったのが昭和三十年（一九五五年）だから、千六百年前の王羲之はやはりたいしたものだったのである。

さて六八ページ上にあるのは高村光太郎の書である。これは布に書かれた。なぜ布なのか。それは下の作品、『白文鳥』なる木彫りの作品を包んだ白絹に、光太郎の短歌が二首添えられていた。布に書かれているせいか文字はややかすれ気味だが、木彫りの作品と同様に愛にあふれた歌である。光太郎は四十七、八歳で、妻、智恵子《ちえこ》のこころが少しずつ病みつつあったが、仲睦まじい文鳥は、二人の愛のかたちを表現していると想像しても間違いではなかろう。

なぜ高村光太郎なのか。ここしばらく、歴史の紹介、果ては文房具など、どうも色気がない。文字、書に色気が必要か？　創造物に色気、ユーモアがなければ、それはただの唐変木のマスターベーションでしかない。光太郎の書と歌とともに、智恵子への愛とその象徴と思える小鳥をお見せした。

左ページは、現在、正倉院《しょうそういん》に仕舞われてある、日本の最古の類《たぐ》いに入る書を紹介する。『楽毅論《がくきろん》』と称する。『楽毅論』は、〝書聖〟王羲之の書写された古文書のひとつである。戦国時代の武将、楽毅の人物を論じた一文である。王羲之の書にしては少し荒っぽいのでは？　御明察、御慧眼《けいがん》ですな。これを書いたのは日本人。それも女性の手になるもの。

光明《こうみょう》皇后の書である。

王羲之の模写本に臨んで書いた。臨書《りんしょ》（そばに置き、手本として書くこと）である。日本に

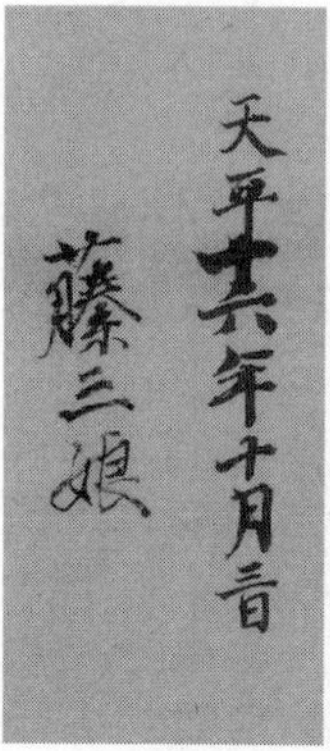
天平十六年十月三日
藤三娘

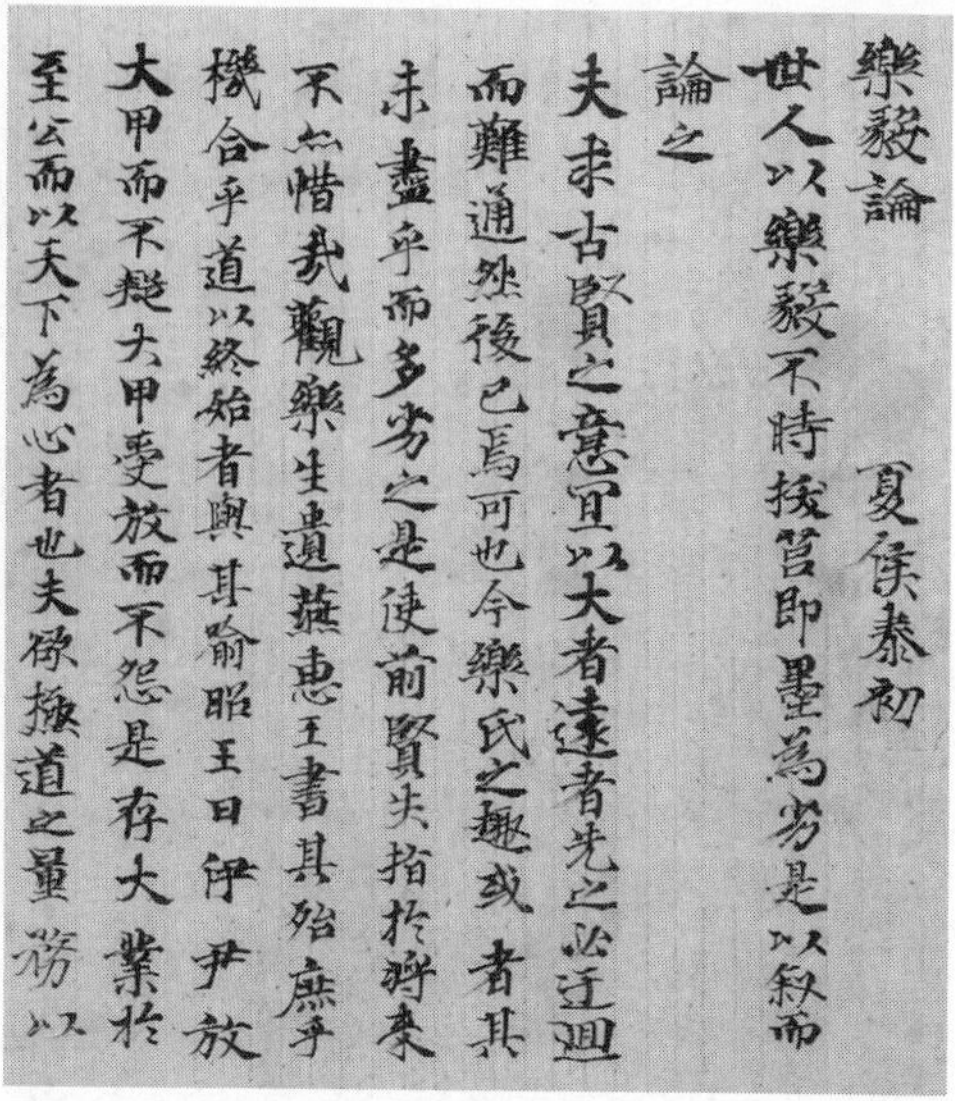
樂毅論　夏侯泰初
世人以樂毅不時拔莒即墨爲劣是以叙而
論之
夫求古賢之意宜以大者遠者先之必迂迴
而難通然後已焉可也今樂氏之趣或者其
未盡乎而多劣之是使前賢失指於將來
不亦惜哉觀樂生遺燕惠王書其殆庶乎
機合乎道以終始者與其喩昭王曰伊尹放
大甲而不疑大甲受放而不怨是存大業於
至公而以天下爲心者也夫欲極道之量務以

楽毅論｜光明皇后
天平16(744)年
正倉院蔵

残る王羲之の臨書の最古の一文である。皇后が自らすすんで書を学んだ一文がきちんと現在まで保管してある。正倉院という宝物殿、いや存在はたいしたものである。恐れ入る。光明皇后とは、全国にあの国分寺《こくぶんじ》を建立し、東大寺を建て大仏を造立した、仏教興隆の天平《てんぴょう》文化を実現させた聖武《しょうむ》天皇の皇后である。この光明皇后の書の左手に、〝天平十六年十月三日〟と臨書した日付けとともに妙な名前か何か三文字の署名がある。〝藤三娘〟とある。とうさんじょう、と読む。読んで字のごとく藤原《ふじわら》の家の三女です、という意味。この時すでに彼女は皇后であった。なのにわざわざ藤三娘と書いたのは、彼女にとって藤原家は誇るべき家柄であったのだ。藤原不比等《ふひと》の三女である。不比等は〝大化の改新〟の主人公の一人、藤原鎌足《かまたり》の子である。親子二代にわたって長い権力闘争の末、藤原家は天皇に自分たちの娘を嫁がせ藤原の血が流れる皇子が天皇になるという絶頂期を迎えていた。その象徴が三女の安宿媛《あすかべひめ》こと光明皇后であった。政略結婚とはいえ、光明皇后は腺病質《せんびょうしつ》だった夫、聖武天皇につくし、夫が患《わずら》うと都の僧たちに祈禱、加持を積極的にさせ、功労のあった僧を手厚く迎えた。手厚過ぎて、玄昉《げんぼう》という僧侶などとは、『大日本史《だいにほんし》』に「頗《すこぶ》る醜声《しゅうせい》あり」とスキャンダルまで噂《うわさ》された。猛女である。

七一ページの光明皇后の書は男勝《おとこまさ》りの文字である。勢いがあるし、気丈さがそのまま文字にあらわれている。

天平時代の日本において、トップレディーが王羲之先生の書をきちんと臨書し書を学ぶ慣わしがあったことに、意義があったのである。夫の聖武天皇にも『雑集《ざっしゅう》』と称する書がやはり正倉院に日本で最古の肉筆の書として保管されているが、こちらは猛女と比べて、繊細すぎるほど華麗な筆致《ひっち》で、唐風の筆遣いの中に大陸を脱した文字の特徴があらわれていて面白い。夫婦揃って肉筆が仲良く仕舞われてあるのもあいらしい。

最後に左ページ下の一文。これは書ではない。誰もが知っている光太郎の代表作『道程』の生原稿である。〝僕の前に道はない……〟。この文字をよくご覧いただければわかるが（おそらく濃い芯の鉛筆を使用か）、光太郎の律義な性格が筆遣いにあらわれている。光太郎の筆遣いは強靱で丁寧である。光太郎の時代はまだ、最初に筆によって文字を書くことを学んだ。故に鉛筆書きにも字体があらわれた。

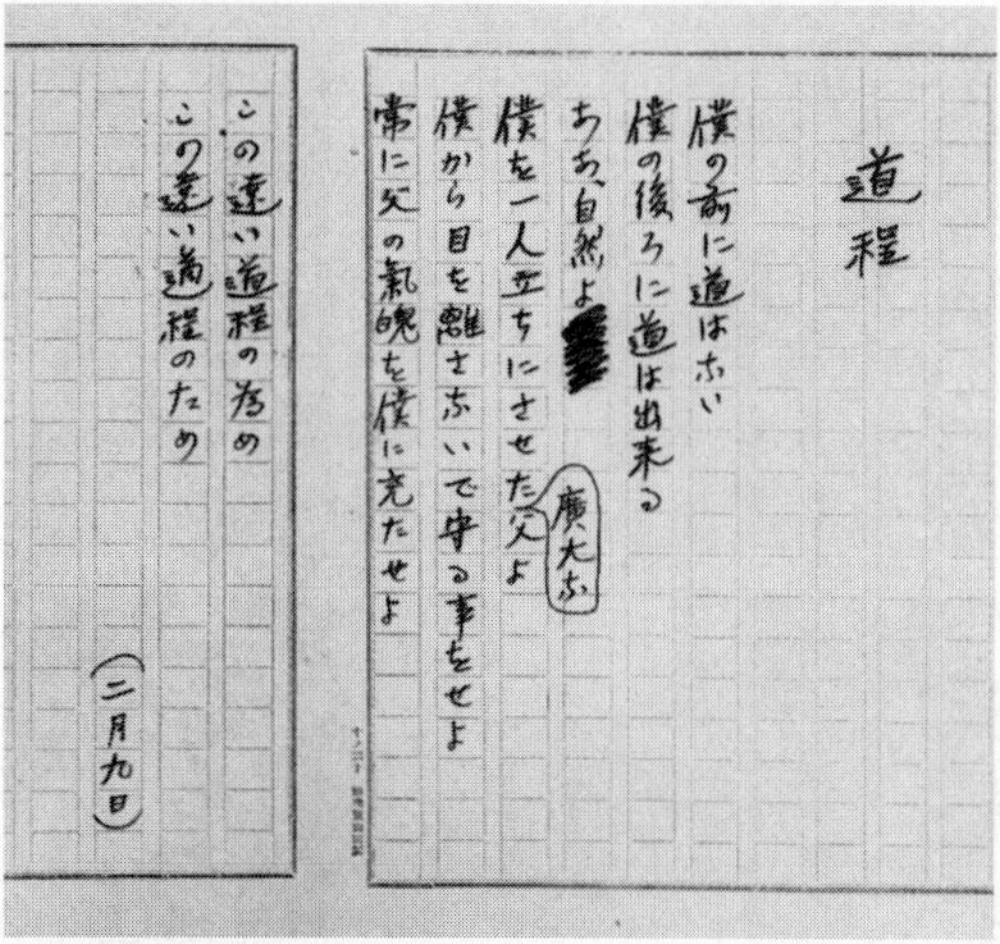
道程

僕の前に道はない
僕の後ろに道は出来る
ああ、自然よ
僕を一人立ちにさせた廣大な父よ
僕から目を離さないで守る事をせよ
常に父の氣魄を僕に充たせよ
この遠い道程の為め
この遠い道程のため

（二月九日）

「道程」自筆原稿｜高村光太郎｜大正３（1914）年

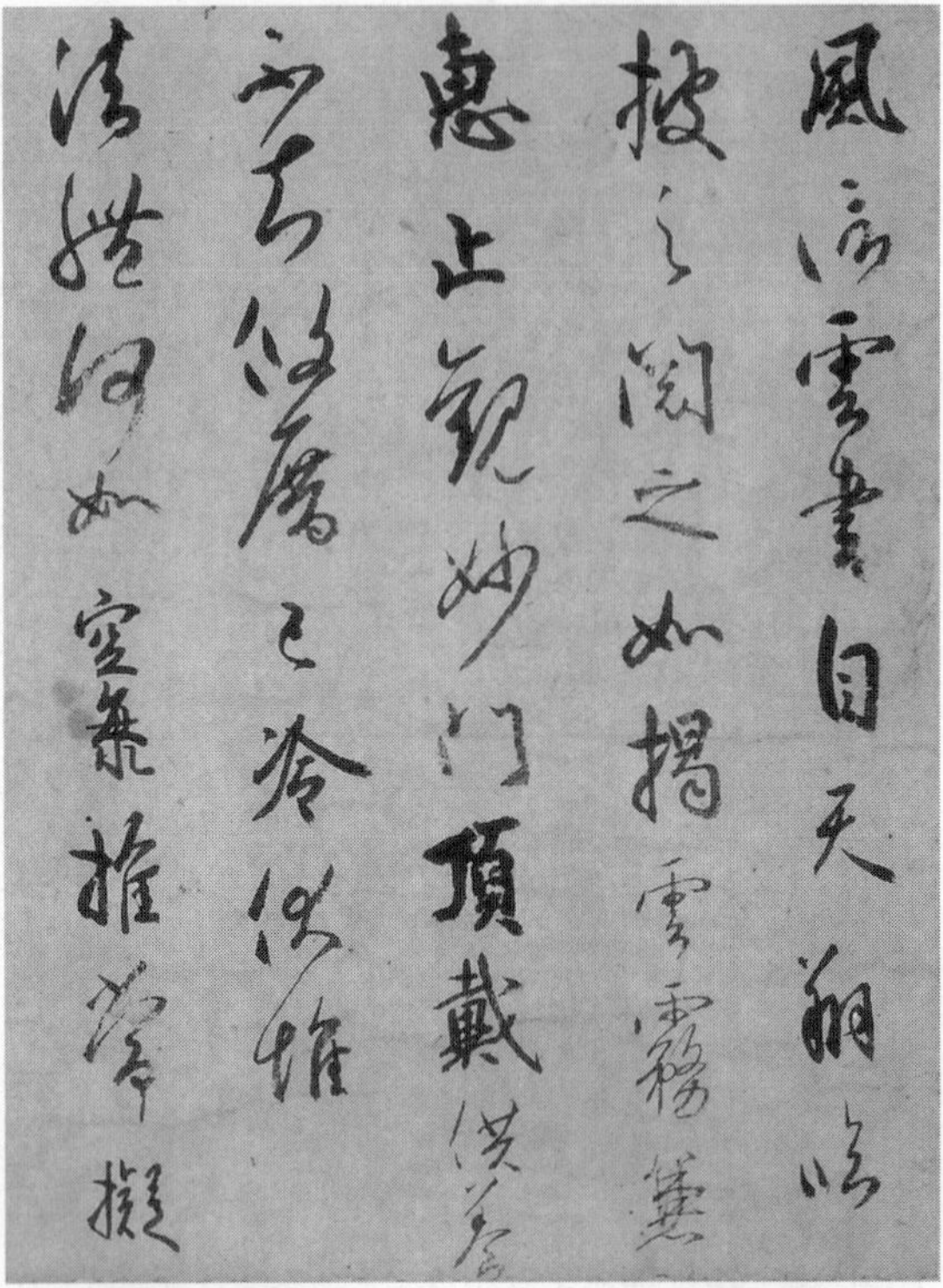

風信帖　空海　弘仁元〜4（810〜813）年頃　東寺蔵

風信帖（部分）

蘭亭序（八柱第一本）　王羲之
北京・故宮博物院蔵

第十一話
弘法にも筆のあやまり

〝弘法《こうぼう》にも筆のあやまり〟という諺《ことわざ》がある。
若い人もこの言葉は知っているという。意外だった。
なぜご存知か、と訊くと、受験問題に出た、と答えた。意味は？　字をよく知ってい
る弘法という偉い僧が天皇に言われて都の大内裏《だいだいり》の門にかける額に門の名前を書いた。す
ると〝應天門《おうてんもん》〟の〝應〟という字の〝心〟の部位に点がひとつ足らなかった。その故事
から、どんな名人でも失敗はあるという意味です。付け加えて若者は、英語で言うと
〝Even Homer sometimes nods.（ホメロスでさえ時に居眠りをする）〟と笑った。
続いて私は訊いた。「その弘法、弘法大師でもいいが、どんな人だね」「偉い僧です」
「どんなふうに？」「そこまでは必要ありません。そういう問題は出題されませんから」。
なるほど。「弘法大師は真言宗《しんごんしゅう》の開祖の空海《くうかい》だよ」「そうなんですか」「ほら四国の巡礼の
お遍路さんは大師さん、つまり空海と一緒に霊場を祈りながら歩くということだ。〝同行《どうぎょう》
二人《ににん》〟のもう一人は空海だ」「あっ、そうなんだ。四国の巡礼は知ってるけどクウカイや

ドウギョウナントカは知らない。そこまではいらないから」「……そうかね」

インターネット、スマートフォンで何かを知ろうとすると、ことごとくこういう結論になる。それは受験の答えであって、生きる上の答えではない。この状況、日本人が病気なのかどうか私にはわからない。

さて今回は若者も書の名人らしきと名前は知っている弘法大師こと空海の書である。七四ページ上の書をご覧あれ。これが現存する日本人の書の中でトップ・オブ・ザ・トップと評す人もあると言われてもすぐには解ってもらえまい。

『風信帖《ふうしんじょう》』と称する。

書かれたのは弘仁《こうにん》元年から四年の間（八一〇年〜八一三年）の諸説ある。作者の空海はすでに留学した唐《とう》において密教を学んで帰国し、僧としての地位はかなり偉くなっていた。その空海が大先輩の最澄《さいちょう》に宛てた手紙を、冒頭の文字から『風信帖』と称し、現在は国宝になっている。手紙は三通。『忽披帖《こつぴじょう》』『忽恵帖《こつけいじょう》』と続く。故に『弘法大師尺牘《せきとく》三通』とも呼ぶ。『風信帖』は百二十字ほどの短い手紙だ。冒頭の五行しか紹介していないので、この書のどこが素晴らしいのかすぐに解らない。私も最初そうだった。ところが少し時間をかけてこれを眺めていると一文字一文字が何とはなしにイイ感じであり、〝この字、千二百年過ぎても生きてるナ〟と思いはじめた。見ていて飽きない。前回紹介した彫刻家、詩人の高村光太郎の言葉がうなずける。

「絵は見飽きることもあるが、書はいくら見ていてもあきない」

手紙の内容は、仏典を借りたお礼と忙しくて最澄の居る山までは逢いに行けない。先輩からこちらに降りて来てもらえないか。という旨《むね》が書いてある。

その手紙の下の、この書の冒頭の空海の書いた〝風〟の拡大をご覧あれ。その左隣りによく似た〝風〟を並べた。〝書聖〟王羲之の書いた〝風〟。あの名書『蘭亭序』から選んで来た。

この酷似《こくじ》は偶然ではなく、あきらかに王羲之の書体を手本としている。前回紹介した光明皇后の手による王羲之の『楽毅論』の書写とはずいぶんとレベルが違う。当たり前である。名人の中の名人なのである。第三話で遣唐使で唐に渡った若い僧たちがこぞって王羲之の写本を手に入れてこれを習い学んだと書いたが、空海はその代表である。空海と同じ船で唐に渡った留学生に橘逸勢《たちばなのはやなり》がいた。逸勢もまた書を懸命に学んだ。この逸勢と嵯峨《さが》天皇に空海を入れて日本の〝三筆〟と呼ぶ。

この三通の手紙の書は少しずつ筆遣いが変化している。具体的に言うと他の二通には個性があらわれる。一通目は緊張が感じられる書と評される。理由は空海の大先輩の高僧、最澄への手紙の書き出しだから清書の感が当然ある。清々《すがすが》しく書けば手本の王羲之のかたちとなる。それが微笑ましい。空海も人である。但し注目は二通、三通目の個性で、ここに王羲之、いや中国を模範とし、日本人の書があらたにスタートした、日本人の独自性が表われたと言える。活き活きとした行書は見事である。どんなふうにいいのかは書の本でも見て感じてもらうしかない。

書も興味深いが、この五行を見て面白いことに気付く。漢字だけでの文章である。そう、まだ日本語は確立していないのだ。話す言葉はすでに存在したが文章はまだ漢文でやりとりしていた。


四国八十八ヶ所霊場は若き日に空海が生国の四国各地で修行した霊験あらたかな場所であるが、これは空海の能力のほんの一部でしかない。

空海が杖で岩をトンと叩くとたちどころに泉が湧いた。さらに力を込めると温泉が湧き出た。現存する日本の温泉の大半はこの人の発見だ。勿論、伝説である。ところがこれを信じる人は数多《あまた》いる。抜群の能力と行動力を有していた。その伝説は五千を越えるという。ホンマかいな？　ただ、仏教界において、唐より密教の伝法と曼荼羅《まんだら》を持ち帰り、仏教の根源を震撼《しんかん》させた僧は空海をおいてほかにない。

この僧の生涯をあらためて辿ってみると、とても人間とは思えない。彼の日々はほとんど奇跡の連続である。

嘘か真実かわからないが、空海は山奥の院の一室でいまなお生きて私たちを見守っているそうだ。

紙数がつきたので、次回でその奇跡とさらに見事な書を紹介する。

崔子玉座右銘｜空海
平安時代(9世紀)｜宝亀院蔵
写真提供：高野山霊宝館

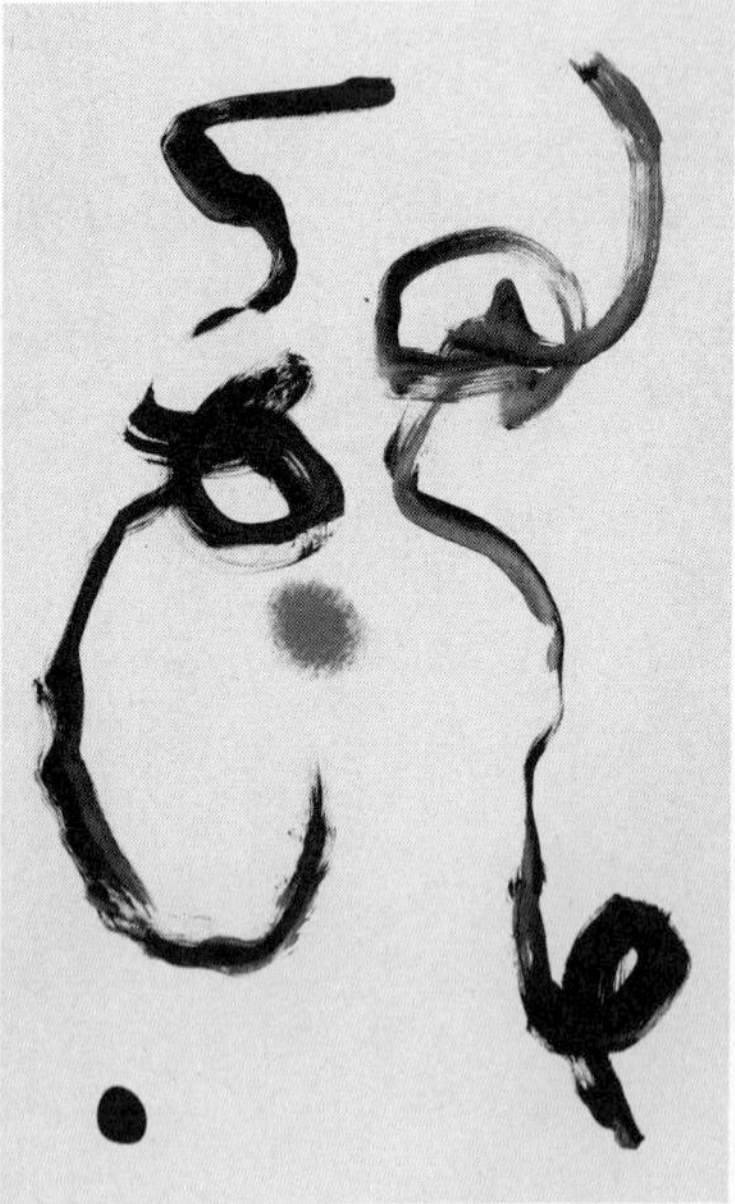

Paroles du Poète Miró, Joan 1968

第十二話　美は万人が共有するものか

文字？　絵？　それとも落書きにも似たもの。書に見えれば、あなたはたいしたもの。

そう、前ページ右は実は前回で紹介した弘法大師さんこと空海がしたためた書の一部分である。『崔子玉座右銘《さいしぎよくざゆうめい》』という後漢時代に生きた崔瑗《さいえん》（子玉）の座右銘を空海が書いたものである。ふたつの文字は、〝短〟と、〝無〟である。

空海の書の左隣りにあるのは何か。

書？　そう見えますか。

えっ？　現代の創作、新書体ではとおっしゃりたいか。たしかにこういうものを書の展覧会で私も見たことがある。

しかしこれは書ではない。スペインが生んだ二十世紀最大の巨匠、画家のジョアン・ミロが描いた作品で『詩人の言葉』と題されたもの。力強い作品だった。空海の文字が一文字幅約十二センチ、長さ約十六センチに対して、ミロの作品はタテ百三十センチ、ヨコ百九十五センチのカンヴァスに堂々と仕上げられている。

今の説明でおわかりになったと思うが、実はミロの作品は実際には横長で、正しく鑑賞するには手元を九十度回転してもらわねばならない。

なぜわざわざ作品をタテにしたか。お気付きの人もあろう。

空海の書とミロの絵画はどことなく相似しているのである。

偶然か？　それは勿論、偶然に決っているが、必然までたぐり寄せるのが〝遊び〟というものである。

ミロが画家として歩みはじめた時代、ヨーロッパに日本文化が紹介されたことによりジャポニスム、すなわち、日本趣味が流行した。印象派の画家たちに影響を与え、モネなどは『ジャポニスム』と題した作品まで描いた。これを若い時代にパリで修業したミロが知らぬはずがない。

そんな理由ですか？　まあ話は最後まで。

一九六六年、ミロは東京、京都で開催された「ミロ展」の折、日本を訪れている。七十三歳だったが画家は精力的に旅をして日本文化に触れた。そうして銀座のちいさな画廊で一人の日本人を紹介される。詩人・美術評論家の瀧口修造《たきぐちしゅうぞう》である。口数の少ない詩人が一冊の本をミロに渡す。ミロの世界を讃美した小冊子だった。それをミロに同行していた詩人のジャック・デュパンが手に取り、その本の発行年月日をたしかめ「ミロ君、これは君の作品について世界で最初に書かれた本だよ」と告げる。ミロは感動し、十歳下の瀧口の肩を抱く。

ミロはこの旅で日本に魅了され、四年後、大阪で開催される万国博覧会の壁画制作のため日本を再訪する。二人は大阪のホテルで同宿し、一冊の詩と絵のコラボレーションを完成させる。ミロの作品『詩人の言葉』は瀧口と逢った二年後に描かれた。ミロは多くの土産品をスペインに持ち帰った。その中に日本の絵画、書の紹介があったのである。

ではその書の中に、空海の書いた『崔子玉座右銘』があったのか。

そこまで私が知るわけがない。しかしないと誰が言える。

この夏、空海に少し触れてみたが、正直、疲れるというか、弘法大師さんに関しては、私のごとき俗人が立ち入らぬ方がよろしいと門前に立ったきりで了解した。ちなみに伝説だけで五千を越える。現在、日本にある湧水、温泉の大半は空海が発見したらしい。福島、新潟の温泉に空海はいつ行かれたのか？　これは序の口。平仮名。いろは歌。お灸。水銀鉱脈。讃岐うどん。手こね寿司。九条葱……、うどんと寿司ですぞ。これ以上挙げたら、この国の諸々のことに大師さんの手が絡んでしまう。

本題に戻って、ともかく空海の書は群を抜いている。何が群を抜いているのか。

もう一度、八〇ページ右の見事な草書体を見ていただこう。〝短〟、〝無〟の二文字である。第二話から、書の先生、〝書聖〟として紹介してきた王羲之先生の文字とは違った感覚が空海のこの書には感じられる。

――空海の書には何があるのか？

このすべての答えにはならないが、もう一度、ミロの『詩人の言葉』と題された絵画を見て欲しい。この作品を、美しいと感じるヨーロッパの人々がいる。勿論、東洋、日本においてでもよろしい。

実は、私がこの連載をはじめるきっかけは、ミロのこの絵画を鑑賞した時、日本の書のイメージが湧いたからなのである。

〝美〟とは万人が共有するものを包含していると言ったギリシャの哲学者は誰であったか。

MIRÓ
ホアン・ミロ
まずホアン・ミロという画家の魅力は何なのか，またどうしてこのような絵画が生まれたのか，という，素朴ではあるが，おそらく本質的な疑問が浮んでくるだろう．ミロの絵画は時には子供のように単純で，無邪気であるが，時には深刻なソフィスティケーションがあり，皮肉がある．細心ではあるが，底知れぬ自由さがある．抒情的ではあるが，感傷的ではない．むしろ色彩や線や形態の根源的な要素を，この現実の空間に，物質の世界に生きたものとして表現する魔術師のような能力をもっているのではなかろうか．そこに何かしら「黒い魔術」のようなものが想像されるだろうか．
瀧口修造
日本で初めてミロを紹介した瀧口修造の『ミロ』

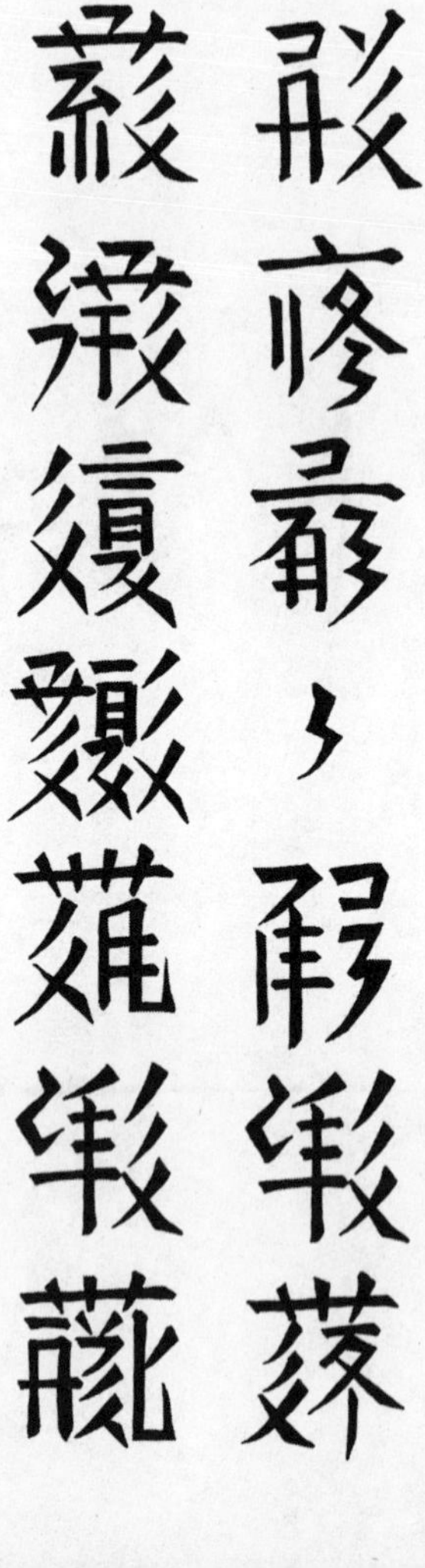

西夏文字
智者はおだやかに言い、人を伏す
黄河はゆるやかに往き、人をのせる

第十三話　二人の大王が嫉《ねた》んだもの

　高いレベルの文化を築いた国家が、歴史の中で忽然《こつぜん》と姿を消し、その痕跡《こんせき》、生きていた人々の末裔《まつえい》さえ不確かになるケースは数えるほどしかない。

　紀元前なら、地中海文化圏で活躍し、彼等の持つ高度な航海術で交易を拡張し一大勢力を築いたフェニキア人の国家があった。イベリア半島の銀を東方へ持ち込む航路を独占し、交易上の契約文書に用いたのがフェニキア文字であったらしい。フェニキア人が、或る日突然、歴史から消えるのは、あのアレキサンダー大王が絡む。フェニキアの中心都市ティルスが若き大王に包囲され、降伏勧告を受けたが拒絶した。三千人が殺戮《さつりく》され三万人以上が奴隷とされた。そしてフェニキア人の国家が消えた。

　今回は妙な話からはじめたが、まずは右ページにある奇妙な文字。西夏《せいか》文字と呼ぶ。西夏王国の文字である。この文字、漢字と似ているような、まったく似ていないような、やはり独自の文字と呼ぶ方が正しいだろう。奇妙な、という形容をしたが、私個人はこの西夏文字を美しいと感じる。この二行は七言一句の対句で、「智者はおだやかに言い、人を説伏《せっぷく》し、黄河はゆるやかに流れて、人を運んでいる」。格言である。人生というものはゆったりと過ごし、物事を成就させるべきだ、と西夏王国の賢者が申したのであろう。格言、説話を見ればその国家の文化度がわかる。西夏は相当な文化を持っていたらしい。

国家の成立は一〇三八年、皇帝、李《り》元昊《げんこう》の時となっているが、それ以前、祖父、父の李《り》継遷《けいせん》、李《り》徳明《とくめい》がタングート族を制し、小国を成立させていたが、まだ国家と呼ぶにはあまりにも人々のまとまりがなかった。なにしろタングート族、ウイグル族、モンゴル族、チベット族、トルコ人に中国人（漢人）が混じった当時としては稀《まれ》な多民族集団であった。しかも彼等は三十年余りの間に、現在の中国西北部において、黄河と山間部を数度にわたり大移動を繰り返した。〝流浪の民族国家〟である。そこも前述したフェニキア人と似ているのが奇異である。三代目、李元昊の時代にようやく安住の土地におさまり、東南に中国・宋朝（北宋）、西南に吐《と》蕃《ばん》国、北境に遼《りょう》国、さらに北にはモンゴル族が台頭しつつある列国の中にあった。

李元昊は宋朝と交戦、和解をくり返しつつ国家の基盤を固めていった。元昊は交戦を好む猛勇な気質であったが、同時に仏教を篤く遇し、漢人、チベット人であれ有能な人材をすすんで登用した。

皇帝は、交易で入る国家予算の大半を強兵策に費やし、同時に多民族国家をひとつの旗の下にまとめるため、法、律令の確立のために言語を統一する。ともかく対立する宋朝が持つ〝漢字〟よりもすぐれた言語を持ちたい、作りたいという皇帝の大望の下に西夏文字は誕生したのである。

西田龍雄《にしだたつお》博士。わが国の西夏言語研究の第一人者である。博士の研究から西夏文字は原字（基本となる文字）が総数約三百五十。そこから派生した文字が六千数百字。書体は篆書、楷書、行書、草書の四種類で漢字と似ている。だが見てもらったとおり、似て異なる文字である。なぜ異なったか。それは新国家成立における人々の夢、希望といった昂揚感と誇るべきものを創造しなくてはという使命感が合致したからだろう。新しい国の言語は崇高で美しくあらねば……。

また、西夏の人は織物と細かい金、銀の刺繡《ししゅう》の技術にすぐれていた。華やかな衣裳のせいだけではなく、西夏の女性は当時の列国の中でもっとも美しいと評判だったとか。その証拠に、皇帝、元昊は彼の息子の嫁にやって来た娘のあまりの美貌《びぼう》に皇后と息子を追い出し、妃としたほどである。元昊は追い出した皇后と息子に宴の席で鼻を落とされ、その怪我が原因で亡くなるが、西夏王国は繁栄を続け、十代の帝がその地位に就くが、少しずつ漢人（宋）の官僚主義が台頭し、北宋が金《きん》に滅ぼされると金に服属するようになり、富国強兵の精神が衰退して行く。

その頃、北の地、モンゴル高原で一人の若者が辛酸を舐めつつ打ち続く戦いに奇跡的に勝利し、一二〇六年にモンゴル帝国を誕生させていた。テムジンことチンギス・ハンである。北方民族史上で最大の、いや歴史上で最大の広さの帝国の礎を築いた英雄は数奇な運命と、奇跡の生涯を踏みだしていた。若き帝王は一族の恨みの的、満州民族の金朝を倒すべく、最後の戦いの場として挑んだのが、金の隣国、西夏王国であった。西夏は容易に陥ちなかった。

三ヶ月が過ぎても、西夏の都、興慶府《こうけいふ》（寧夏《ねいか》）は抵抗を続けていた。都を包囲したときハンは己の身体がすでに死期を迎えていることを察知し、側近を呼んで言った。「私が死んでも、その死は公表するな。目の前の西夏はあと三ヶ月もすれば投降してくる。そうしたら都の何人《なんぴと》も生きて残してはならぬ。すべて殺し、建物も、その痕跡もこの世から消すのだ」。そう言って奇跡の帝は永眠した。予言どおり三ヶ月後、西夏王、李晛《りけん》は投降する。モンゴル軍は都の人と建物すべてを焼きつくす。

なぜ、ハンは西夏を痕跡なきまで消滅させたか。なぜ、アレキサンダー大王はフェニキア人の国家をすべて消滅させたか。

ふたつの国家に共通したものは他国にない文化（秀でた航海術と西域《さいいき》一の軍事力、フェニキア文字と西夏文字）であった。――この民族を生かしておいたら子孫がいつか征服される？

そう考えたかどうかはわからぬが、西夏文字は史上稀有《けう》な帝の目にはどう映ったのだろうか。人のこころはわからない。

左ページは西夏文字の〝人〟と〝こころ〟である。配列を変えただけで、唯物が唯心となる。

ただの文字ではない。

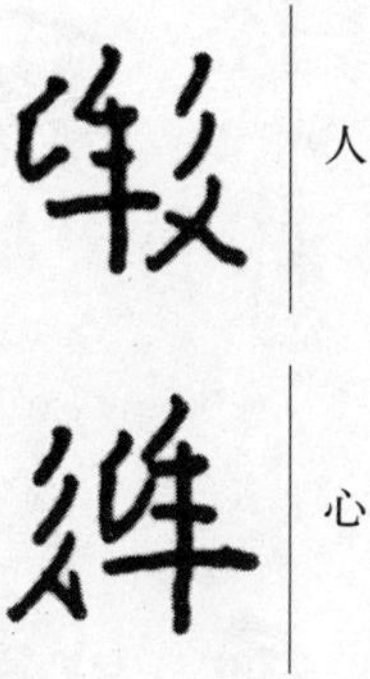

『西夏文字の話』（西田龍雄著、大修館書店）より

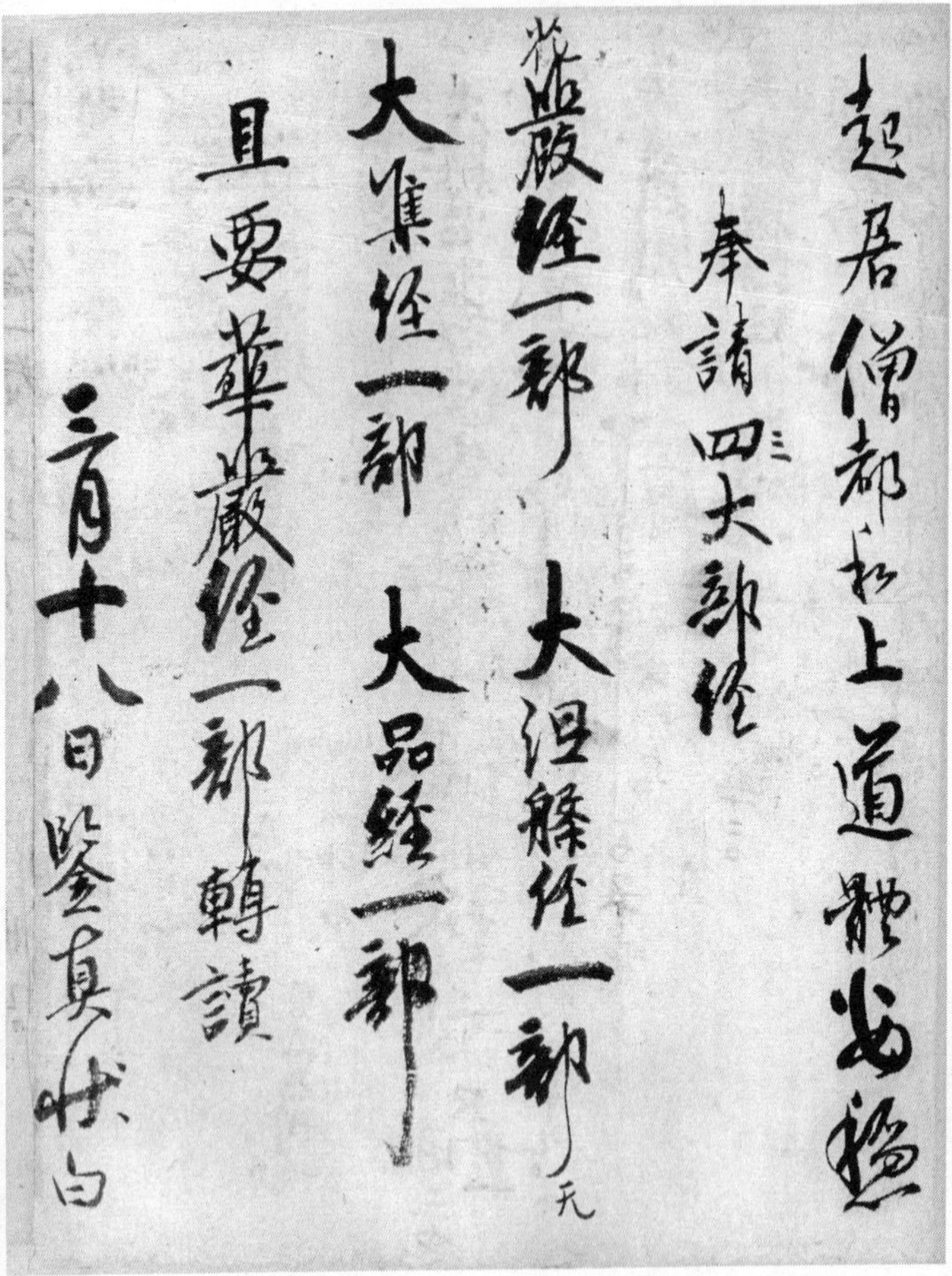
超居僧都和上道體安穏
奉請四大部経
華厳経一部　大涅槃経一部
大集経一部　大品経一部
且要華厳経一部轉讀
三月十八日鑑真状白

僧鑑真状｜鑑真｜奈良時代（8世紀）｜正倉院蔵

第十四話

我一人行かん、と僧は言った

歴史上でユーラシア大陸の大半を統治した二人の大王（アレキサンダー大王、チンギス・ハン）が小国とはいえ、高度な文化、特にすぐれた文字体系を持つ国を跡形もなく滅亡させたことを書いたが、二人の大王の逆鱗にふれた理由が羨《うらや》むほどの文字体系であったかどうかは誰にもわからない。しかしこの連載は頑《かたく》なな歴史観では面白味がない。

西夏文字を私は素晴らしいと思った。あれほどの言語とかたちがどうやって誕生したかについて、白川静博士をはじめとする言語学者の見解は面白い。それはあれほどの数の文字が長い歳月をかけて完成したのだろうと思うのが、私たち素人の発想だが、さにあらず。白川博士もそうだが、何千という文字は短期間に一気に誕生したであろうと説く。私もこの説に同意する。しかも少人数の頭脳で誕生したであろうと。おそるべきは実は私たち人間の能力とエネルギーなのである。文字による無限の組合せは決して複雑ではなく、むしろ情緒的なものがすべてを決定していると考えた方がより面白い。

さて今回は、その情緒、抒情の人の書いた文字を紹介する。

九二ページにあるのは、またも正倉院にしまわれている古文書。正確には本を数冊お借りしたいという借用の申し込みの手紙だ。『僧鑑真状《そうがんじんじょう》』と称する。五行の文書に日付けと署名がある。四部の経典を借り受けたい主旨が簡単に綴ってある。この文字はまことに人柄が出ている。書いた人の名前は〝鑑真〟。名前は聞いた人もあろう。今日、日本全国に七万を越える仏教寺院があり、多くの僧侶とあまたの仏教信仰者が日々の生活の中で祈りを続けている、その礎を築いた僧侶である。

ともかく偉い人なのである。格が違う。どのくらい偉いかと言うと、おそらく日本という国家が成立して以来、日本人と国家にこれほどの影響を与えた外国人は他にはいまい。そうしてこれほど慈愛に満ちたこころで日本人に接した人物もまずいない。

鑑真は元々、唐の国で何万人という弟子を持つ高名な僧であった。

そんな偉い人がなぜ日本に？　それは鑑真が来日する二百年前にすでに仏教は日本に伝来し、天皇をはじめとしてこぞって仏教で日本人の精神をひとつにして国を築こうとしていたのだが、僧侶というものがどう生き、どう行動をするべきかがはっきりと理解できていなかった。そんな中で奈良において若い僧が祖父を斧《おの》で殺してしまう事件が起きた。この時、僧をどう罰してよいのかもわからなかった。そんな事件が各地であり、天皇は仏教の本場である中国から高僧を招き、教えを乞うようにと遣唐使の中に若い僧侶を使者として送り、人物を探した。その結果、数名の僧は来日したが、支柱となる僧がいなかった。

七四二年、揚州《ようしゅう》の大明寺《だいめいじ》で律《りつ》の講話をしていた鑑真の元に、栄叡《ようえい》と普照《ふしょう》の若い留学僧が訪ね、日本に来て戒師《かいし》となって欲しいと懇願した。それを聞いた弟子たちは驚愕した。何を言い出す、この留学僧は、バカな……。ところが鑑真は弟子たちに言う。日本人は私たちを待っている。誰かこの要請に応えて仏法を伝えようという者はいるか、と問う。弟子たちは静まりかえった。一人の弟子が鑑真に告げる。「日本は大変遠く、海路も険しく百人に一人もたどりつきません。そもそも人間として誕生するのも難しいし、ましてや世界の中心の中国に誕生するのはさらに難しい。その中で今修行中の我々は悟りを開くのに精一杯でとても日本などに行けません」。まあもっともなことだ。ところが鑑真は澄んだ声で言う。「これは仏法にかかわることだ。どうして命を惜しもうか。皆が行かないなら、私が行く」。一坐は目を見張り沈黙した。

ここから鑑真の日本へ渡るための果しない苦難がはじまる。

六年間に五回の渡航失敗。一度は台風でベトナム近くまで船が流されたこともあった。その間に鑑真と行動をともにした若い僧が何人も亡くなり、日本の留学僧の栄叡までも亡くなります。その上、疲労の連続で、鑑真は失明します。それでも鑑真はあきらめません。七五三年、ようやく彼は日本の土を踏みます。この時すでに鑑真は六十六歳。我一人行かんと発起《ほっき》してから十一年後のことでした。

なぜ鑑真はそれほどまで日本に渡ることにこだわったのでしょうか。

その理由が私が冒頭で述べた、情緒、抒情の人であったからと思うのです。鑑真は海を越えた東方にある島国に仏教を必要とする民がいると信じたのでしょう。この発想こそが、格の違いなのです。

文字とはどう関わるのか？

実は鑑真は多くの経典、仏具、薬などとともに、王右軍《おうゆうぐん》の真蹟の行書を一帖、小王《しょうおう》の真筆の行書三帖を船に乗せて来たと記録にあります。王右軍とは、あの〝書聖〟王羲之であり、小王とは羲之の息子の王献之である。鑑真は王羲之の字を手本として日本人に書のかたちを伝えようとしていたのですな。

最後に左ページをご覧あれ。一冊の本は鑑真の物語を書いた井上靖《いのうえやすし》の『天平の甍《いらか》』です。どうぞこの冬の読書におすすめする。

『**天平の甍**』初版本｜井上靖著
中央公論社｜昭和32(1957)年12月刊

止(と)
奈(な)
毛(も)
於(お)
不(ふ)
末(ま)

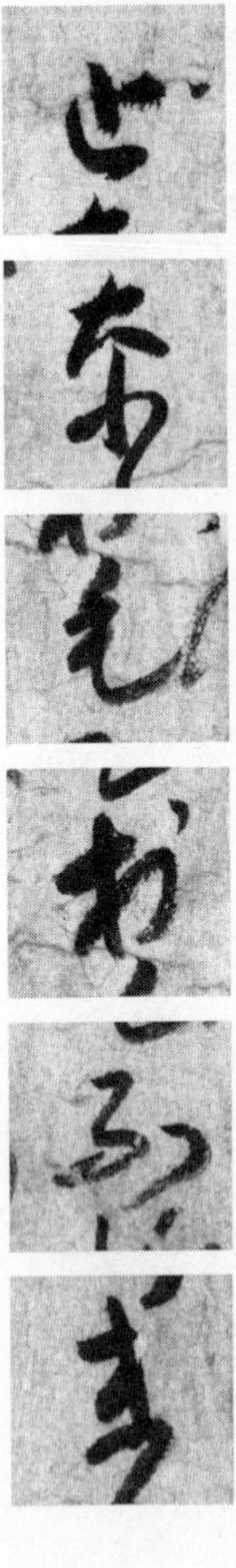

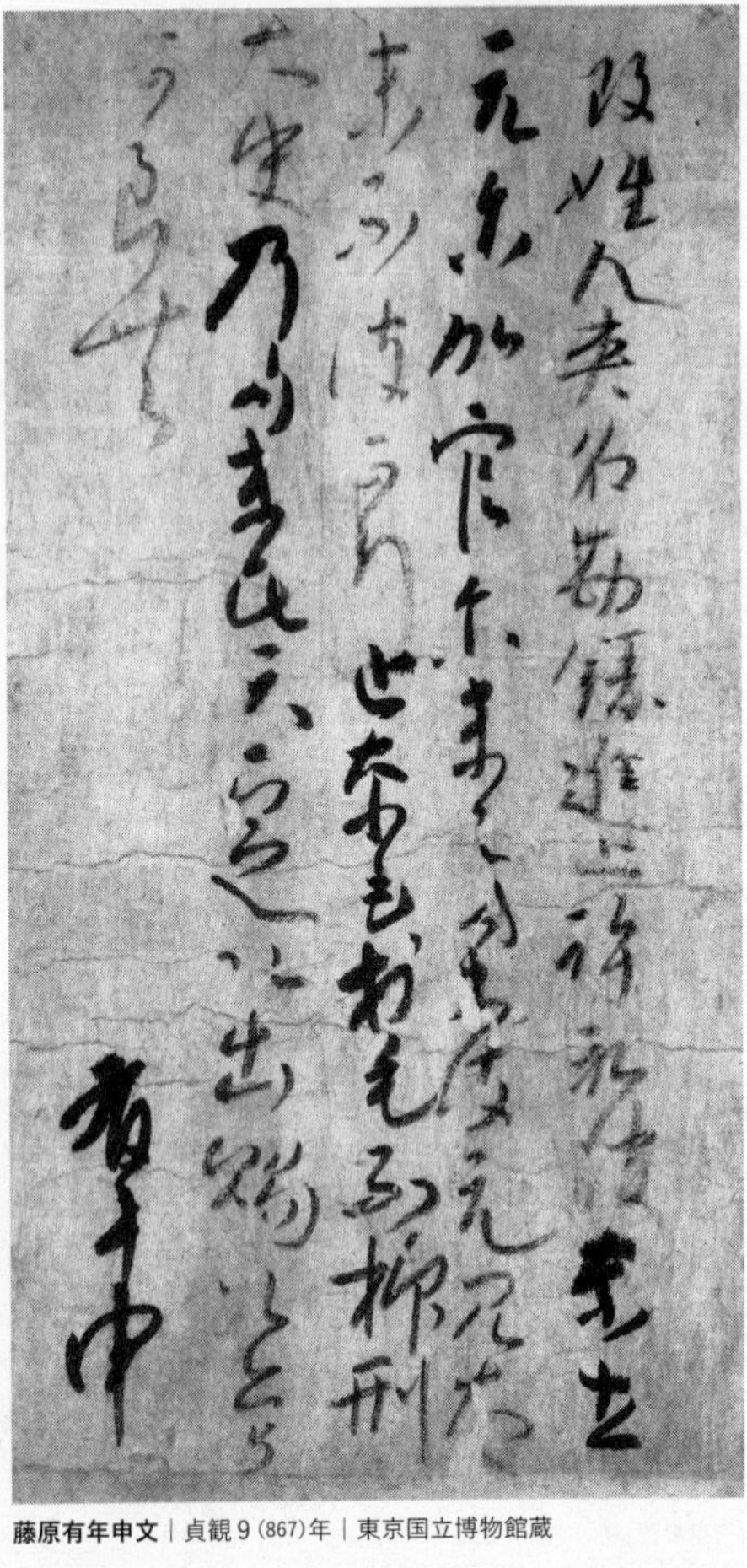

藤原有年申文｜貞観9(867)年｜東京国立博物館蔵

第十五話

素朴な線が、日本らしさへ

前回で紹介した奈良、唐招提寺《とうしょうだいじ》の御仏《みほとけ》、鑑真和上が、僧となったきっかけは、彼が十四歳の或る日、父親と故郷、揚州の寺（大雲寺《だいうんじ》と思われる）を訪れ、美しい仏像を一目見て大変にこころを打たれ、その夜、父に仏門へ入り、僧として一生を送りたいと申し出たと言われている。

私はこの逸話が好きで、若い時に、こころ打たれることや美しいものに遭遇したことで生涯のすべきことの啓示を受けたり、志を立てた姿に感動してしまう。仏像を美しいと感じた若者。美しいものを目にしたことでこころが動かされる行為には素朴、純粋と合わせてそこに、具象、具体性がある。この〝美〟と〝こころ〟の対峙が私は好きなのである。

どこの国の人でもあざやかにかがやく夜空の月を眺めれば、美しいと思う。誰があそこに住んでいるのかしら、と想像するのはごく自然のことで、さらに言えば高みに浮かんでいるが、月に行けなくもあるまい、近くて遠い感じでもある。

鑑真和上は日本に来て頂きたいと若い留学僧に申し出られた時、何万人という弟子たちに、百人行って一人生きて帰れるかどうかのあんな国へ行くのはやめて欲しい、と言われたが、我一人行かん、ときっぱりと言った。

それは鑑真の故郷、揚州がその当時はまだ海岸淵にあり、海を越えて人々が往来するのを自分の目で見て知っていたからである。倭国《わこく》（日本なんて言い方はまだ普及してなかったので）は近くて遠いだけ、と海原を見て思ったのだろう。

〝近くて遠い、遠くて近い〟。これがこの連載がこれまで文字、書、具体的には漢字について語り続けて来た舞台である。

しかし今回からは少し違ってくる。〝文字に美はありや〟も日本独自の世界を辿ることになる。

今回は〝かな〟がテーマだ。日本人が独自でこしらえた文字である。〝平仮名《ひらがな》〟、〝女手《おんなで》〟とも言う。はて〝女手〟とは？　と思われよう。〝男手《おとこで》〟があるのか？　ある。〝万葉仮名〟と呼ばれた、奈良時代の『万葉集』の歌は楷書、行書体の漢字で書かれた。第十一話で空海の書を紹介する折、先輩の僧、最澄に空海が出した手紙が漢文で書かれていたのを思い出して欲しい。今の日本語と違って、奈良時代は手紙は漢文で書かれた。勿論、〝ひらがな〟はない。それ以前に日本の文字がなかった。その頃から続いて来た書き方を〝男手〟と言った。この〝男手〟から〝ひらがな〟が誕生する。

九八ページをご覧頂きたい。右方にある一見まとまりがなさそうに見える一文。『藤原《ふじわらの》有年中文《ありとしもうしぶみ》』と称される文書で平安時代の貞観《じょうがん》九年（八六七年）に讃岐《さぬき》国、今の四国高松あたりから中央政府の太政官《だいじょうかん》に提出した上申書の添状である。

もう少し綺麗に書けないのか？　これ案外と綺麗なんですな。それに味わいもあるいい文字なのだ。なにしろ四国の田舎に暮らす介《すけ》ですから。介というのは守《かみ》（長官）につぐ官職ですから、今で言うと副知事か、市長くらいでしょうか。ただ正式な文書というより私見を述べた中文である。

何が書いてあるか。その前に、この当時、日本全国の姓名が乱れて徴税に支障を来したので混乱している姓名を訂正して提出しなさいと中央政府から通達があった。この文は前述したように〝男手〟で、〝改姓人夾名勘録《かいせいじんきょうみょうかんろく》進上〟ではじまり（〝夾名〟とは名簿のこと）、讃岐国の那珂《なか》、多度《たど》の両郡に分居していた円珍《えんちん》一族六家の人々は元々伊予別公《いよわけのきみ》の血統の子孫にあたるので、旧姓・因支首《いなぎのおびと》の代りに、和気公《わけのきみ》の姓をたまわりたいと願い出た件をひとつ宜《よろ》しく計って下さいな、と言っている。

その内容よりも実はこの文書の三行目の上から六文字目以下の〝止奈毛於毛不《となもおもふ》〟と四行目の上から三文字目以下の〝乃多末比天《のたまひて》〟の文字がきわめて特徴があるので紹介したのである。九八ページ左に〝止奈毛於不〟と〝末〟をピックアップしてみた。ご覧になれば、そう見える読者には見えるかもしれないし、見えない方には見えずともよろしいが、〝止〟は〝と〟に似ているというか、将来〝と〟になりそうな雰囲気があるし、〝毛〟など、もう〝も〟でしょう。〝於〟が〝お〟になるには少しかかりそうだが、〝不〟などは〝ふ〟ですな。〝末〟が〝ま〟に行くかは見る人次第だ。何の理由があって、こんな田舎の役人の文書を引っ張り出したかというと、この〝止〟も〝不〟も、実は中国の漢字にあった文字の崩し方のルールからは逸脱しているのである。

それがどうした？　と思われようが、この文字が公文書に添えられて通用した点が実は大事なのである。何もかも中国を手本とした天平、奈良はすでに遠い過去になり、漢字は生きていたが、あちこちで人々が、この方が書き易いだろう、とかたちを変容させはじめ、そこに妙に共通した崩し方が誕生し、これが〝男手〟から〝ひらがな〟、つまり〝女手〟となり、やがて〝かな〟の成立にいたったのではという説が今のところ〝かな〟誕生の過程として有力なのである。私も同感である。

その理由はもう一度九八ページを見てもらうとわかるのだが、文の最後に差出人の名前、藤原有年の〝有年申〟とある文字が、あの王羲之こと〝書聖〟の書風、水準にあるように思えるからである。

ではなぜそれほどの筆力を持つ男が〝止〟や〝不〟で本来の書法を変えたのか。すでにこの雰囲気の字があちこちに出回っていたのではないか。さらに言えば、あきらかにこのふた文字は筆を本来中国人がするように起立させずにやや傾斜させ、しかもやわらかさを出している。筆の心地良い遣い方も、その要因だと書くと異論が出るだろうか？

素直、素朴な筆遣いが、日本人の美しいかたちをこしらえたと思いたい。近くて遠いところに本家は行ってしまった。

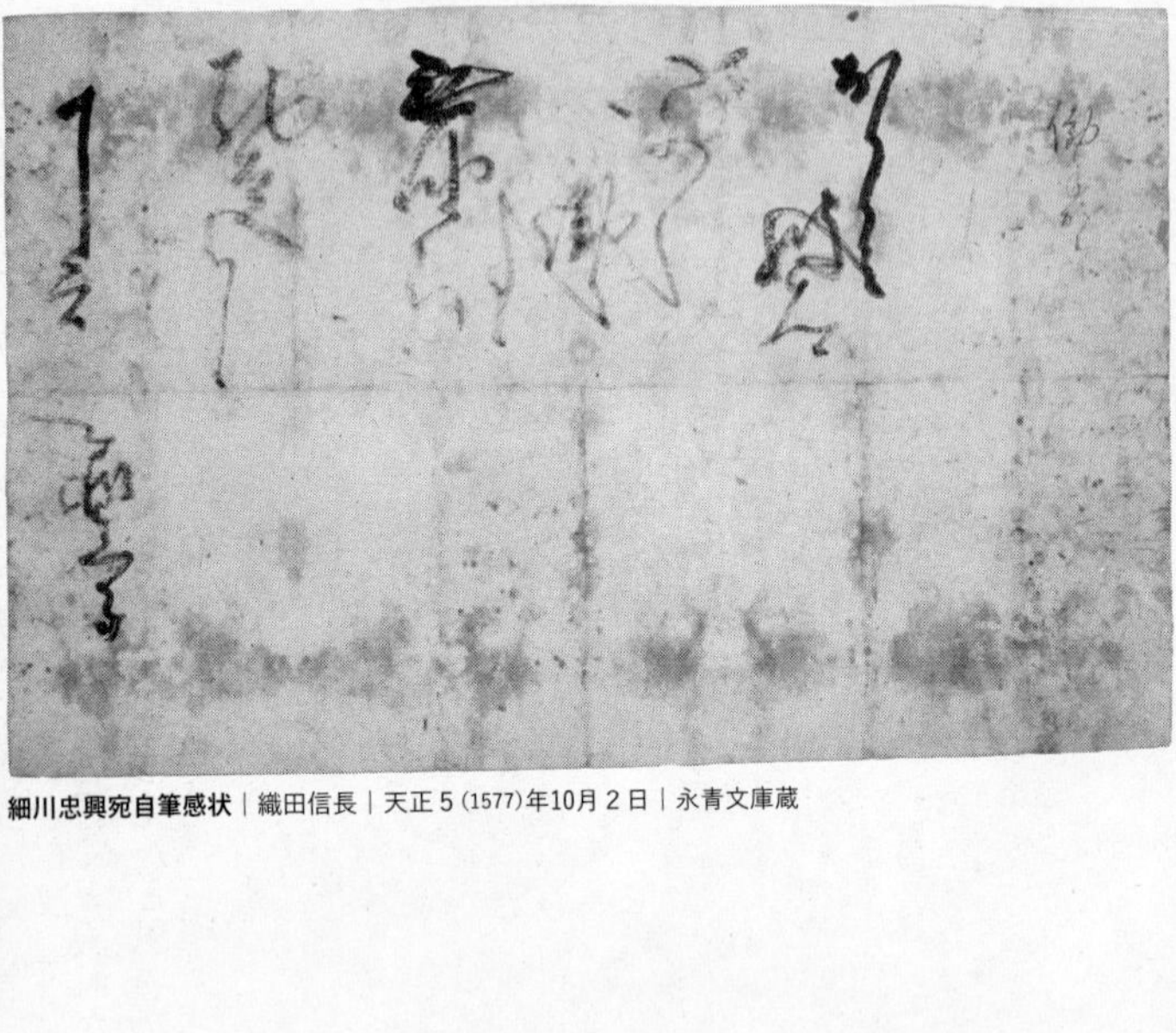

細川忠興宛自筆感状｜織田信長｜天正５(1577)年10月２日｜永青文庫蔵

第十六話
信長のモダニズム

織田《おだ》信長《のぶなが》は運気の人である。

並の人間では持ち合わせない稀有な運気によって歴史に登場し、強引過ぎる推進力で運気を使ったことで歴史から消えて行った。

私が思うに、信長に劇的とも言える運気が与えられたのは、彼が何も物を持たなかったからではなかろうか？　何もないから、ゆたかに持つ者と同じことをしていては、早晩そこいらの馬の骨とともに朽ち果てることを若いうちに理解したのだろう。気性、性格が持って生まれた天性のもののように言う人があるが、それは違う。幼年期に何を見せられて、何を想像するようになったか。そうして己が何者かを見ようとつとめたかで、その人の気質《たち》は形成される。

そのことは〝桶狭間《おけはざま》の戦い〟の経緯を見れば一目瞭然である。信長が四万とも二万五千余とも言われる軍勢を若くして与えられた立場にあれば、首を落とされたのは信長だったかもしれない。何もないから、最大五千の兵しかいないから、今川義元《いまがわよしもと》の周辺が自

軍と拮抗《きっこう》する兵力になるのはどのタイミングだと全神経を集中させ、何万分の一の確率でしか起こり得ない状況へ突進したのである。桶狭間から関ヶ原までの四十年、持っていた者は誰一人天下の〝て〟にさえ指をかけられなかった。今川義元しかり、武田信玄《たけだしんげん》しかり、上杉《うえすぎ》、毛利《もうり》しかり、彼等は上洛するのに大軍を率いて行くことを運命とした。それが命取りになった。天下に手をかけた者は〝うつけ〟と呼ばれた尾張の田舎侍の嫡男と、小者から出たという〝猿〟呼ばわりされた者と、人質として囚われ者同然だった後に〝古狸〟と呼ばれた者の三人で、共通するのは何も持たない者であった点である。

さて今回から、この三人の天下人の書というものを紹介しながら、書が人柄や、その人物が成したことに通じるものがあるかどうかを考えてみたい。

まずは一〇四ページをご覧頂きたい。

織田信長の自筆と言われているもので〝感状《かんじょう》〟とあるのは、戦さにおいての功績をたたえてトップが部下に与える賞状のことである。天正五年（一五七七年）八月に信長傘下の武将であったはずの松永久秀《まつながひさひで》が信貴山《しぎさん》城で再度の反旗を翻し、これを討伐すべく嫡男の織田信忠《のぶただ》を総大将にして大和《やまと》へ軍をむけ、久秀を討ちとった。この折、城攻めで一人の武将の若き嫡男が活躍した。この感状は、その若者へ信長が自ら筆を執《と》って送ったものといわれている。

細川忠興《ほそかわただおき》。この時、十五歳の与《よ》一郎《いちろう》という名の若武者だ。十五歳が戦場でそんなに活

躍を？　なわけはない。この若者の父親への信頼の証しの賞状である。父の名は細川幽《ゆう》斎《さい》（当時は剃髪前で俗名、藤孝《ふじたか》）。室町幕府の将軍、十三代足利義輝《あしかがよしてる》に仕え、のちの十五代将軍、義昭《よしあき》を擁立すべく、義昭と諸国を渡り歩き、信長の知遇を得て、義昭を将軍に就かせた。それが信長の上洛につながった。信長の天下統一へ、これほどの人材はいなかったのである。その息子の戦功であるから信長は自ら筆を執ったのである。

さてこの書、上手いのか、それとも善《よ》くはないのか。

私は信長、秀吉《ひでよし》、家康《いえやす》の書みっつを並べ、どれがどの天下人の書かと質問ページのあったテキストを開き、一発でこれが信長の書だと察知した。次回、他の二人の天下人の書も見てもらうが、どう見ても信長ではないかと直観した。いかなる直観が働いたか？　私は信長の書がおそらく一番かたちにとらわれないのではと想像したからだ。賞状の右端に薄く〝働手から〟とある。次の墨たっぷりは〝おりかミ〟と〝披見候〟でかなりデフォルメがあり、次が〝いよ〳〵〟で、濃い字が〝無油断〟、つまり油断するなよ、とあり、最後は〝十月二日〟らしいが勢い良く書かれ、自由この上ない。では自由なのか。そうではなく、こだわりがないのが本当だろう。なぜなら信長の自筆は二、三点しか現存していない。

信長の自筆は他の武将に比べて極端に少ない。

おそらく千通を越える公文書、伝達、手紙の中に数通しかないのは信長がその類いの

ものにスピードと簡略を求めたからだろう。武井夕庵《たけいせきあん》、楠長諳《くすのきちょうあん》、松井友閑《まついゆうかん》に代表される右筆衆が〝坊主衆〟と呼ばれていた。彼等は執事の役割も果していたし、最高機密を知る者たちだから、よほどの覚悟をして仕えていたのだろう。

左ページは嫡男、信忠に出した自筆だが、こちらは丁寧に書いてあるのは、家族宛だったからか。そう考えると、信長は書というものを自分らしいかたちで書くことを本望としていたのかもしれない。伝信長所用の陣羽織同様に、デザインというものが、当時、理解できていた唯一の武将かもしれない。それが秀吉、家康との違いとも言える。自筆の書から見えるのは、信長のモダニズムと言ってもいいだろう。

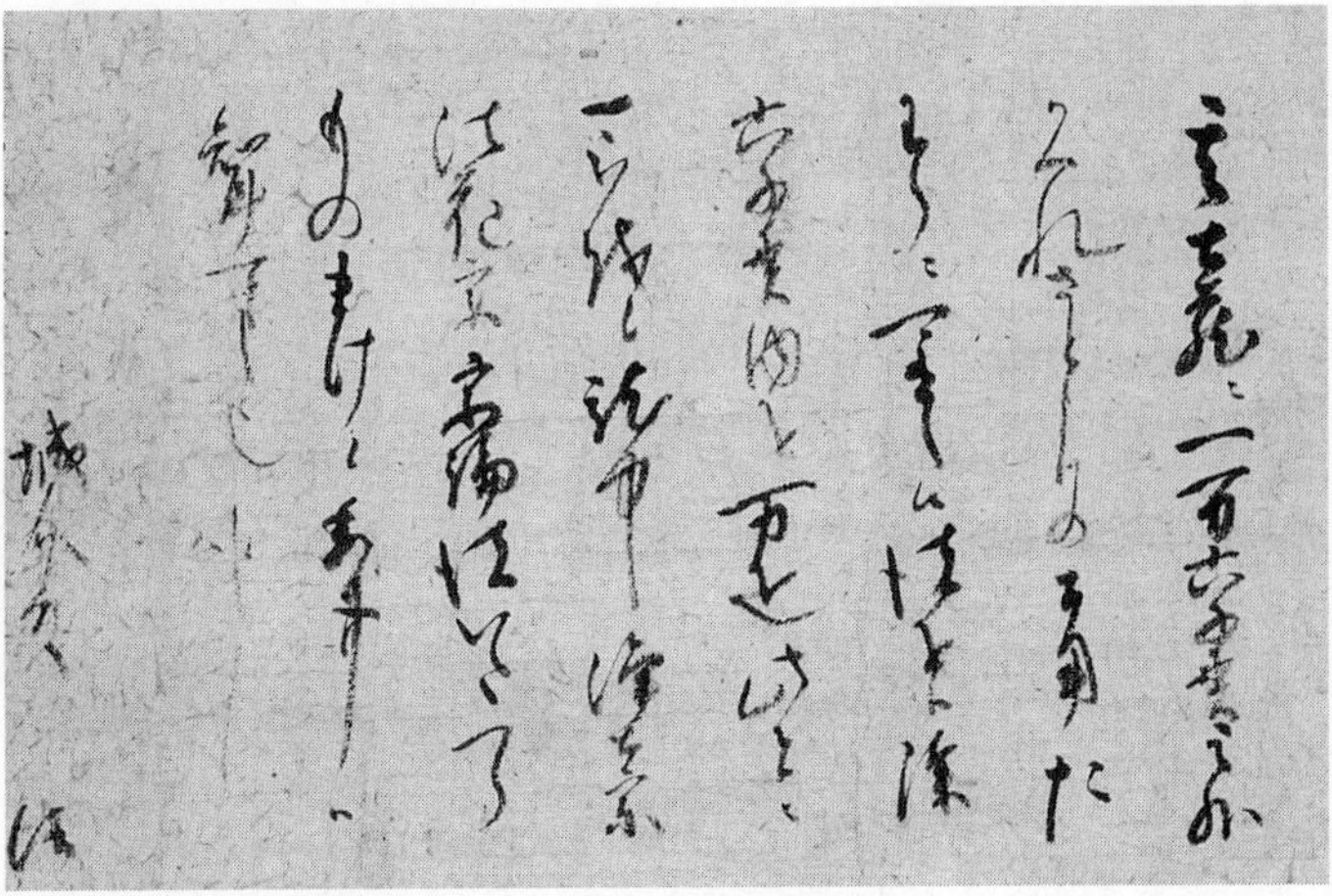

織田信忠宛自筆書状｜織田信長｜天正 7 (1579)年頃｜京都・大雲院蔵

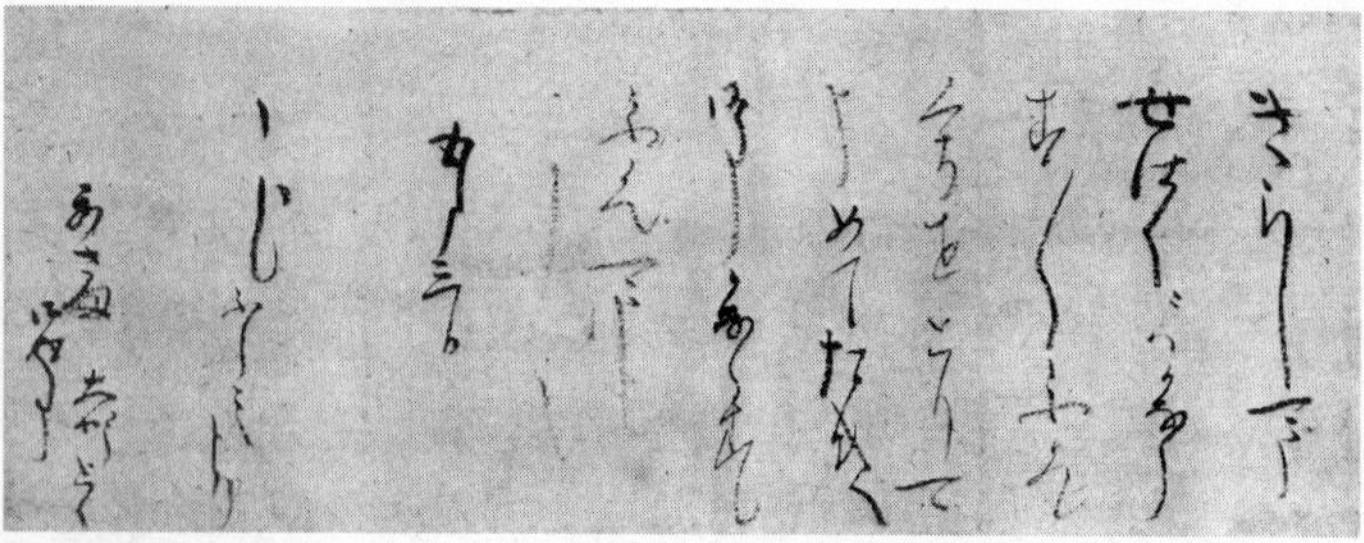

秀頼宛自筆書状｜豊臣秀吉｜慶長２(1597)年｜『豊大閤真蹟集』より

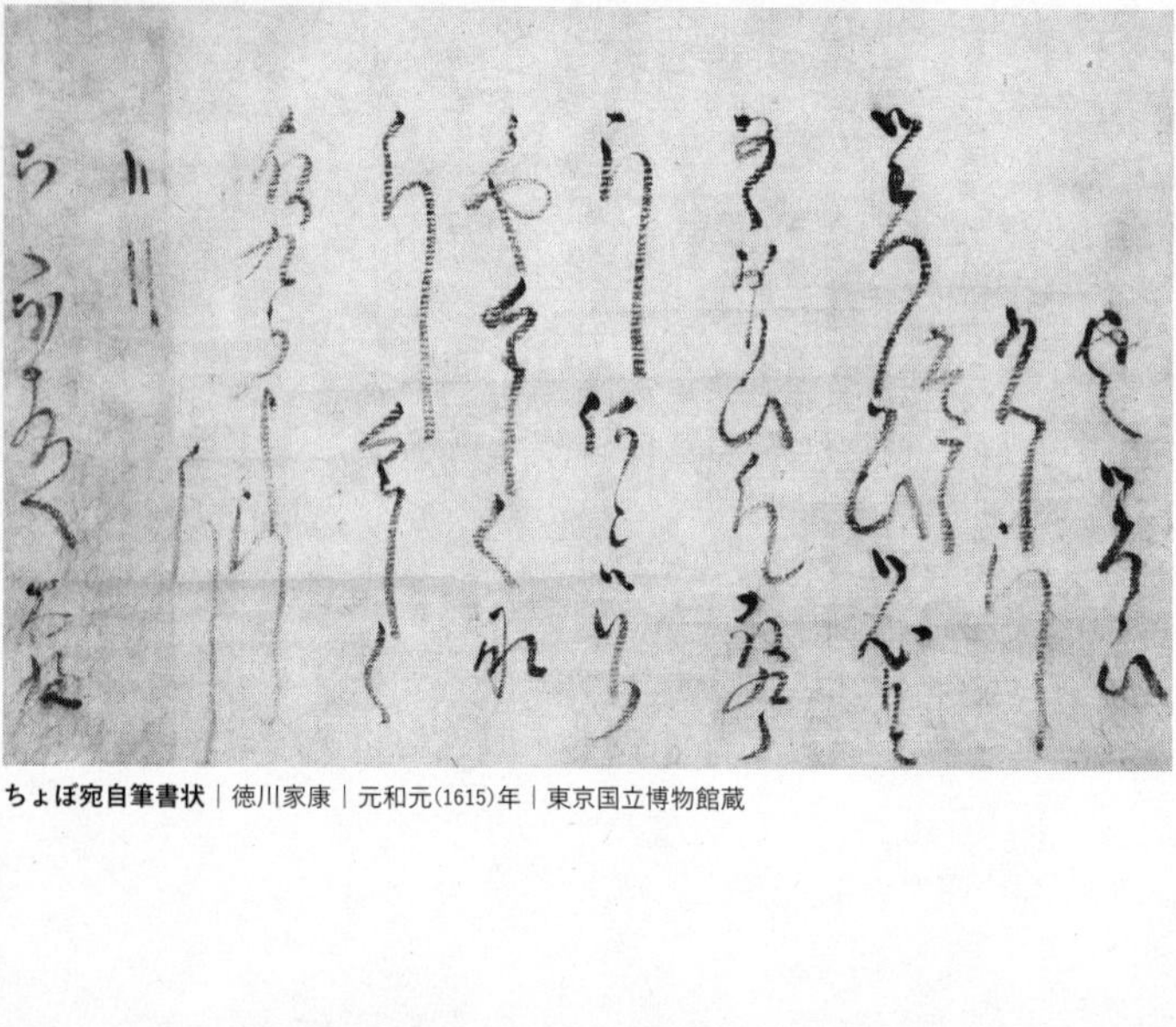

ちょぼ宛自筆書状｜徳川家康｜元和元(1615)年｜東京国立博物館蔵

第十七話　天下取りにとって書とは？

織田信長の容姿、顔立ちは後の人が描いた肖像画であっても、その眼差《まなざし》は鋭く、凛《りん》としている。私たち現代人が想像するこの武将の容相はとりわけ美男でなくとも、それなりの風貌に思える。映画、テレビの時代劇にもそこそこの美男の俳優が役につく。対して豊臣《とよとみ》秀吉は美男というより、親しみやすさ、愛嬌《あいきょう》のある役者がつく。家康は美男とまではいかない。誰も見知る人はいないのにイメージというものはおそろしい。

以前、皇帝ナポレオンの取材でヨーロッパを二年にわたって巡った。ナポレオンの肖像画は多い。宮廷画家ダヴィッドの描いたものが知られているが、彼の他何人かの画家が描いている。ダヴィッドはルーブル美術館に展示してある『ナポレオンの戴冠式』が有名である。『アルプスを越えるナポレオン』など氷雪の山径を馬で越える姿は天下の美男子である。

しかしフランスの誰一人としてこの皇帝が絵画のようにハンサムとは思っていない。その理由はデスマスクがあるからだ。マスクだけではなく遺体もパリのアンヴァリッド（廃兵院）の付属教会地下に安置されてある。なにしろ英雄である。

関西では秀吉の人気は抜群である。〝太閤さん〟と呼ぶ。有名な肖像画もたいした威厳がある。しかし日本人の大半は秀吉が斯くも凛々《りり》しいとは信じていない。

家康にもいかにも名君という肖像画が多々あるが、私は家康の面影に一番近いものはこの肖像画ではないかと思っている一点がある。

それが、『徳川家康三方ヶ原戦役画像』である。まことに善い、味わいのある顔をしている。大きな目と鼻などこの武将の意志の強靱さがあらわれている。この当時の日本に残る肖像画としては秀逸である。ユーモアがある。ユーモアが伝われば、私はそこに真相に近いものがあると考える。

さて今回は、信長の次に、秀吉、家康の書を紹介する。

一一〇ページ上の書は秀吉が我が子、秀頼《ひでより》に宛てた手紙の巻末である。慶長二年（一五九七年）頃に京都の伏見城の天守閣が完成し、そこに居する秀吉が大坂城にいる秀頼へ出したものだ。秀吉、六十一歳。秀頼、五歳の初夏のことだ。秀吉はこの子が可愛くてならなかった。その溺愛振りは凄まじい。

手紙の内容は秀頼から春の節句に祝いの帷子《かたびら》等が届いたお礼と、五月五日の節句にはそれを着て息子に逢いに行くから待っていておくれ、というものだが、手紙の二行目から、必ず必ず参り候う、とあり、驚くのは四行目からである。〝くちをとり可申候〟の文字は私たちにも読める。何のことか？　逢いに行って〝キッスをしてあげよう〟と書いてあるのだ。父親が息子にキッスをする行為が、この時代にあったのかと思われようが、歴然とあったのである。いやはや身内への手紙はたいしたものだ。

秀吉のこの書、どう見るか。

まことに自由でおおらかである。上手いのか下手なのか。それは私にはわからないが。この当時すでに書には流派、手習いの風習があった。ところがその形跡は秀吉の書にはない。おそらく独学であろう。では秀吉は書のトレーニングをしたのか。している。左のふたつの文字を見て頂きたい。〝花押〟である。上の花押は永禄十一年（一五六八年）十

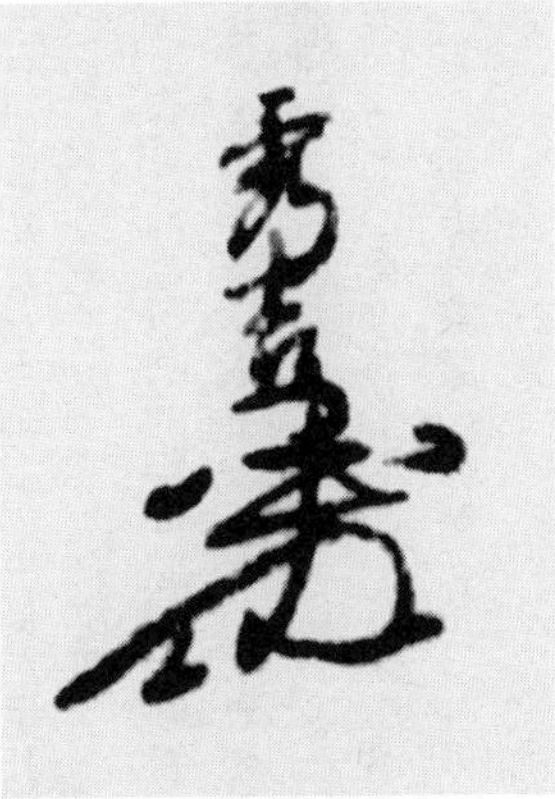

永禄11(1568)年12月16日付
『尾張国遺存豊臣秀吉史料写真集』より

天正11(1583)年12月25日付
『豊大閤真蹟集』より

二月に書かれたもので、信長が足利義昭を奉じて上洛した年であるから秀吉は大名以前であり、三十二歳。下の〃花押〃は、その十五年後、天正十一年（一五八三年）十二月に書かれたものだ。前年に逆賊、明智《あけち》光秀《みつひで》を討った後、賤ケ岳《しずがたけ》の戦いで柴田《しばた》勝家《かついえ》を倒した年である。天下人まであとわずかの秀吉の書は、実に堂々としているし、あきらかに筆遣いが達者になっている。紙質も上質になったであろうが、墨の入れ方も修練をしている。ここに秀吉の生きざまがうかがえる。

さて一方の家康の書を一一〇ページ下でご覧頂きたい。

やわらかい筆致である。その理由はある。

家康の孫娘、千《せん》姫へ送った手紙である。上の秀吉の手紙の宛て主、秀頼の幼き妻である。巻末の宛名が〃ちよほ（ちょぼ）〃となっているのは千姫が七歳で秀頼に嫁いだ折、千姫に随行し生涯を千姫につくした一歳年下の女の子である。手紙は元和元年（一六一五年）とあるから、秀頼とはすでに大坂城で死別し、無事に脱出し京都二条城にいる孫娘の消息を、世話係の〃ちよほ〃に訊くかたちで綴ってある。家康の他の書状の字を見ると、文脈も簡素で要点をまぎれがないように伝えてあり、正直、固い文字が多い。ところが千姫に宛てた書はまことに丁寧で、思いが込もる。これは勿論、秀吉の我が子への手紙の文字も同様である。

信長、秀吉、家康の書を紹介したが、共通するのは天下取りを行った三人の戦国大名にとって、書は重要なものではなかったということだ。

その証拠に、書が達者であったと言われる武田信玄の禅僧風の唐様《からよう》の書、上杉謙信《うえすぎけんしん》の青蓮院流《しょうれんいんりゅう》の書とは比べるものではないが、書の達者が天下を取れなかったことは事実のようだ。

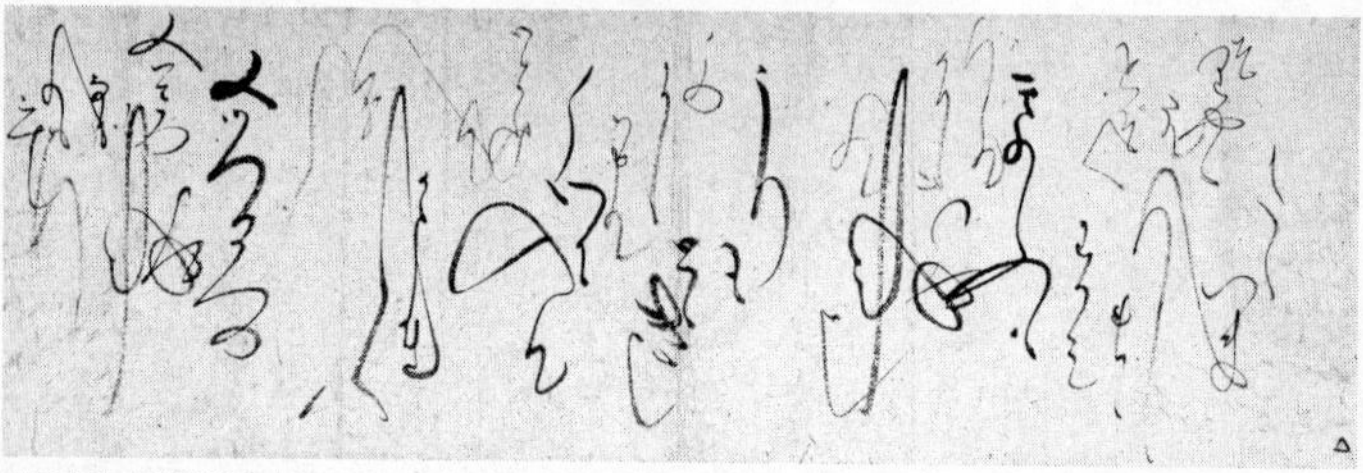

針屋宗春宛自筆消息｜細川ガラシャ｜安土桃山時代｜永青文庫蔵

きのふもお返事申候、
うりもとゝき申候、
御心に入候て
御うれしく候、
又御つるへの御返事
まいらせ候

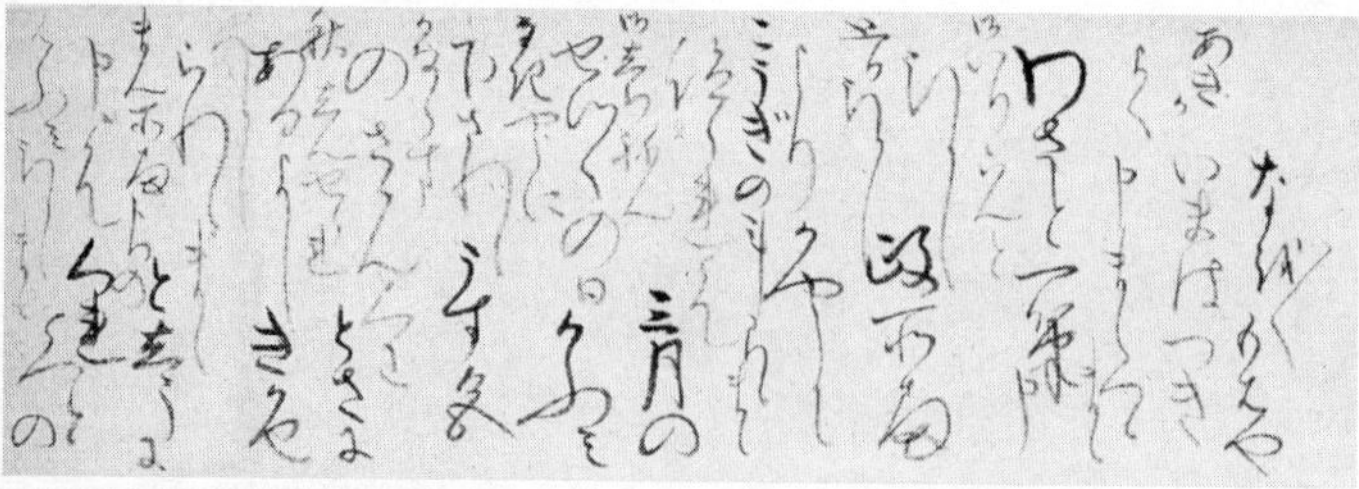

山内忠義宛自筆書状｜見性院（山内一豊夫人）
江戸時代｜高知県立高知城歴史博物館所蔵

わさと一筆申まいらせ候、
政所さまよりかやうに
仰られ候て
三月のせっくの日
御ふミ下され候、
うす色のさゝんくわと
さにあるよし、
きかせられ候まゝとしうに
申候てくれ候へとの

第十八話
数奇な運命をたどった女性の手紙

面相で言えば、ニキビの中に鼻があるような顔をしていた頃、友の一人が一通のラブレターを自慢気に、私たち悪ガキに見せびらかした。そんなもの皆初めて目にするから息を呑んで拝見した。

「えらい綺麗な字じゃのう。こりゃべっぴんが書いたんじゃろう」「うん、こりゃ真事《まっこと》べっぴんの字じゃ。紙もええ匂いがするのう」と皆でうなずき合っていると、仲間内《うち》では少しませていた遊廓《ゆうかく》の楼の倅《せがれ》が「馬鹿言ってろ。字が綺麗な女は性根が悪いと、家の祖父《じ》さまが言うとった。どうせ何人にも同じものを出しとらあ。何回も書いとるから、そう見えるんじゃい。阿呆が」と切り捨てた。

嘘か、真事《まこと》かは知らぬが、私の中では今でもその友の説をあながち間違いではなかろうと信じているところがある。

やけに字が上手い女は鬼やもしれない。

今回は妙な話からはじめたが、まずは一一六ページの上の手紙をご覧いただこう。戦国時代にその容姿の美しさと悲しい最期で、後世まで名を残している細川ガラシャが、千利休《せんのりきゅう》の弟子で、彼女の夫、細川忠興と同門であった針屋宗春《はりやそうしゅん》に宛てた手紙の一節である。この字がさらさらと読める時代が四百年前の日本に存在していたのに驚く。墨の濃い部分が下で注釈してある。〝きのふも御返事申候うりもとどき申候……〟、瓜が届いたと書いているだけのことだ。

ではなぜこれが読めるか。

書の文字に流派があり、これを学んで体得することが身分の高い女性のたしなみのひとつであったからだ。〝青蓮院流〟という流派で、ガラシャが生きた時代を三百年遡《さかのぼ》る時代に伏見《ふしみ》天皇の皇子、尊円《そんえん》法親王が形を作ったと言われる。身分が高い女性と書いたが、この書体は天皇家、公家、武家から町人にまで浸透していた。よく見ると墨の濃い文字の間に、薄墨の文字がある。これは違う文面を重ねて書いている。これも流行であった。

信長、秀吉、家康の文字を記憶されている読者ならおわかりと思うが、男より女の字の方が大胆である。書体の違いもあるが、女の方が手紙に情を込める。それにしても大胆な筆遣いである。墨の付け具合、筆の運び、スピードも、この時代の女性の書では群を抜いている。

ガラシャの父は明智光秀である。忠興との婚姻は信長が仲人した。まだ父が信長を討つ以前のことだ。父の謀叛《むほん》で彼女の立場は一変し、幽閉され、丹後《たんご》の山中で一人淋しく暮らす。二年後、秀吉により復縁が許されるが夫には側室があり、その子もいた。

この時代の慣わしだから仕方ない。ガラシャはキリシタン大名、高山右近《たかやまうこん》の影響でキリシタンとなる。なお本名は玉子《たまこ》と言われ、伽羅奢《ガラシャ》はその洗礼名だ。夫が朝鮮出兵で日本を離れた折、ガラシャの美貌に秀吉が目を付けて手込めにしようとしたが断固拒絶したという逸話があるが、たしかではない。しかし拒絶しきれぬものもあった。秀吉が没し、秀頼を擁す石田三成《いしだみつなり》の西軍と家康の東軍が戦さをまじえようとする時、夫、忠興はすでに家康につき、妻に三成の人質に決してならぬよう命じて戦さにむかった。しかし三成の使者がやって来て、大坂城へ入れと迫った時、ガラシャはキリシタンゆえに自死ができぬため、側近の小笠原少斎《おがさわらしょうさい》に介錯させて亡くなった。これもまたたしかでないが、大衆は悲劇を好むので、この説が流布している。

さて一一六ページの下段。これは戦国時代の武士の妻の鑑《かがみ》と名を残す、山内一豊《やまうちかずとよ》の妻の手紙である。こちらはガラシャと比べて文字が読み易い。わかりやすい女性と言ってもよいかもしれない。

彼女の〝あっ晴れ話〟はまず天正四年（一五七六年）、一豊が近江・唐国《からくに》の四百石の小領主であった頃、東国から馬商人が名馬を引き連れて近江にやって来た。ところが一豊にはそんな名馬を買う金などない。妻は嫁ぐ折に父親から夫の大事の時に使えと渡された十両の金を鏡箱に仕舞っておいた。それを差し出し、一豊は名馬に乗り、京での馬揃《うまぞろえ》に参加し、馬の見事さが信長の目に止まり、出世のはじまりとなった。

もうひとつはガラシャは人質を拒絶し亡くなったが、一豊の妻は大坂方の懐《ふところ》にすでに入って、三成挙兵に加わる大名とその兵の数や、大坂方の陣の状況を仔細に記し、その密書を家康の下で軍議に加わっている夫へ送ったのである。ガラシャとは好対照に見えるが、そうではない。一豊の妻も、その密書に、家康に忠誠を遂《つ》くして戦って欲しい。私のことなど気にするな、という旨の手紙を添えた。それを家康が読んで落涙したというが、そこまではあるまい。

一一六ページの手紙は、すでに夫が亡じた後、見性院《けんしょういん》となった彼女が、秀吉の正室、北政所《きたのまんどころ》が薄色の山茶花《さざんか》を所望しているので土佐《とさ》から自分に届けてくれれば献上しようと、土佐にいる我が子、忠義《ただよし》（養子）に宛てたものである。勿論、秀吉はとうの昔にこの世になく、徳川《とくがわ》の時代になっていたのだが、この気配りが夫を土佐一国の大名にまで出世させたのかもしれない。この手紙の字もまた本文と、あとから加えた文面が重なっている。見性院の字にはおおらかさが感じられる。字というものは、その時の当人の置かれた立場、こころのありようが出るのだろう。

さて二人の女性の書を並べて見ると、二通ともそのむこうに信長、秀吉、家康の三人

の男性のまことにドラマチックな時間が見えてくるのが面白い。

天下人三人にはその身体に少なからず鬼が棲んでいたであろう。この二人の女性が、その鬼を見たかは定かではない。

今回は、悲運と好運の星の下に生きた女性の文字を見たが、書の佇《たたず》まいを見る限り、現代の女性より、四百年前の女性の方が情緒に富んでいたのではと思うのは私だけだろうか。

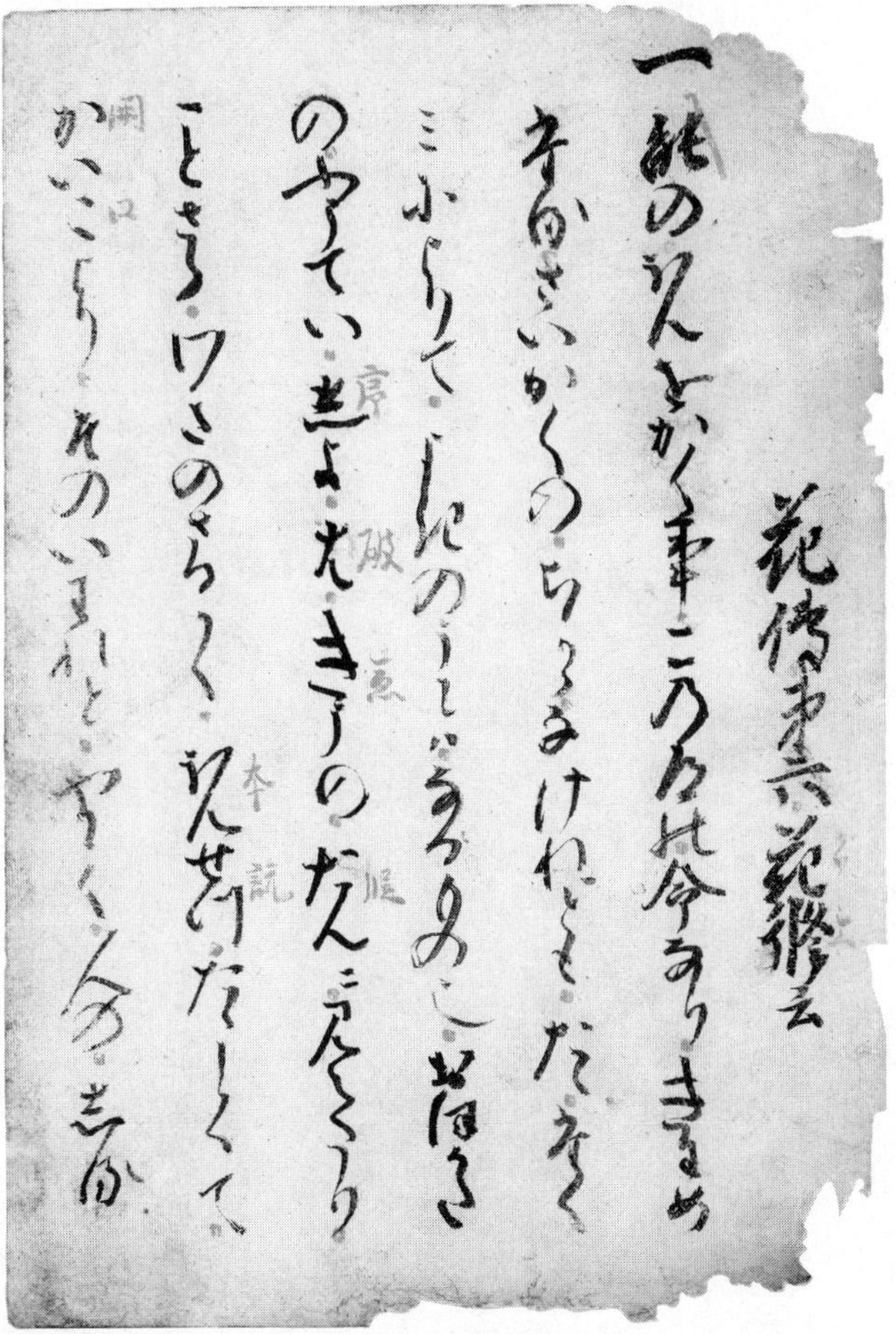

花伝第六花修｜世阿弥｜応永10年代(1403〜12)｜観世宗家蔵

第十九話　秘伝の書、後継の書

日本人が歴史で呼ぶ〝中世〟という時代はまことにユニークな時間の流れを持っている。特に中世前期は興味を引く。安土、桃山へ至る応仁の乱以降の乱世の期間は統治者の貌《かお》も転々としたが、日本の歴史の中で、それまで日本人が発想しえなかった芸術の貌が誕生し、短期間のうちに成熟し、今日までそのかたち、風貌、精神を継承している。しかもその存在は光を失っていない。あの田舎侍たちが、日本という箱をガラガラポンと振り回した明治維新の荒波でさえ毅然と生き残った。欧州化がさも理想と声を大にせよとした折、岡倉天心《おかくらてんしん》は世界にこの日本という国と人々の、感性を主張する象徴に持ち出したほどだ。

〝茶の湯〟と、〝能〟である。

人で言えば〝千利休〟と〝世阿弥《ぜあみ》〟である。

以前、紹介したように、文字（ここでは漢字であるが）について白川静博士もおっしゃっているが、人間にとって必要不可欠なものは長い歴史の時間で完成するのではなく、或

る時期、少人数の才能ある人の創造力、推進力をもって驚異的な速度で完成をする。

一二二ページをご覧いただきたい。〝能〟の演者であり、作者、そしてこのきわめて個性的な舞踊を芸術の域に成熟させた世阿弥の書、『花伝《かでん》』「第六花修《かしゅ》」の一節である。自筆といわれている。能楽の指南書だ。これを世阿弥は三十歳代後半から父の懸命に能楽に書きはじめた。父である観阿弥《かんあみ》からの教えと彼が実際に見た演者、作者としての父の能楽に、さらに持論を合わせて完成させた七冊の伝書の中の一冊である。その七冊を『風姿花伝《ふうしかでん》』と呼ぶ。〝花伝……〟のタイトルが最初にあり、そうして一行目は〝一、能の本を書く事、この道の命なり……〟とはじまる。まことに読み易い。それは後継者に読ませるために書いたものであるからだが、もうひとつの理由は、おそらく推敲《すいこう》を重ねて書かれ、当然、下書きもあったと思われるから紙の大きさと文字のバランスが考慮されてある。誤読を防ぐために、四行目に〝序〟〝破〟〝急〟の赤文字が添書されている。文字に凜としたものが漂うのは、彼の能楽への並々ならぬ覚悟と誠実さのあらわれだろう。一座の座長、棟梁である者が能の創作と本質を述べている。述べているは適切ではない。伝えている。なぜならこの書は長く後継者以外の者が目にすることはなかったからだ。〝秘伝〟である。その証拠に、晩年、世阿弥を当代の将軍が冷遇し、佐渡へ配流《はいる》させたのは、父、観阿弥以来、観世《かんぜ》家の奥に仕舞われてあると噂の〝秘伝書〟を見せよとの要望を断わったからとも言われているほどだ。〝秘すれば花なり、秘せずば花なるべからず〟〝唯《た》だ返へすが

へす初心を忘るべからず〃〃時《とき》の間《ま》にも男時《おどき》・女時《めどき》とてあるべし〃など私たちの人生の哲学に通じるものが多くある。世阿弥がこの伝書を残したことが〃能〃を今日、幽玄の芸術に高めたと言っても過言ではない。私、個人としては能は衆のものであり、観阿弥作の『自然居士《じねんこじ》』のような田楽《でんがく》の気配がするものが好きである。

一二七ページ上は今日の〃茶道〃の創始者と呼ばれる千利休の手紙の一節である。〃鯛の文〃と別称がある。文面の四行目に〃鯛〃の文字が見える。堺の商人、天王寺屋の津《つ》田《だ》宗達《そうたつ》の弟、宗閑《そうかん》から鯛と酒を送られたお礼の書状で、現存する利休のもっとも古いものと言われている。利休が書いたと言われるものは二百五十点を越えているが、すべてが彼が書いたものとは断言できない。利休のそばには世話係を兼ねた優秀な右筆が二人いた。とは言え時代は変わらないし、内容は利休の意思による。〃鯛の文〃は文字の情感からして自筆であろう。豪商でしかも歳上の宗閑に右筆はあるまい。左から十行目に、〃宇治茶〃の文字が読んでとれる。宇治茶をもうすぐ詰めるとの意で、彼は宇治茶匠と繫《つな》がり、堺衆の茶壺の詰茶を世話していた。文字を見ると筆に墨をふくませてから二行余を書き、次の旨の文節になっている。これは主旨の要点を第一義とする手紙の書き方を好む人の筆遣いである。情緒より解り易さを旨とする。その筆跡は信長に似ている。おそらくお茶の師匠である武野紹鷗《たけのじょうおう》の影響であろう。茶、道具の目利き、連歌だけではなく、生き方、つまり文章の本質を学んだのだろう。

利休の生涯を決定付けたのは堺衆の中で育ち、その堺衆が当代の権力者の信長、秀吉と交わらざるをえなかったことで、それが彼の運命までも翻弄した。五十歳代で信長の茶頭《さどう》になり、六十歳代では秀吉のそれに任じられた。千宗易《そうえき》であった名前を、禁中茶会（御所での茶会）の折、〝利休居士〟の号を正親町《おおぎまち》天皇より綸命《りんめい》させたのも秀吉であった。秀吉は信長以上に茶会に熱心であった。戦勝の報奨の度に信長から茶道具を授かることを何より喜んだ。それ故か「茶湯御政道《ちゃのゆごせいどう》」を許されたと言い出し、利休の考える茶道本来の主旨から逸脱して行った。同時に利休の中に潜んでいた茶道のかたちが変化して行ったと言われるが、私にはこれほどの人物の美、情念が大きく変容するとは思えない。利休は秀吉の茶を通して、茶道の本質を見ることになったのではないか。

賜死《しし》は、利休の死して後の運命をも決定した。どう葬られたかは知らぬが、棺を蓋《おお》って事定まったのである。利休死して四年後、断絶した千家の再興が図られ、息子、少庵《しょうあん》は京都に帰り、大徳寺《だいとくじ》の仙岳宗洞に利休の号の意を尋ねた。左ページ下は宗洞の偈をしたためての応書である。私はこの文字が好きだ。後継者の姿勢をあらわす書に思える。

余談だが、利休の辞世の書があり、掲載許可を求めると不可であった。そこに後継者の良識と情愛を感じた。慮《おもんぱか》れば他人が覗く類いのものではない。

世阿弥は能楽の美、精神を花にたとえた。さまざまな捉え方はあろうが、そこに芸術の輪廻《りんね》を感じる。一方、利休は今もなお、ただそこに佇んでいる。

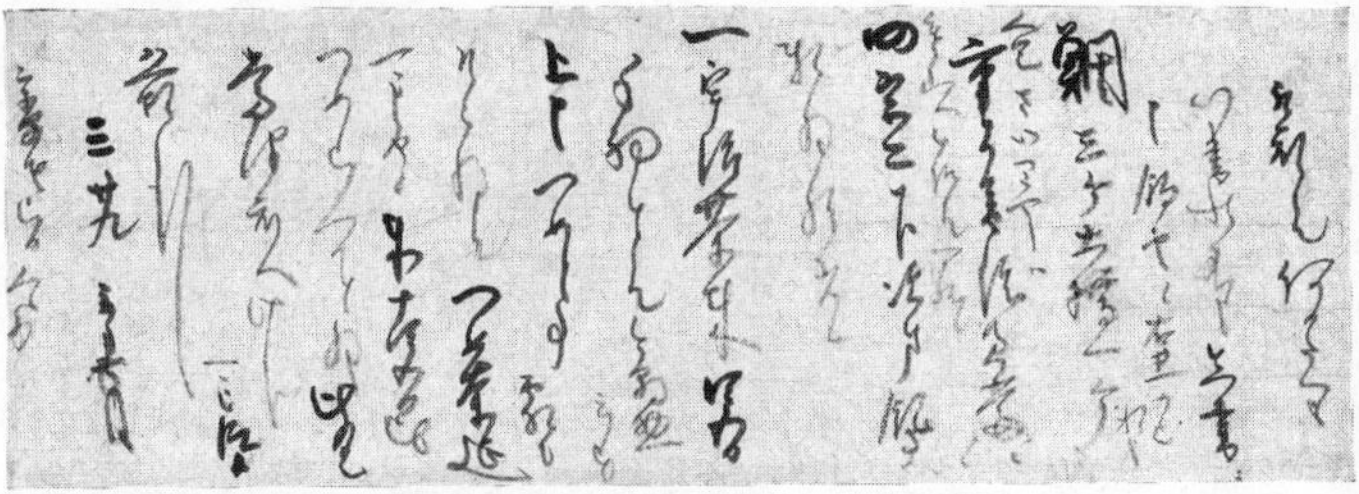

津田宗閑宛書状「鯛の文」｜千利休｜永禄12(1569)年頃｜裏千家今日庵蔵

利休居士号偈｜仙岳宗洞
文禄4(1595)年｜裏千家今日庵蔵

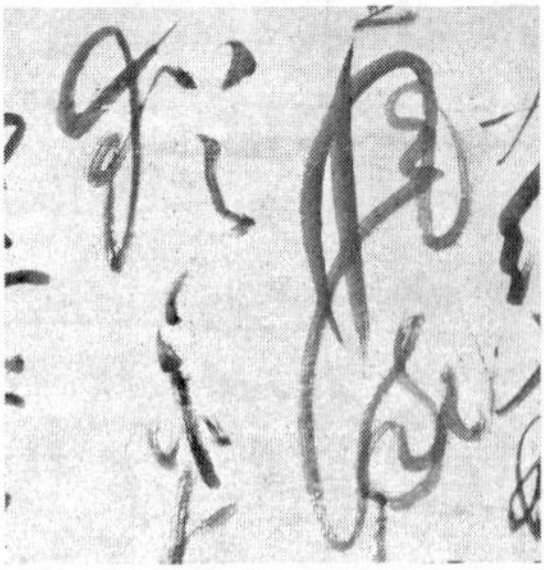

偈頌（部分）

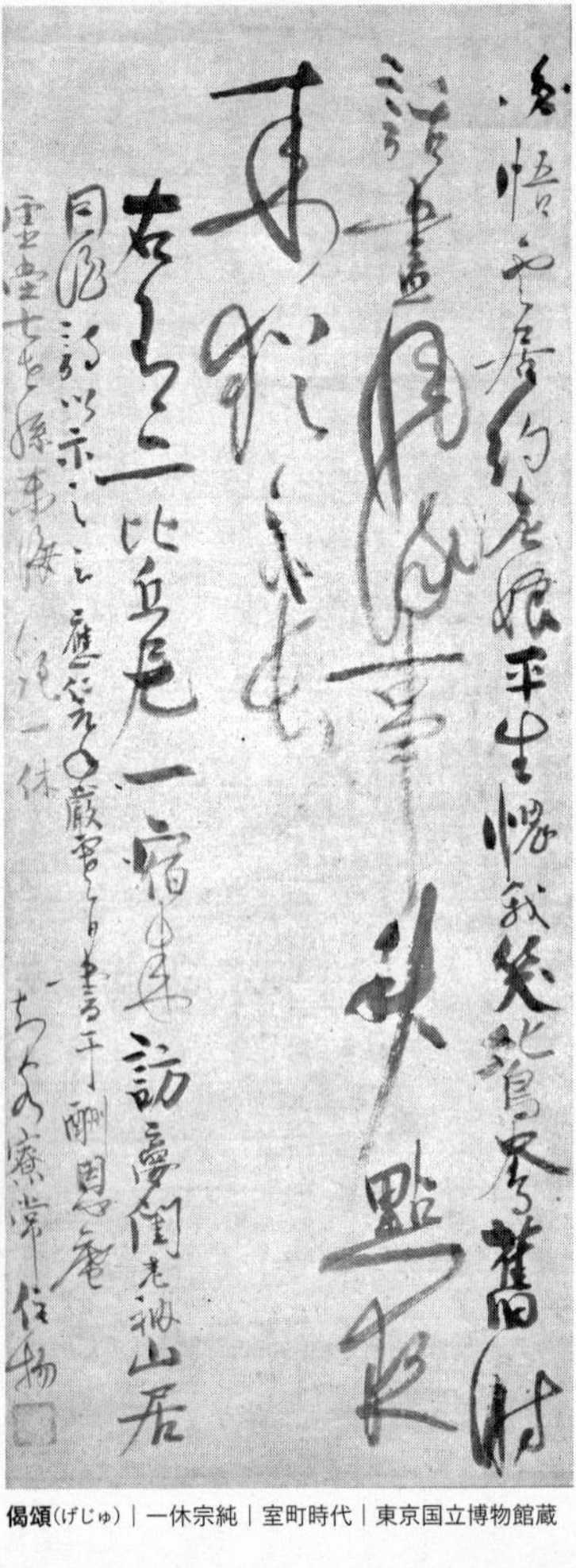

偈頌（げじゅ）｜一休宗純｜室町時代｜東京国立博物館蔵

第二十話　〝風流〟とは何ぞや

僧侶という御仁たちが苦手である。これまで相当な数の方々に面して来たが、まともな御仁にはほとんど逢っていない。唯一無二、一人だけである。私の家の菩提寺《ぼだいじ》の先々代の方丈《ほうじよう》（住職）である。

私の弟が海難事故で亡くなった時、移民であった我が家には墓がなかった。父はなぜかその方丈と知己《ちき》を得ていた。後年、名刹《めいさつ》と知ったが、当時はボロ寺で父が雨漏りや塀の修理を手伝ったらしい。息子の墓と檀家になることを申し出ると、来られよ、と即答したという。墓を建て、納骨し、以来、方丈の所へ家からの届け物をするのが私の役割だった。

方丈はすでに七十歳を越えていたが、禅寺を訪ねると座禅を組んでいたりした。笑うと少年のごとき美しい微笑をした。寝起きをする部屋の壁に粗雑に貼った書があった。「方丈さま、これは誰が書かれたのですか」「わしが若い頃に書いた」「何と書いてあるのですか」「昔のことで忘れた」。面白い人だった。若い時にアメリカに布教へ行き、何日も砂漠を歩いたという。シカゴでカポネに逢ったとも聞いた。「カポネはどんな男でしたか」「悪党には見えなんだ」

二十歳そこそこの私にとってたった一人の弟の死は衝撃だった。或る時、私は方丈に尋ねた。「方丈さま、神さまというのはいるんですか」「わしも逢ったことはないが、居た方が何かと都合がよい」

私は大声で笑い、少しずつ楽になった。

この頃、惜しいと思うのは方丈の僧名を聞いておかなかったことと、この連載をはじめて、あの端が破れた書に何が書いてあったのか覚えておけばよかったということである。

書、文字は何かを伝達するために成立したのだが、伝達目的以外の書、文字が日本で存在しはじめた。禅僧の手で書かれたものである。日本の書の普及に仏教が、大きな役割を果したことは、鑑真和上の書の折に紹介した。以来、天皇自ら写経、臨書し、公家、官吏、将軍、大名、商人、茶人、能演者まで書を体得したが、その目的は伝達にあった。ところが鎌倉期に僧侶の書〝墨蹟《ぼくせき》〟が誕生した。同時期に中国の元を逃れた亡命僧侶が禅院で書いた。〝唐様《からよう》〟も成立した。禅院は実社会と隔離した所で僧侶が修行を重ねた場所である。生きるとは何ぞや？　おまえは何者ぞ？　今日とは何か？　果てなき問答のかたわらにある書は誰かのために書かれたものではない。

　さてその僧侶の書の中でとりわけ評価の高い書が、今回の一二八ページの作品である。『偈頌《げじゅ》　一休宗純《いっきゅうそうじゅん》筆』と呼ばれる。一休宗純とは、あの一休咄《ばなし》に出る〝一休さん〟のことだ。頓智《とんち》やなぞなぞなどは後の人がこしらえた話で大半は作り話である。

　この書、一休宗純が七十四歳の時のものだ。〝偈頌〟とは〝偈〟と同じく禅の悟り、教えを説いたもので詩のかたちをとっている。悟り、教えは右から三行におさまっている。何の教えか？　それは左の三行に解説を当人が書いている。応仁《おうにん》元年（一四六七年）厳寒の日、当時一休が居た酬恩庵《しゅうおんあん》（京都田辺にあった庵、現在彼の墓所がある）に一人の比丘尼《びくに》（受戒した女性）が訪ねて来て、中国の円悟禅師の詩について質問した。その答えを一休が詩にして教えた。〝圓（円）悟、雲居、老娘《ろうじょう》に約す。平生、我が鴛鴦《えんおう》を笑ふを愧《は》づ。舊（旧）時の話盡（尽）きて、風流の事。秋點（点）夜来、なお長からず〟と書いてある。

　最初、この書を一見すると、こりゃ何だ？　まるっきり読めない、と思われようが、よくよく文字を追えば〝老娘〟〝笑〟〝話〟〝風流の事〟〝秋〟は読めるはずである。偈頌は詩のかたちをとっているから七言の切れで、筆が一瞬止まっている。一休禅師の書は禅僧の書の中でも飛び抜けて自由であり、個性的なのである。

　もう一度ゆっくりご覧いただきたい。細筆で書かれているのは一行目の冒頭でわかる。慎重な書き出しではじまるが、一行目の終る頃から大胆な筆遣いになり、二行目の三文字目あたりから、書というより記号、絵画に近くなる。〝秋〟もなかなかだ。

さてその二行目の三文字目からを拡大してみた（一二八ページ左）。右側にあるのは〝風流〟である。〝風〟と読めと言われれば、たしかに……。〝風〟の左下に土筆《つくし》のような文字があるが、これが〝不〟である。〝ふ〟に見えるでしょう。

では何の教えが書いてあるか。

円悟禅師は中国の禅宗の大立者である。老娘は年老いた女性ではない。〝風流の事〟は男女が契《ちぎ》りを交わす意であろう。昔、自分は死ぬまで仲が良いおしどりの姿を笑ったことが恥かしい。円悟禅師は女としみじみと語り合ったはずだ。私もまた語り明かし秋の夜は短かったと二人の比丘尼に、男と女は自然になるようになるのがよろしい、と教えたのである。

なにしろ一休は、女犯《にょぼん》、男色《なんしょく》、飲酒《おんじゅ》、肉食《にくじき》と破戒僧のトップ・オブ・ザ・トップの僧であったから、さぞ実感のある教えであっただろう。一休宗純は安国寺《あんこくじ》、西金寺《さいこんじ》などで凄まじい修行を積み、後に大徳寺《だいとくじ》の第四十八世住持となったほどの僧だが、当人はちいさな酬恩庵で独居し続けた。号を狂雲子《きょううんし》。その著書に『狂雲集』と題された漢詩集があり、その詩の中に五百二回も〝風流〟の文字を使っている。

風流とは何ぞや？

梅雨の間中、破戒僧の詩を読み、考えたが、私にはわからなかった。〝風流〟を男女の契りと説明したが決してそれだけではないことを断わっておく。

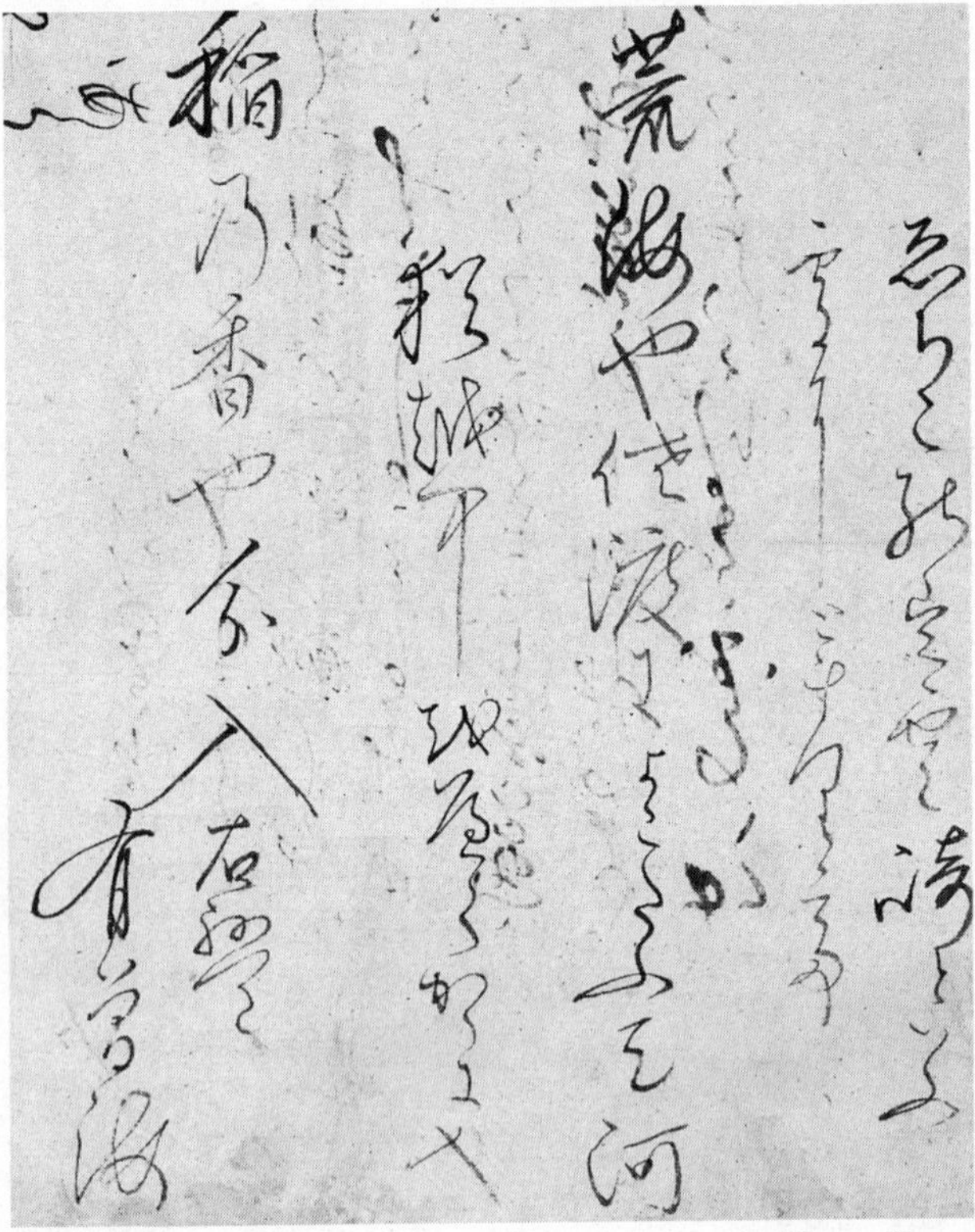

ゑちこの出雲崎といふ
処にとまりて
荒海や佐渡によこたふ天河
猶越中をへてかゝに入
稲の香や分入右は
有曾海

「荒海や」句草稿｜松尾芭蕉
元禄２(1689)年｜柿衞文庫蔵

第二十一話　芭蕉《ばしょう》と蕪村《ぶそん》、漂泊者のまなざし

松尾芭蕉《まつおばしょう》という人がいったいどんな人なのか、長くわからなかった。人を知る手掛りとして、その人を支持した人間から何かを得ることがある。

与謝蕪村《よさぶそん》という人物がいる。芭蕉没後、二十年して生まれた絵師であり、俳人であるが、この人が芭蕉をいつくしんだ。

私は蕪村の画と句が好きである。蕪村の句は、私の身体の中にすんなり入り込んだ。

月天心　貧しき町を　通りけり

この句と遭遇した時、O・ヘンリーの短篇集の一篇を読むような気持ちになった。中世ヨーロッパのキリスト教世界のファンタジーを見る思いがした。

比較文学を学んだり、さまざまな創作作品に触れていると、西洋、東洋の創作に奇妙な共通性を見ることがある。当たり前のことである。美しい夕陽を目にすると、人間は

こころを揺り動かす。夕陽は東と西の世界に共通に沈む。

さて一三四ページを見て頂こう。

松尾芭蕉が、『奥の細道』という日本でも最高峰の紀行文と発句、俳句を完成させる折、旅先でしたためた一文である。

荒海や　佐渡《さど》によこたふ天河

文字が重なっているのは、これが芭蕉のメモ書きであるからだ。当時、紙は貴重品である。表面も、裏面も使うのは常識で、かすかに文字が映って見えるのは上部で綴《と》じた旅の携帯用のメモ紙なのである。私も文字を書くことを生業にしているから、走り書き、メモ書きの文字に、その人の普段の文字のありようが出るのがよくわかる。俳句も、小説も、作曲も、それが完成する以前の原型を〝草稿〟と呼ぶ。この書は草稿である。

芭蕉は元禄《げんろく》二年（一六八九年）七月四日、越後、寺泊《てらどまり》を経て出雲崎《いずもざき》に至った。その夜は強い雨が降っていた。出雲崎から佐渡までは十八里（約七十二キロ）。佐渡は流人《るにん》の島である。天上の星が一年に一度めぐり逢う七夕への想いもあったかもしれない。私が思う、この句の肝心は、その夜が強い雨で、佐渡の島影も見えるはずがない状況でこの句が発案されたことだ。

文字の方をご覧頂きたい。誰か人に見せる文字ではないが、この丁寧と誠実な筆遣いはどうだ。現代人の私たちが見ても〝天〟の文字以外は判読できる。実は、この文字のありようこそが芭蕉なのではないかと、私は考える。逝く折は、門人数千人と云われた人物が、河合曾良《かわいそら》なる弟子と二人、日本海沿岸の夏の雨の中を旅していた。此《こ》の地は旧暦七月とはいえ、雨に濡れれば身も震える。おそらく泊った宿か、民家でメモ書きに記したのであろう。

芭蕉の筆致を見て頂ければわかるが中世から伝播した(当人が体得したでもいいが)書体をマスターしている。隣りに並ぶ句が、〝稲の香や分入右は有曾海《ありそ》〟とあるから、越中《えっちゅう》の有磯《そ》の海に出ての句だから、もっと旅の終りに記したものかもしれない。この走り書きを見て思うのは、縦の直線が揺るぎない。〝書きつける書〟にしてこうであるから、芭蕉という人は、くり返して言うが、丁寧と誠実な気質《たち》の人であったのだろう。実のある細筆による書である。

一三八ページは、その芭蕉と曾良の、東北への旅、『奥の細道』の様相を描いたものである。『奥の細道図屛風』と称する。描いた人は、与謝蕪村。先述したように芭蕉と同じ江戸期の人だ。芭蕉が没した後に同じく俳諧に身を置き、芭蕉の作品に傾倒し、『奥の細道』を習いとした。細かくなって申し訳ないが、蕪村の文字には芭蕉の字と根本が異なるものがある。四行目の〝や〟の文字がそれである。百年の歳月の後、字体は芭蕉が継

奥の細道図屛風―与謝蕪村―安永8（1779）年―山形美術館・（山）長谷川コレクション

承した中世日本の書体から解き放たれて、自由な字体となるのである。

蕪村は摂津毛馬村《けまむら》（現・大阪市都島区毛馬町）で生まれたこと以外、たしかな素姓がわからぬ人である。江戸へ出て俳人、早野巴人《はやのはじん》こと夜半亭宋阿《やはんていそうあ》なる人に拾われる。夜半亭なき後、関東を彷徨し、京都、丹後宮津《たんごみやづ》に三年行き、四国、讃岐もまた足かけ三年。その間何をして生きたか。或る時は僧、或る時は俳諧師、そして或る時は絵師。こう書くと〝器用貧乏〟の漂泊者に思えるが、絵師としての蕪村の作品は図抜けていた。讃岐、丸亀に残る『寒山拾得図《かんざんじっとくず》』や『蘇鉄図《そてつず》』などは尋常ではない。五十五歳の折、江戸の師であった夜半亭の二世を襲名する。絵師としてはその当時、大名代《なだい》だった池大雅《いけのたいが》と競作の『十便十宜図《じゅうべんじゅうぎず》』を完成させる。その名声はひろがり、絵師としても俳人としても夜半亭二世は全盛期を迎える。その全盛期に蕪村は芭蕉をあらためて賞讃し、『奥の細道』の全文を書き写し、挿絵を描く。絵巻物、屏風として珍重される。この時期、江戸でも上方でも芭蕉再興の機運が満ちた。蕪村も、勿論、その中心となる。漂泊者は、敬愛する漂泊者に思いを馳せたのだろうか。

その思いが、芭蕉の句への傾倒だ。

五月雨《さみだれ》をあつめて早し最上川　芭蕉
五月雨や大河を前に家二軒　蕪村

私は蕪村の句の方が、身体に入り易い。

書としては、芭蕉の方が一段格上である。左ページは〝ふる池や蛙《かわず》飛込水のおと〟なる芭蕉の代表作であるが、その書体は平安からの流れを受け継ぎ、正統な書である。一方蕪村の書と画には、先述した〝や〟にしても、自由が感じられる。当人は「悪筆にて見苦しき段」と述べているが、多種多様な書体で、画と書を残している。それでもすべての基礎は、漂泊者、芭蕉があってのことかもしれない。さまよえる者の目にしか見えぬものがあるのは現代も同じだろう。

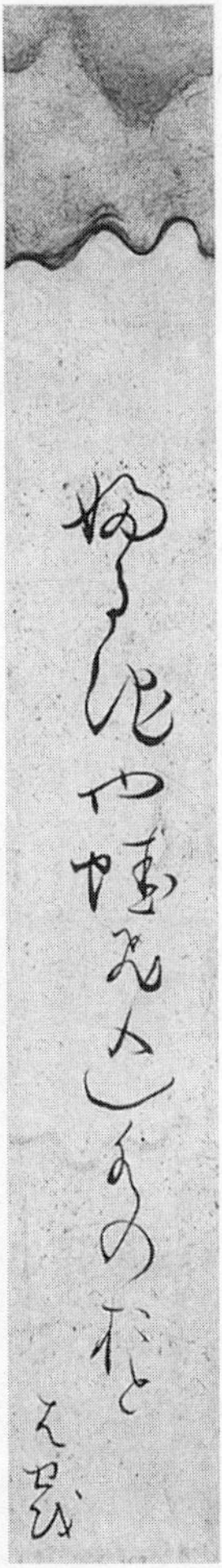

ふ《婦》る池や蛙飛込水のお《於》と　ば《者》せを《越》

「ふる池や」句短冊｜松尾芭蕉｜貞享3（1686）年｜柿衞文庫蔵

○△□｜仙厓義梵｜出光美術館蔵

天上大風｜良寛｜個人蔵｜写真提供：芸術新聞社

第二十二話 ユーモアと葛藤

さて今回はまず一四二ページの上の作品をご覧いただこう。書、文人画などに興味のある人なら、この奇抜に見える作品をご存知だろう。作者は仙厓義《せんがいぎ》梵《ぼん》。江戸期の人である（一七五〇年〜一八三七年）。僧侶である。臨済宗の日本での開祖で、鎌倉、寿福寺《じゅふくじ》、京都、建仁寺《けんにんじ》を建立したあの栄西《えいさい》禅師が日本に初めて建てた禅寺、福岡、博多の聖福寺《しょうふくじ》の住持を務めた僧師である。荒廃していた聖福寺を復興させるに力を遂《つく》した。経営手腕があり、人気があった。

仙厓は名僧の来歴にもれず、若い時、諸国を行脚《あんぎゃ》している。書、画を早くから学んでいるが、本格的に筆を執ったのは五十歳を過ぎてからだ。

さてこの作品、タイトルはない。見た人の大半は「○△□《マルサンカクシカク》」と呼んでいる。そうとしか呼びようがない。欧米人なら「□△○」か。この左からの読み方、間違いどころか、正解の一部でもあるかもしれない。左には、〝扶《ふ》桑《そう》最初禅窟《ぜんくつ》〟と寺の号と、仙厓の落款があるのみだ。仙厓の他作品は、書、画にしても、賛と呼ばれる説明が付いているが、この作品には号のみである。

中国の名禅師、慧忠《えちゅう》が筆を執り、グルッ、と○を描いた。以来、「一円相《いちえんそう》」と呼ばれ、禅門の象徴となった。○は無限であり、すべての基と禅門は曰う。仙厓も○を多く描いた。しかしこの三連単を描いたのはあとにもさきにも独りである。このことが見る人、読んだ人にさまざまな想像を与えた。

○は無限、△は形のはじまり、□はこの△がふたつ合わさったもので万物の生まれるところ、つまり宇宙（ユニバース説だと）。また或る説は○が仏教、△が儒教、□が神道。別の説は○も△も□もなく、禅における悟《さと》りの端的表象。なんのこっちゃ。これほどいろいろあるなら自由に見て、読み、いや面白い、でよいのだろう。禅は人智で測れぬところを問うから、それでよい。

これは書か？　私の見方は「書に入れればよろしい」である。名蹟、名筆、見事、あまたつまらぬ書があるからで、ならわからぬ書のひとつとして「○△□」を台座に置くのが正しかろう。書であるなら、○が一番墨が濃い。△は少し薄い。□は一番薄い。号は○と同じ濃さ。これは最初に○を書き、一気に（かすれの具合で速度が察せられる）△□。そして墨をつけ直し、号。と思われようが、どうも違うらしい。最初が薄い墨加減で□。次に少し濃く△、一番濃く○を書いたらしいことが重なった墨のにじみ具合でわかるのだそうだ。これが何を意味するか。そういうことを考えていたらキリがない。しかし書いた順序も面白い。

さて次は、一四二ページの下をご覧いただこう。〝天上大風〟。日本の書の中で、あの空海《くうかい》と並んで現在も絶讃される人物、良寛《りようかん》上人の代表作品である。左にも良寛書とある。良寛が村の子供と遊ぶ風景は有名だ。或る時、一人の子供に「凧《たこ》をこしらえるから字を書いておくれ」とせがまれた。良寛は筆を執り、たっぷり墨を付け〝天上大風〟と書いた。読み方は諸説あるが、テンジョウダイフウでよかろう。〝天上〟は天空、大空、宇宙、何でもよい。〝大風〟は万物に恵みを与えるもの、自然の風、つまりは仏でもよい。〝天〟の書き出し、〝上〟〝大〟もそうだが、墨がにじんでいる。これはあきらかに何かを込めている。良寛の書の特徴のひとつに、筆を真上につり上げるようにして書いたことがある。良寛流と言ってよかろう。それならサラサラと書いたと思われようが、違う。実に、誠実で、丁寧な筆運びであり、一字一画に対して繊細で、しかも胆力の備わりが良寛の文字を形づくっている。それは良寛の楷書、草書の字を見れば一目瞭然である。

良寛の書には、正統と、由緒正しい気配がする。正統とは、王羲之《おうぎし》であり、顔真卿《がんしんけい》、孫過庭《そんかてい》、懐素《かいそ》といった本場中国の書家が基盤にあり、由緒正しいとは、これらの外来の手本を臨書し、独自性をこしらえた空海、小野道風《おののみちかぜ》、藤原佐理《ふじわらのすけまさ》、藤原行成《ゆきなり》といった、やがて和様を生んだ人より得ているものだ。勿論、良寛にとって書は本業ではない。なのになぜ良寛の書が日本人にこれほどまで受け入れられるのか。私は良寛の書は〝生の葛藤〟

をつなぎ止めたのではと感じる。生きることは一瞬である。天空を仰げば人など塵のごとき存在である。なら姿勢をただしてすべてはまかせよう。そうせざるを得ない生い立ちと漂泊の時間がある。

良寛は越後出雲崎の人である（一七五八年〜一八三一年）。生家は名主。若き日、名主の習いをしたが才なきと思いあぐねて出家し、備中よりあらわれた国仙《こくせん》和尚にめぐり逢い、師事し、備中で修行した。ここより悩みの中に身を置き、三十四歳の時から諸国を行脚し、最後に帰郷する。農民や子供と接したのはこの里の日々だ。左ページの文字は村人に「わかり易い字を書いて欲しい」と言われ、〝いろは〟を書いた。良寛独自の細み、軽みがあるが、どっしりとして〝かな〟が起立《きりゅう》している。見事な限りだ。あの漱石をして草書の屛風を見て「これには頭が下がる」と言わしめた。良寛を一言であらわせない。

仙厓は美濃《みの》の農民の子として生まれた。仙厓もまた若き日、空印《くういん》、月船《げっせん》という禅僧に出逢い、師事した。月船亡き後、諸国行脚の旅に出た。仙厓の行脚は武蔵、京、近江、江戸、奥州と広範にわたる。二十年の修行の後、請われて博多へ行き、四十歳にして聖福寺住持となる。良寛が里の農民、子供と遊んだと同じく、仙厓は博多の人々とよく接した。画を能くした人で、「寒山拾得」を、その折々で異なるモチーフにした画など秀逸である。私は仙厓は〝生きるユーモア〟に徹した人に思える。ユーモアの基盤は、生きねばならぬ人間の苦悩である。書はつまるところ人であり、書には人の生きるかたちが見えるものだ。良寛の書は日本の書の近代を感じる。二人は漂泊の果てに何を見たのだろうか。

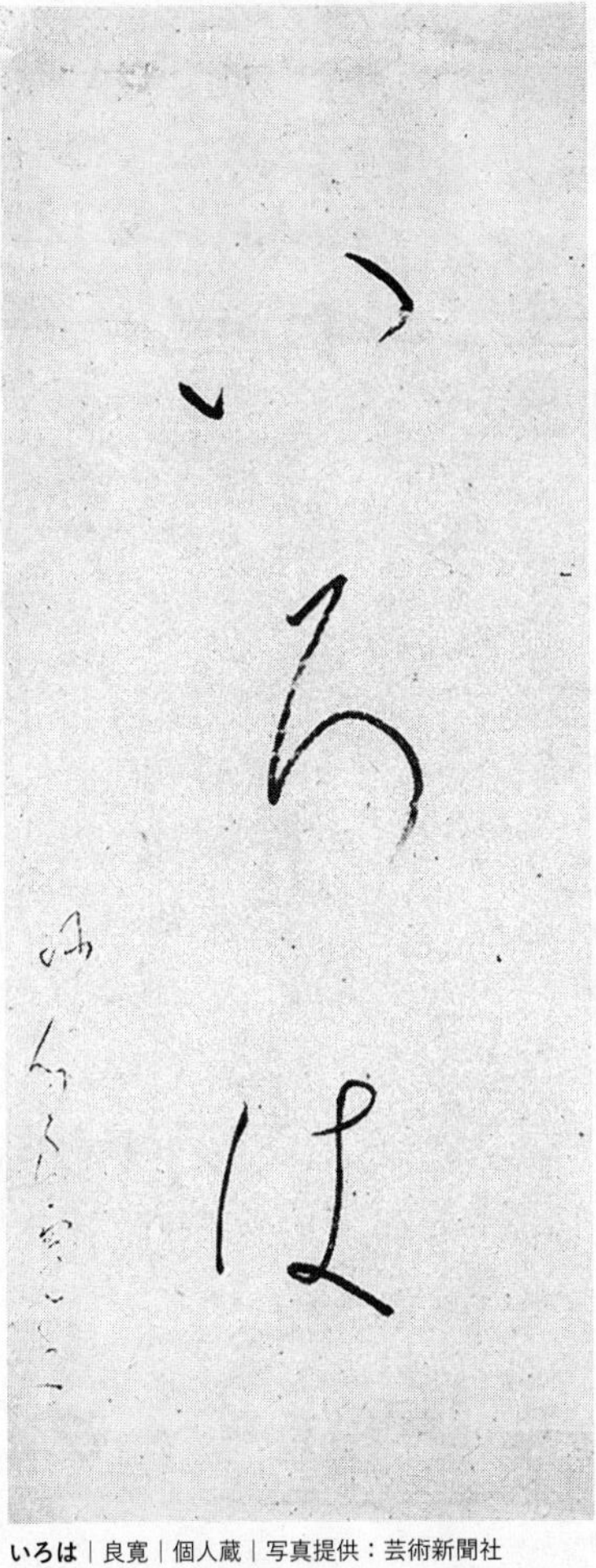

いろは｜良寛｜個人蔵｜写真提供：芸術新聞社

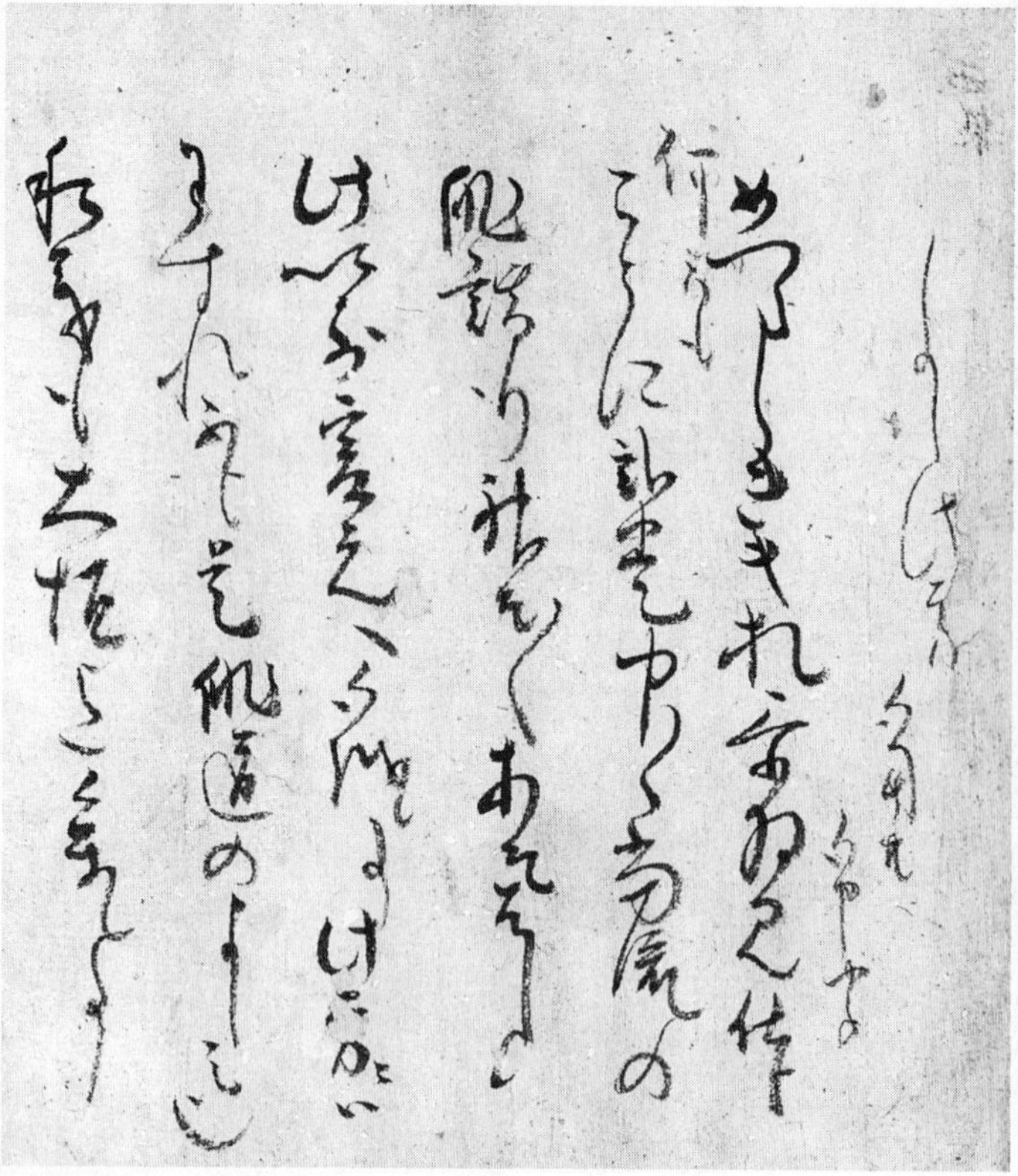

書簡｜井原西鶴｜天理図書館蔵

第二十三話　戯作者の字は強靱？

筆なりペンを執って、一人の頭脳の中に湧き起こるものを或る世界に創り上げ、人に感動を与えた人物は歴史の中に大勢存在する。それとは逆に何人かの頭脳が集まって生まれた創造物もある。現存する宗教の経典、今話題の憲法もそうである。ギリシャ神話、悲喜劇もそうだ。白川静博士は漢字がかくも多岐にわたっていても、これを完成させたのはきわめて短期間、少人数の作業であったろうとおっしゃっている。

創造物がひとつの頭脳によるものであった場合、よくこれほどの質と量の作品をと現代人が感心するのは、作曲家のモーツァルトと劇作家のシェークスピアではなかろうか。この二人、果たして人間であったのかと疑いたくなる。寝る間も惜しんで創作しても時間が足らない。モーツァルトの自筆の譜面をパリの国立図書館で見たが、意外と丁寧なのに驚いた。シェークスピアはもっと丁寧だ。劇作家というのも妙な仕事である。

さて一四八ページをご覧いただこう。『好色一代男』の原作が書かれたのが、天和《てんな》二年（一六八二年）の秋だ。いわゆる浮世草子のひとつで、作者は井原西鶴《いはらさいかく》。その井原西鶴が俳諧の友に送った書状である。三十代後半の字でなかなか流麗だ。西鶴は大坂商人の出である。これくらいの筆遣いが商人にして体得できていたことが当時の彼等の教養、底力を知らしめる。筆の運びも速く、文字の配置も巧みである。品格のある字だ。戯作者だから原作の字をと思ったが、原作は版本だけが残る。

さて一五一ページは近松門左衛門《ちかまつもんざえもん》の自筆の『平家女護島《へいけにょごのしま》』草稿である。この草稿、芝居となった正本とはかなり内容に違いがある。何度も戯作者が手を入れた証拠だ。真面目なのだ。日本の芝居、浄瑠璃、文楽、映画……に近松の作品は何度となく上演、翻案されている。日本のシェークスピアと言ったところか。私が言ったのではない。大学の文学の授業で教授が宣《のたま》ったのだ。田舎出の青二才は、ほうそこまでかと、読み辛い原作を注釈を読みつつ睨んでいた。

近松は越前吉江《よしえ》藩士の子として生まれた。本名は杉森信盛《すぎもりのぶもり》。号は平安堂。父の浪人で京都に移り住み、公卿《くげ》に雑掌《ざつしょう》（雑務係ですな）として奉公し、さらに浄瑠璃太夫、宇治加賀《うじかがの》掾《じょう》の下で作者修業をし、当時、大立て者の歌舞伎俳優坂田藤十郎《さかたとうじゅうろう》のために『夕霧七年忌』、浄瑠璃太夫の竹本義太夫《たけもとぎだゆう》に『出世景清《しゅっせかげきよ》』を書き下ろし、これが大評判となった。

さて、近松の書。西鶴の書と比べてもらえばわかるが、幼少時、武士の子として、書を学んだ折の御家流《おいえりゅう》（青蓮院《しょうれんいん》流）の名残があり、あきらかに武士の文字と商人の文字の違いがある。西鶴の柔軟さに対して、近松の字は軸を外そうとしない意気地を感じさせる。

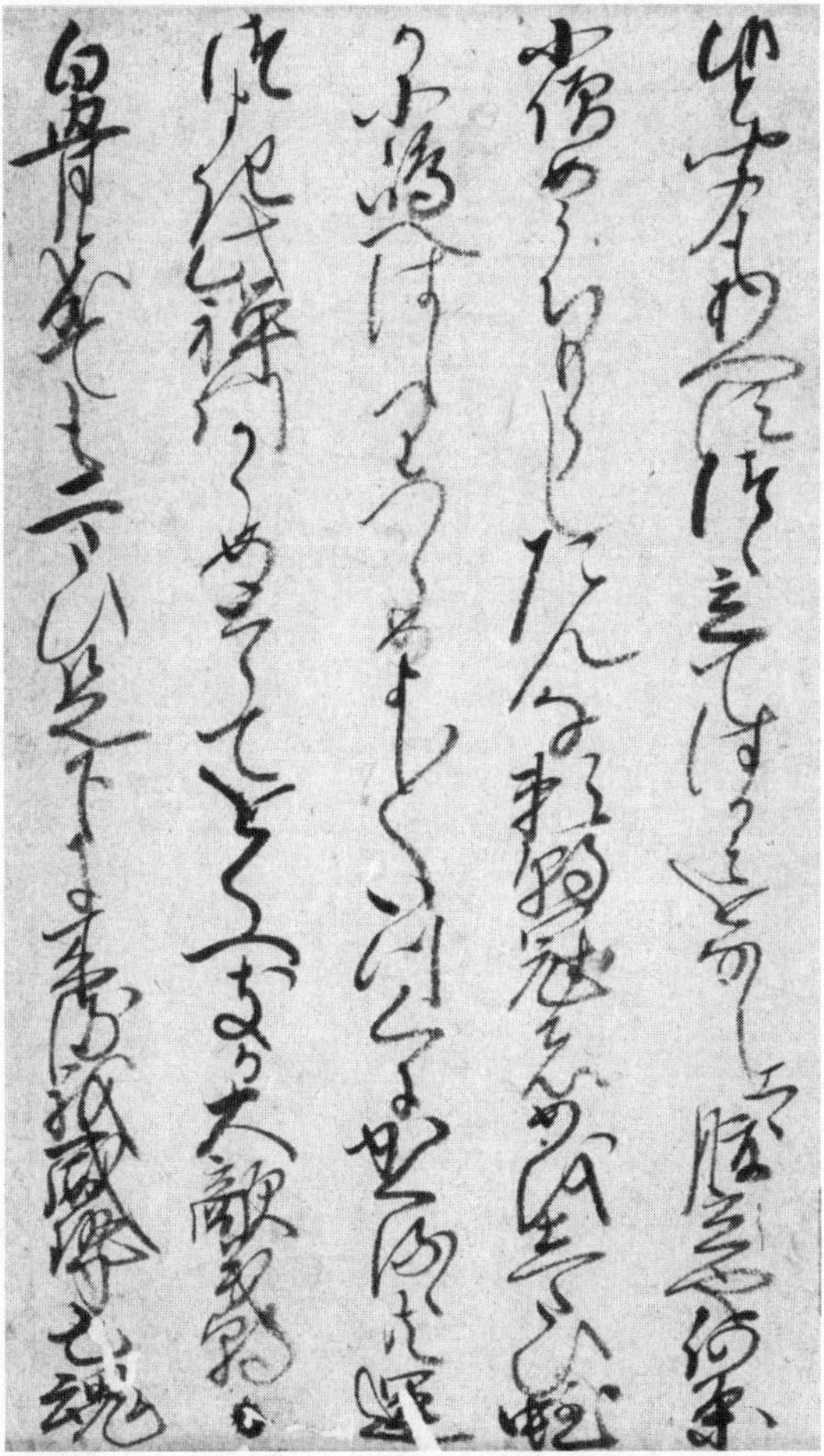
『平家女護島』草稿｜近松門左衛門｜早稲田大学演劇博物館蔵

ただ二人に共通しているのは運筆が速い。売れっ子の戯作者は、当時も悠長にしていられなかったのか。それに両者の筆致には強靱な性格があらわれている。いつの時代も戯作者は強靱であらねば、役者、小屋主に原作をいいようにされてしまうものだったのだろう。

この二人が少しの時代の差こそあれ、町人を主人公にして物語を書いた点に肝心がある。シェークスピアにも『ベニスの商人』がある。西鶴は『好色一代男』から『諸艶大鑑《しょえんおおかがみ》』『好色五人女』と艶物をひろげ、やがて『世間胸算用』へと辿り着く。近松は上質、多作の中から『曾根崎心中』『冥途《めいど》の飛脚』『国性爺合戦《こくせんやかっせん》』に至り、六十八歳で『心中天網島《しんじゅうてんのあみじま》』を完成させる。三百年後の小屋をも沸かせているのだからたいしたものである。

戯作者、劇作家の書く文字は、皆強靱なのかと他を見ると、左ページは現代劇作家の一人であった井上ひさし氏の文字。これほど読み易く丁寧な文字も珍しい。〝遅筆堂《ちひつどう》〟と別称があるように、筆は驚くほど遅かった。遅れて平気(でもなかろうが)なのは、根に強靱さがあったからだ。

戯作者、劇作家は因果な仕事である。芝居が当たらねば放り投げられる。浮世が常にかかわるからである。誰が読んでいるのかわからない小説家と比べると、己の書いた芝居を舞台袖《そで》で覗いていれば、客の反応を、感動した様子を目の当たりにできる。大根でも役者はその喜びを知っている。これが芝居、演劇の〝困まった壺〟でもある。

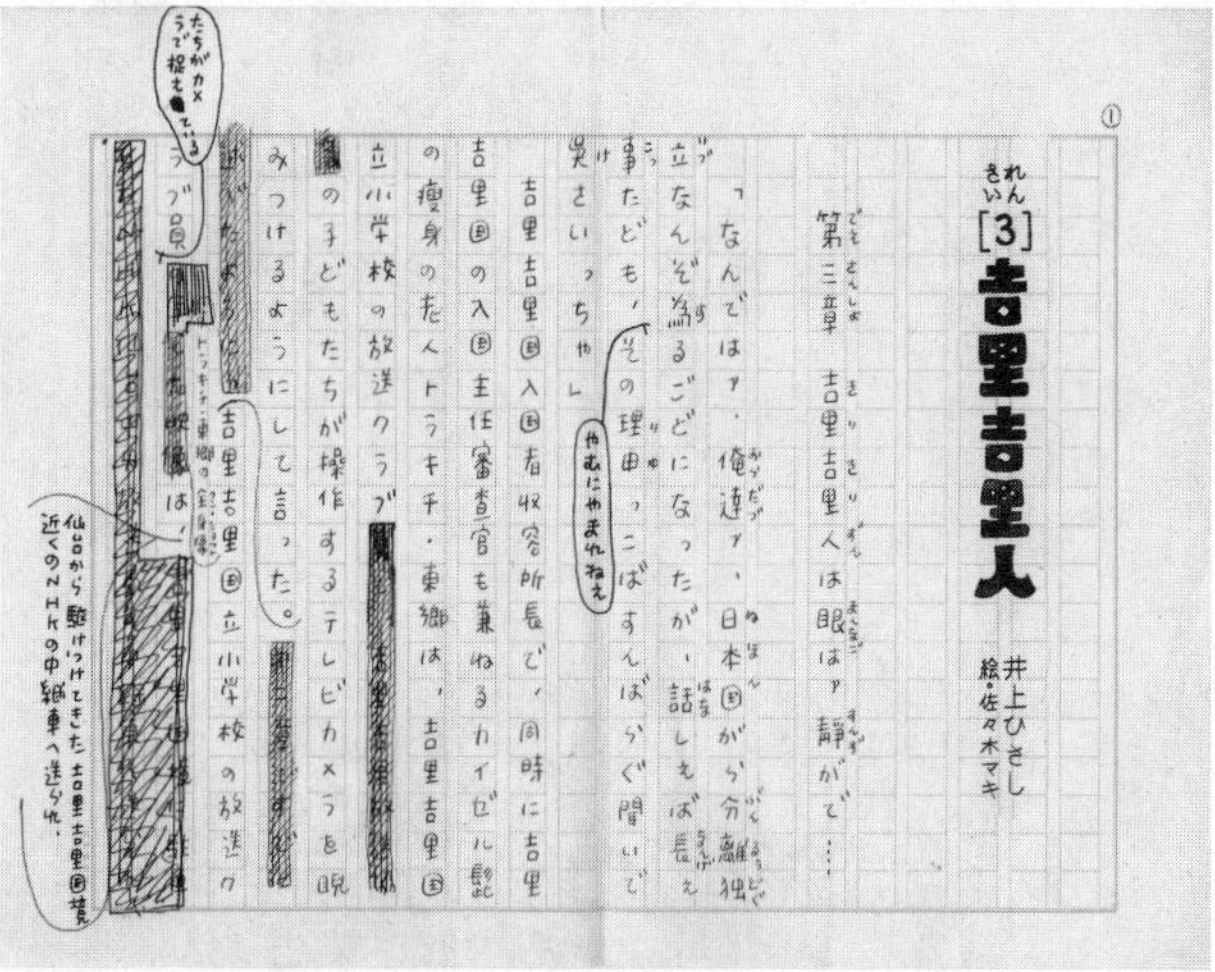

『吉里吉里人』自筆原稿｜井上ひさし｜仙台文学館蔵

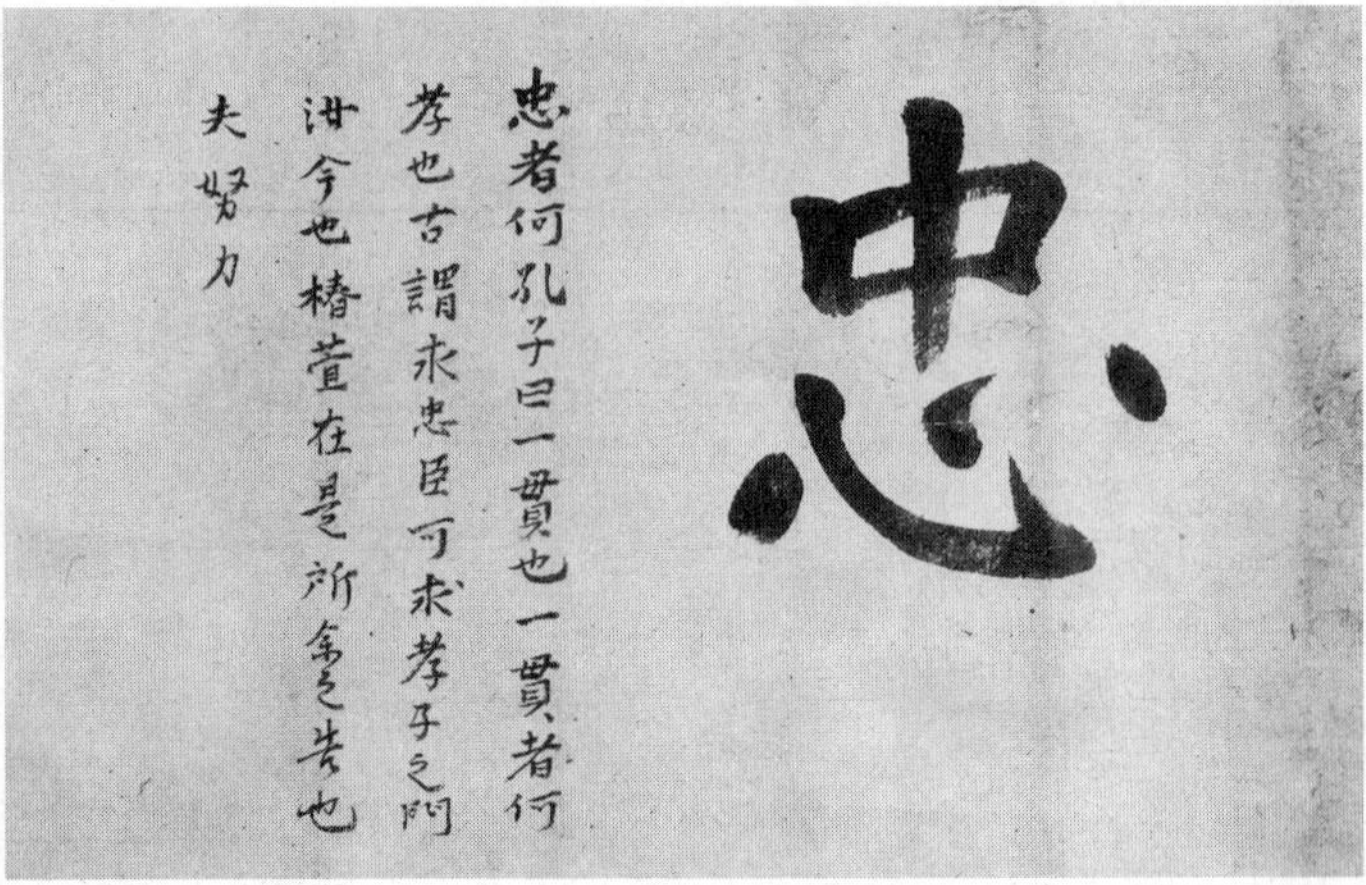

字義｜徳川光圀｜江戸時代｜『別冊太陽　名筆百選』(平凡社、1980年刊)より

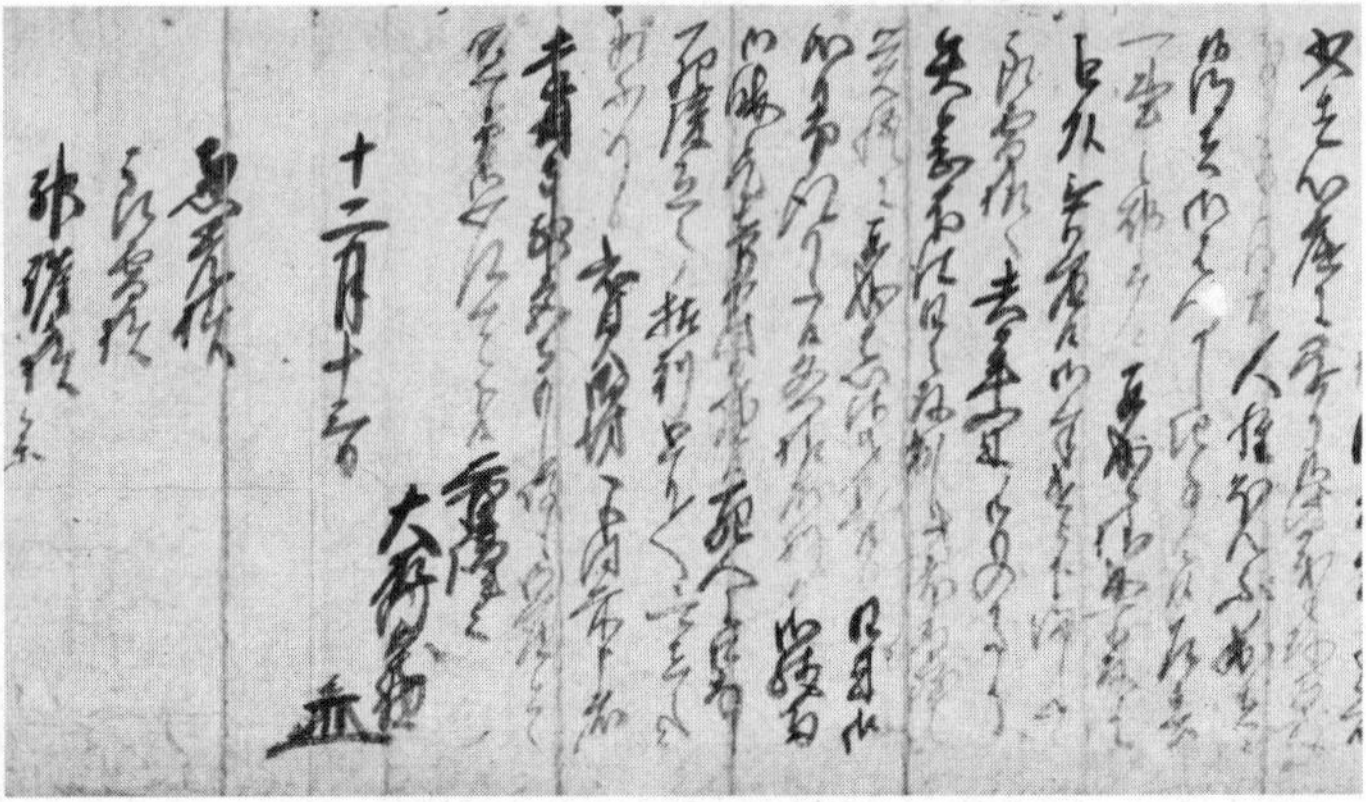

書状｜大石内蔵助｜元禄15(1702)年12月13日｜正福寺蔵｜写真提供：赤穂市立歴史博物館

第二十四話
水戸黄門の印籠《いんろう》と赤穂浪士《あこうろうし》の陣太鼓

今年もあとわずかで終わる。

京都に住んでいる頃、この季節、四条河原町《しじょうかわらまち》・南座《みなみざ》で「吉例顔見世興行《きちれいかおみせ》」の歌舞伎の錦絵が並ぶ。老若男女、嬉しそうに役者の名前、演目を見上げて話がはずむ。京都人の新年を迎える行事のひとつである。

「いや、『仮名手本忠臣蔵《かなでほんちゅうしんぐら》』やないか。これは見逃すわけにはいきしまへんえ」

ひと昔前まで年の瀬になれば、日本のどこかで『忠臣蔵』がさまざまなかたちで芝居に、映画にかけられていた。なぜ、それほどまでに『忠臣蔵』は日本人に支持され続けているのか。義経《よしつね》に始まる判官贔屓《ほうがんびいき》の世界が日本人の情念をかきたてるのだろうが、物語が非業《ひごう》な最期を遂げる故の、主人公たちへのいとおしさが募ることもあるのだろう。

『仮名手本忠臣蔵』が初演されたのは寛延《かんえん》元年（一七四八年）八月十四日、大坂、竹本座《たけもとざ》で人形浄瑠璃芝居としてである。これが大当りし、歌舞伎でも演じられ、たちまち日本全国の芝居小屋がこれを打った。史実の赤穂義士《あこうぎし》事件の四十五年後に大興行演目となった。

これほどの歳月を要したのは大事件であったからである。御上の下した処罰に異議を唱えかねない内容は興行主も役者も打首になる。故に芝居では戯作者の手で歪曲《わいきょく》されて変えられた。それでも庶民は根底にある〝忠〟と〝義〟を腹に含んで拍手を送った。

さて一五四ページをご覧いただこう。まずは下の手紙である。『忠臣蔵』で重要な役回りをした大石内蔵助良雄《おおいしくらのすけよしお》が吉良邸討入りの前日に、故郷、赤穂にある花岳寺《かがくじ》の恵光《えこう》和尚、正福寺《しょうふくじ》の良雪《りょうせつ》和尚、神護寺《じんごじ》に宛てた暇乞《いとまご》いの書状である。手紙の末尾に並んだ文字に、〝恵光様、良雪様、神護様〟が読みとれる。日付も十二月十三日。その右下に大石内蔵助とある。花押が認められる。実際の手紙は一・六メートルの分量がある。

大石の筆字の特徴は、まずそのスピードである。おそらく一気に書かれたものであろうし、一字たりとも誤り、失筆がないのに驚かされる。まさに頭脳明晰、冷静沈着な人となりは芝居がこしらえたものではないことが筆字を通してわかる。次に実務にすぐれていた点が、巻紙を左手に持ってやや手元に寄せ、墨は必要以上に濃くはつけず筆はやや斜めに遣って書いていることからわかる。それでいてタテの軸がぶれていない。手紙の内容は討入りに至る経緯と、脱落者の名前、本懐を遂げた後の全義士への回向《えこう》（供養）の依頼、離縁した妻りくと子供たちのこともしたためてある。討入り前日、内蔵助の胸中が穏やかであるはずはない。彼とて人の子である。それを微塵も見せぬところに、吉良防衛陣と気概の差があったのだろう。まことに見事な書状と文字である。書、文字に滅亡の美学を垣間見る気がする。

さて今回のもう一人の主役は一五四ページ上、〝忠〟という字を力をこめてしたためた、水戸藩二代藩主、徳川光圀《みつくに》である。

そう、現代人にはテレビドラマの〝黄門さま〟で知られる人物の書である。白いアゴ鬚《ひげ》があったか。そういう肖像画、木像はまったくない。ドラマのように諸国をスケさん、カクさんと行脚し、悪代官を懲らしめたか。光圀が旅をした記録は二度しかなく、それも江戸、水戸の近辺である。〝天下のご意見番〟であったか。これも史実にはない。名君か。さまざまな評価はあろうが、徳川三百年の間で輩出した藩主の中ではトップクラスであろう。その証しとなるもののひとつが、『大日本史』の編纂《へんさん》を自ら中心になって押し進め、全三百九十七巻、目録五巻を完成させたことである。そのための編集史局（彰考《しょうこう》館《かん》）を創設し、全国から史家、学者を招き、最盛期六十名に及ぶ大編集室を稼動させた智力、財力は並の肝心ではできない。

光圀の書の、この〝忠〟という筆字からは彼の強靱な精神力が伝わってくる。唐様の影響は感じられるものの、宋風でもなく明末の連綿書体の闊達《かったつ》も排除し、極端な切り込みもない一見平易に映る和様の近代を思わせる。光圀の〝忠〟には自信が漲《みなぎ》る気概が感じられる。〝忠〟の左の解説も平易で品性のある筆遣いだ。

この光圀、最初からそれなりの人であったかと言うと、そうではない。〝歌舞《かぶ》く〟という言葉をそのまま実践していた手に負えない若者であった。ヤンチャだった。教育係の老侍《ろうじ》からの長い諫言の手紙が残っている。「このままでは先が思いやられるどころか、水戸藩の存続が危ない」と言わしめたのだからよほどのヤンキーであったのだろう。その若者が十八歳の時、突如、こころをあらため、のちに歴史編纂を志す。兄がありながら、世子《せいし》になった自分への誡《いまし》めも要因と言われるが事実はわからない。若き日の苦節が精神を鍛えたのだろう。光圀が『大日本史』の編纂を目指し全国から史家、学者が集ったことで、〝前期水戸学〟という学風が生まれ、これがのちに幕末の政治活動の一方の支柱となった尊王攘夷論を〝後期水戸学〟から隆盛させたのだから、歴史は皮肉なものである。〝忠〟なる思想に、大石内蔵助と光圀の書を見たが、二人の気概が、現代の日本人にまで、或る種の正義、正当と重ねて考えられている点は少し怪しくもあるが、大衆の思想に根拠を求めぬ方がよかろう。

毎年、三月二十日、祇園の一力亭で〝大石忌〟にちなんで井上流の京舞が家元と芸舞妓によって披露される。山科《やましな》の里から、茶屋で放埒に見せかけて遊んだ名家老の供養の行事だ。一度見させてもらったが、京女たちの鋭い目付きと怖さが印象的だった。

山鹿流陣太鼓

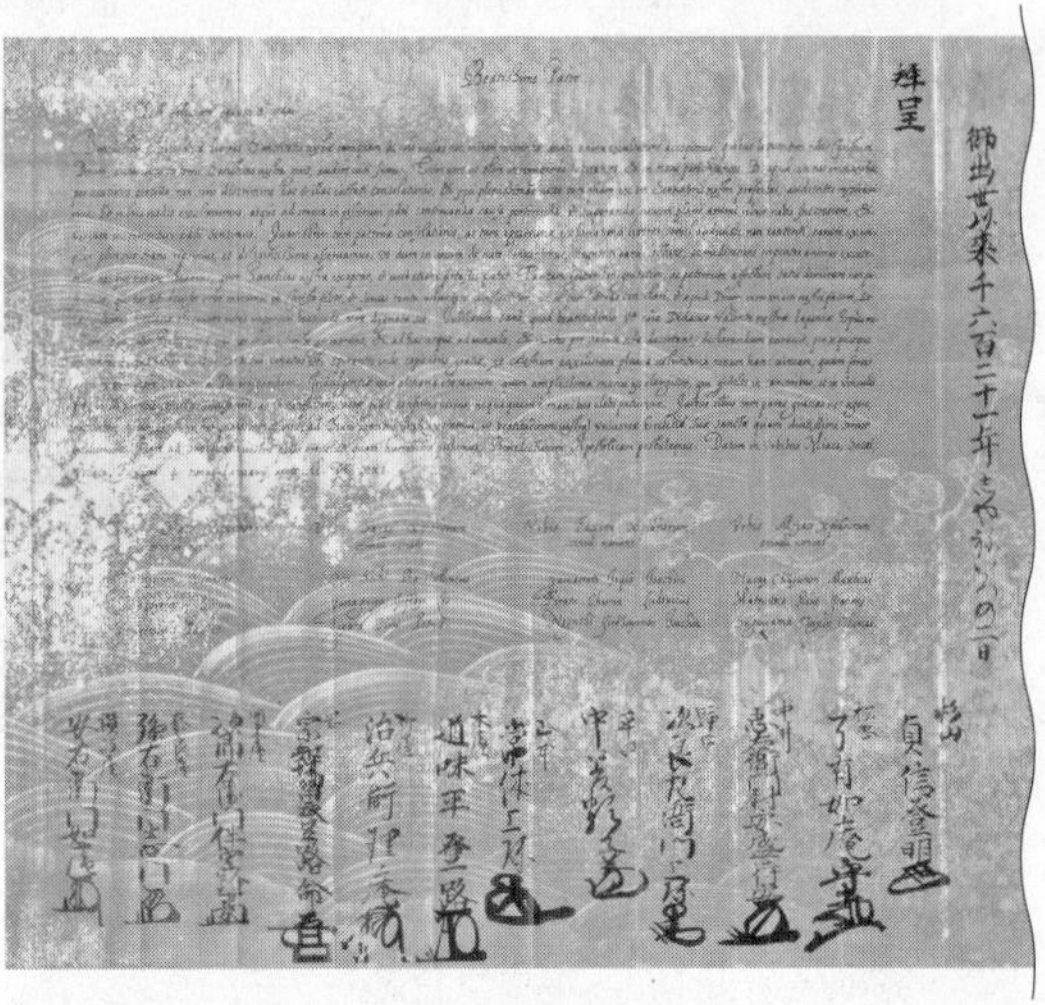

キリシタンからの手紙
1621（元和7）年｜ヴァチカン教皇庁図書館蔵
Barb.or.152(3)｜｜協力：ユニフォトプレス

第二十五話

平登路はペトロ、如庵はジョアン

ヨーロッパを旅していて、自分が日本から来たと言うと、総じて日本人はいつくしみがあり、礼儀正しい人々だという印象を口にする人が多い。その印象・評が何の根拠によるものかわからぬが、ヨーロッパ人の中に東洋に対する憧憬《しょうけい》があるのは事実である。〝黄金の国、ジパング〟を目指してコロンブスが大海に乗り出したことも、その憧憬に影響しているかもしれない。ところが十七世紀のヨーロッパの、それもキリスト教社会の人々から、日本ほど野蛮で、残虐な民族はいないという噂がひろがっていた。それを憂えたヨーロッパ中のキリスト教徒（つまり欧州の大半の人々なのだが）が教会で祈りを捧げた。

噂とは、日本におけるキリスト教徒の迫害である。二百六十年余にわたる迫害の凄まじさは、今もヨーロッパの教会の一部に、当時使用された拷問の機具と記録が、殉教者を称えるかたちで残っている。

さて右ページをご覧頂こう。この美しい装飾和紙に書いてあるのは、ローマ教皇、パウロ五世に宛てた感謝状である。まずは書、文字の説明の前に、この手彩色でこしらえた和紙の装飾の素晴らしさに注目頂きたい。いささか見にくいが（なにしろ四百年前のものですから）梅の花が咲き、竹林が活き活きと茂る里山と、日本の地を囲むゆたかな海が、青碧の紙の上に金泥で描かれている。なにやら謡曲『高砂』の四海波《しかいなみ》の一節が聞こえて来そうな情感である。当時の日本の職人の仕事としては超一級品と言ってよかろう。これほどの装飾和紙を注文できるのは、当時としては天皇か、大名、豪商しかいない。ところがこれを注文し、教皇への手紙に使ったのは〝隠れキリシタン〟と呼ばれた市井の人たちなのである。えっ、まさかと思われるかもしれないが、この手紙は今もイタリア、ローマのヴァチカン教皇庁の図書館の貴重庫に大切にしまわれているのだ。

私はこの本物を二〇一五年春、印刷博物館で開催された「ヴァチカン教皇庁図書館展Ⅱ」で目にした。絵画もそうだが、本物からは、作品が創作された、書かれた時間が鑑賞する人に伝わって来るものだ。日本の信徒たちの喜び、信仰への誇りが感じられた。〝喜び〟と書いたのは、パウロ五世教皇は、日本で布教につとめた宣教師たちの報告書から日本における凄まじいキリシタンへの迫害を知り、これを憂え、祈り続け、信者たちに激励の文書をしたためた。この文書が一年後に長崎に届き、隠れキリシタンたちの大半が目にすることになった。仰ぎ見る人からの励ましの手紙である。どれほどの喜びであったろう。彼等は感激とともに、どんなことがあろうと信仰に励む誓いを教皇に送ったのである。

さてこの手紙、左上方はラテン語で、右の日本語本文の訳がペン字で書いてある。主文は筆文字である。一行目の〝貴御足下……〟は日本の手紙の型式で、本文一行目の〝阿保須登理賀〟とはアポストリカで〝教皇の〟の意味だ。当時の日本人にラテン語に漢字の当て字をつける能力があったのかと思われようが、十分にあったのである。

この書の字、一人の手によるものとわかるのは本文と、ラテン語訳の下にある信者の名前の文字がほぼ同一であるからだ。侍ではない。商人または、農民の代表と思われる。十二名の名前には、下部の花押の上に、如庵《ジョアン》、志門《シモン》、平登路《ペトロ》と洗礼名がある。文字に人柄が出るかいなかはわからぬが、気品のある書である。楷書体が一般の日本人にまで浸透していた証しである。『千字文《せんじもん》』が庶民の手にあったのだろう。教皇への礼状は五通あり、ヴァチカン教皇庁図書館が保管している。史料を後世に残す意義を教えられる。

マルコ・ポーロの『東方見聞録』のラテン語版で、日本は〝ジパング〟で〝Ｃｙａｍｐａｇｕ〟と綴られている。勿論、マルコ・ポーロは日本に渡来していないが、中国元朝のフビライ・ハンの臣下を十七年間つとめていたのだから、〝ジパング〟についての情報レベルは高かった。『東方見聞録』はアジア大旅行の後、マルコ・ポーロがジェノヴァ共和国との戦地へヴェネツィア共和国の司令官として赴き、捕虜となって投獄されていた獄中で語ったものをまとめたので、各地での話が奇譚に思われ、長く法螺話《ほらばなし》と受け止められていた。今のかたちは二十世紀になって編纂された。

印刷技術の発展、進歩はキリスト教にとって生命線であった。同時にアルファベットの文字へのヨーロッパ人の執着も並々ならぬものがあった。

左ページはイタリアの碑文研究者で、能筆家（外国でもこういうんですね）のフェリーチェ・フェリチアーノが著した『ローマのアルファベット』なる本の一ページである。文字に美はありや、をこの人も語っている。彼は古代ローマ人はコンパスと定規を用いて幾何学的に文字を構成したと説《とな》えている。本文の一節には「〜文字は円と四角より形成される。文字の形状の総計は52に上り、そこから完全数すなわち10が引き出される〜」。なんのことでしょうか。ともかく古代ローマ字の美しさを語ったものだ。ヨーロッパ人に文字に対する美の素養があるのなら、教皇は、日本の書を美しいと感じただろうか。

最後に日本におけるキリシタン迫害が解かれたのは明治六年（一八七三年）、禁制の高札を廃止したことでようやく牢獄から信徒が解放されたが、その理由はヨーロッパ、アメリカ諸国から明治政府がキリシタン迫害の猛抗議を受け、迫害を続けるなら治外法権の撤廃などもっての外と詰められたからだ。今も昔も外圧に弱い政府であったのだ。

「ローマのアルファベット」
フェリーチェ・フェリチアーノ｜1463年

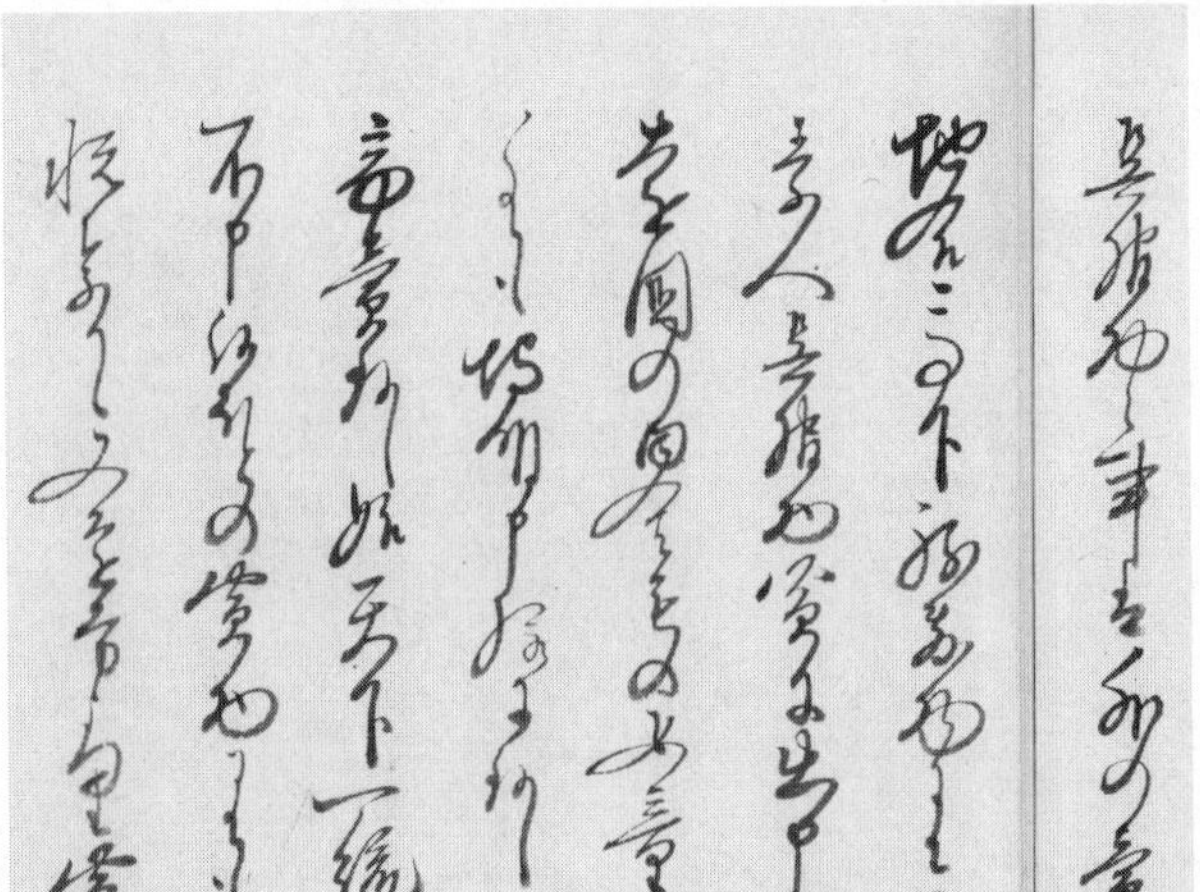

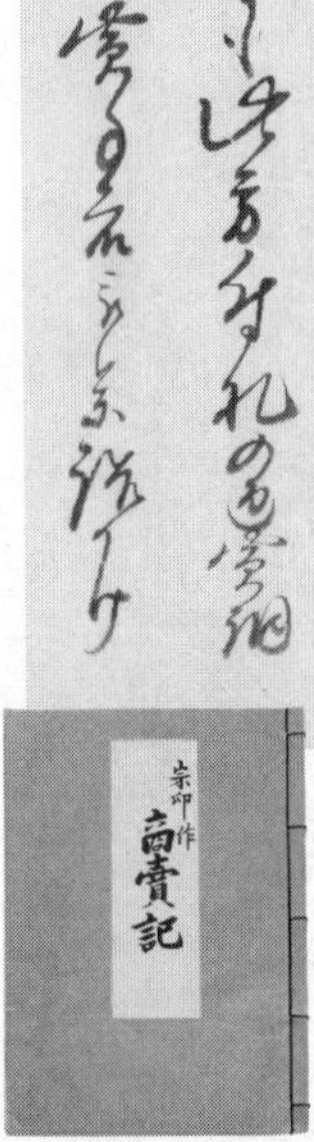

『商売記』｜三井高治
享保7(1722)年｜三井文庫蔵

第二十六話
丁稚《でっち》も、手代《てだい》も筆を使えた

今回の主役は商人である。

大坂、冬、夏の陣に勝利した徳川家康は天下を統治するのに、キリスト教の思想は障害になると判断する。キリシタン禁止令が発令された。禁止だけではすでに全国各地にひろがっていたキリシタンの数に歯止めをかけることはできなかった。宣教師たちを入国させないことが先決であるとして鎖国制度を徹底させた。鎖国にはもうひとつ理由があった。それは海外貿易で支払われていた金、銀の流出を防ぐことであった。黄金の国〝ジパング〟は欧州各国の商人の羨望《せんぼう》の的《まと》であった。各金山からまだ十分に採掘できていた金の象徴が右下にある慶長大判《けいちょうおおばん》である。小判《こばん》ではない。その証拠に金判の上に墨文字で〝拾両後藤〟とあり、花押が入っている。この文字を書いたのは大判を主として造っていた後藤家の当主である。商人の文字である。書体は草書の部類に入れてよかろう。字体などはない。なにしろ商人の字であるから、彼等にとって必要なのは数字に間違いがないことと、真贋《しんがん》である。このような字を貨幣の世界では〝笹書《ささがき》〟と呼ぶ。貫禄はある。

慶長大判｜慶長6（1601）年
日本銀行金融研究所
貨幣博物館蔵

これほどの大判が世間で流通していたかというと、否である。長径は十四・八センチ短径でさえ八・七センチある。重さも百六十五グラム。スマートフォンとほぼ同じだ。こんなもの懐《ふところ》に入れて買物に行く者はいない。主として儀礼用、贈答、献上に使われた。大規模な商取引に使用された記録はあるが、まあ飾りものである。商人の手による文字は、それ以前にもあった。しかし、商人にとって肝心は数字であり、量であり、行き着くところは金銭勘定の字である。江戸期も中頃になると、取り扱う商品、ビジネスのやり方で、大店《おおだな》になる家もあれば倒産、没落する商家も生まれ、商才に長《た》けた家が成長した。豪商である。現代もその名前が残る〝三井《みつい》〟〝住友《すみとも》〟〝鴻池《こうのいけ》〟などである。その豪商の〝三井〟が商いの心得を記したものが、一六六ページにある一冊だ。『商売記』と題されたもので、読んで字のごとき内容だ。この文字、右筆の手になる。初代、三井高利《たかとし》の手による『万借帳《よろずかりちよう》』などはもう少し人間臭いが、彼の三男高治《たかはる》の編纂した方が整っているので紹介した。

『商売記』の右から四行目の中程、〝女童《おんなわらわ》に盲人も買に参候《まいりそうろう》ても〟の文字がある。誰でも客ですぞ、と言う。次の行の下方から、〝現金そらねなしに商売致し始〟とある。これが実は三井の前身である呉服商、越後屋が、大成功をおさめた商法の〝現金掛け値なし〟の看板文句なのである。平成の現在も、この商法、理念が企業の根幹にあると三井の人たちは言うが、その精神が徹底しているかどうかは私にはわからない（失礼）。

豪商が誕生したのはそれぞれの商家が仕事に邁進し、創意工夫につとめた点にある。鎖国令は本来、商人が一番に望む交易を狭くした。そのことが逆に徹底した競争原理を生み、同時に権力とのパイプを太くするための努力をさせた。

左にある文字は、現在の京都、東京などにある〝大丸〟の創始者、下村彦右衛門正啓《しもむらひこえもんしょうけい》が同じく事業の理念とした訓で〝先義而後利者栄〟とある。言葉は中国、戦国時代の『荀子《じゅんし》』栄辱《えいじょく》篇からの七言で「義《ぎ》を先《さき》にし利《り》を後《あと》にする者は栄える」という意味である。これを東西の各店に配付し、商訓として守らせた。毎朝、番頭以下丁稚《でっち》までが大声で唱和したのだろうか。なら今も昔も同じである。では、この文字を番頭はまだしも丁稚、手代《てだい》たちが読めたのかという問題がある。江戸期の日本人の識字率が世界でも高かったと聞くが、十二、三歳で商家に入った子供に字が読めて、書けたのか。これが読んで書けたのである。

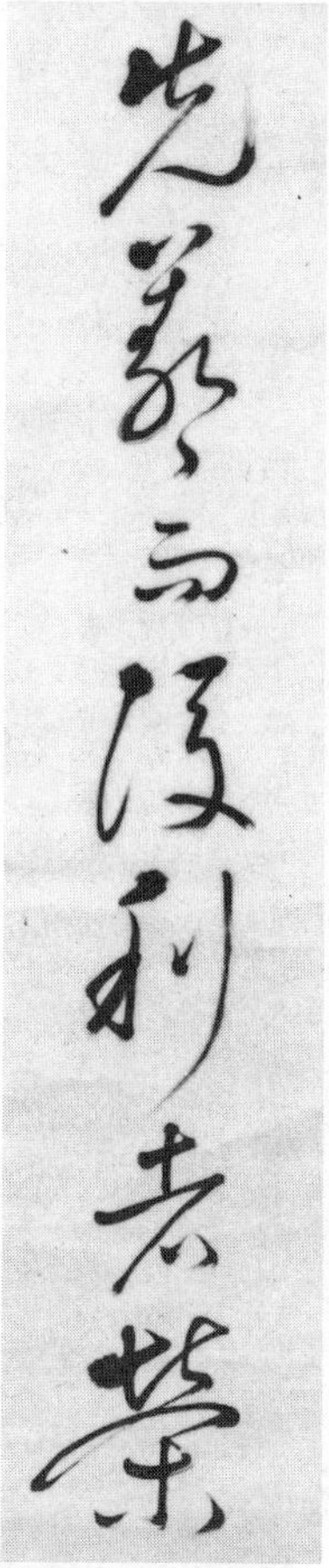

先義後利｜下村彦右衛門正啓
写真提供：一般財団法人
J.フロントリテイリング史料館

寺子屋である。生徒と呼ばずに〝筆子《ふでこ》〟と呼んだ。子供を商人にさせたい親は六、七歳で寺子屋に入れ、十二、三歳まで、習字、素読《そどく》、作文、修身、算盤《そろばん》を習わせたのである。厳しい封建社会で庶民が職を得るための知恵であった。各村に複数の寺子屋が存在した記録があるから、たいした数であった。礼儀作法まで教えた。教科書には文字を学ぶ『千字文』もあり、『商売往来《しょうばいおうらい》』では良き商人となるための学習もあった。寺子屋を出て、商家へ奉公へ入り、そこで各商家独特の教育を番頭が叩き込んだ。これが実は現代社会における日本人の商人気質の基礎となっている。欧州のギルド制度にも似たシステムがある。日本人の知恵はたいしたものであった。筆子、丁稚の教育には親の口出しがいっさい禁じられていたというから、現代よりよほどましだった。

最後に豪商は権力者とのパイプが要《かなめ》と書いた証拠を紹介する。左ページの証文。差し出し人に〝三井〟とある。差し出し先は、〝金穀出納所〟。後の大蔵省、今の財務省である。慶応四年（明治元年＝一八六八年）、新政府に三井と他二家が拠出した。〝金壹万両〟とあり〝報恩〟と文字がある。献金である。現在の値にして六億円相当だ。いつの時代も政府というものは金を引っ張り出させるのが巧みである。

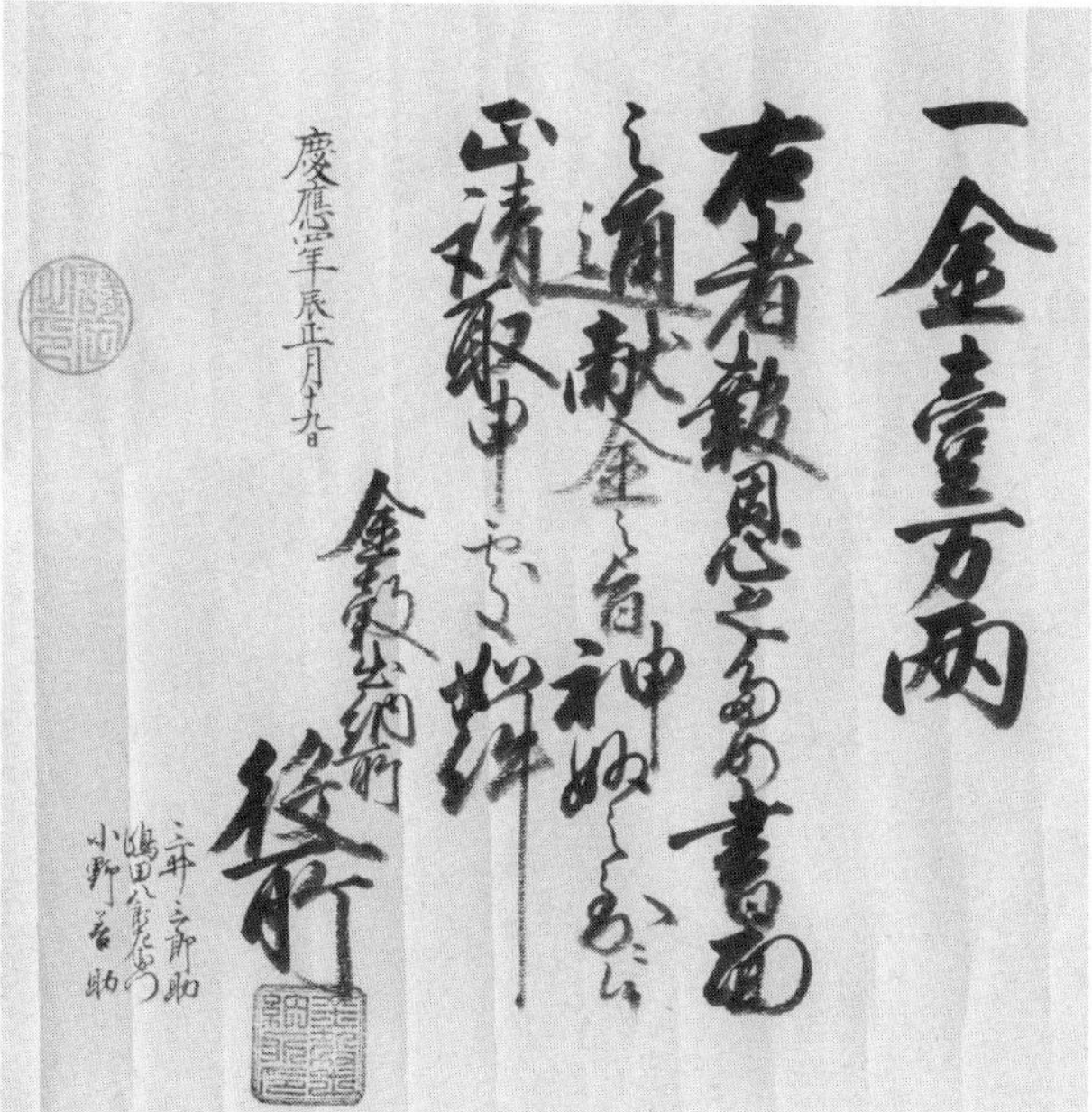

一 金壹万両

慶應四年辰正月十九日

金穀出納所

三井三郎助
嶋田八郎右衛門
小野善助

金穀出納所壱萬両請取書｜慶応4（1868）年｜三井文庫蔵

一行書「戦気」―宮本武蔵―松井文庫蔵

第二十七話　モズとフクロウ

さて今回は二人の剣豪の登場である。

一人は宮本武蔵《みやもとむさし》である。かつて武蔵は、時の宰相より人気があった。なにしろ無敗の剣客である。テレビが普及する以前、大衆の娯楽のひとつがラジオであった時代、徳川《とくがわ》夢声《むせい》という弁舌見事な男の、『宮本武蔵』がはじまると、日本全国、夕刻の通りに人の姿がなくなったほどの人気だった。お通《つう》という清楚《せいそ》な娘との恋情に子供までが、「武蔵も恋になるとからきしだな」と言ったとか。なにしろ武蔵は剣ひとすじであった。この人気のありようは史実にはない。国民作家と呼ばれた吉川英治《よしかわえいじ》の創作だからだ。人気の理由は勿論、この作家の大衆観を捉える卓抜した才気と力量に他ならぬが、もう一点、連載開始（「朝日新聞」）の昭和十年（一九三五年）という時勢が日本人全体に不安と焦躁をひろめつつあったこともあろう。無常観と強靭な求道精神が人々に希望を抱かせたのである。

もう一人の剣豪は柳生十兵衛《やぎゅうじゅうべえ》三厳《みつよし》。こちらも強いなんてもんじゃなかったらしい。将軍家兵法指南役、柳生宗矩《むねのり》の長男で、柳生一族の猛者《もさ》の中、歴代でナンバー1と言われている。

剣豪とは何か？　相手をぶった斬る人？　たしかに斬っただろうが、そりゃ少し言い過ぎでしょう。その話はあとで。

一七二ページをご覧頂こう。一行書。上の二字は〝戦気〟、下の文字は〝寒流帯月澄如鏡〟。〝戦気〟とは、戦う折の気力、気持ちのありようのことである。下の七文字は中国、唐の詩人、白居易《はくきょい》の『白氏文集《はくしもんじゅう》』巻十六にある「江楼宴別」の詩である。

この一行書の筆者は宮本武蔵である。剣豪は書も達者と思われるか。この書、ほぼ武蔵筆と言われるものの、真贋は言い切れないが、武蔵を支持する方々は、堂々とした〝戦気〟の筆致と平安期以来の草書の書体での難詩も体得している〝剣聖〟の幅広い教養の一端をあらわすものと信奉している。

教養と書いたが、若き時代から闘いの日々であった武蔵は、真筆と言われる書状や晩年の作『五輪書《ごりんのしょ》』『独行道《どっこうどう》』の書体、使用されている文体を見ると、独学であるがかなりの高等な教養を身につけようとしたようだ。

そのひとつが、『枯木鳴鵙図《こぼくめいげきず》』と題される水墨画、武蔵の絵画としては最も有名な作品である。冬、枯木にとまる鵙《もず》を描くこの作品は、まず構図の見事さが目を引く。水辺に伸びた葦《よし》、蘆《あし》、であろうか。その枝先に佇む、ちいさな身なりからは想像もつかぬ獰猛《どうもう》な鳥、モズが周囲をじっと見ている姿には、剣豪の枯淡の心境を映しているとの評もある。他に数点ある武蔵筆と言われる野馬、達磨《だるま》和尚、布袋《ほてい》を描いた作品も見たが、この作品が群を抜いて秀でている。他作にあらわれる筆遣いのブレもない。〃戦気〃の文字のたけだけしさと対照的である。この空間の使い方は相当量の画を見た経験がないと描けるものではない。無常における不変とモダニズムさえ感じる。武蔵とは何か？　それを解くものかもしれない。

一七七ページは、沢庵《たくあん》和尚との問答で一人の敵、四人、八人、十六人、とうとう百二十八人を相手でも皆斬り倒すまでと言った剣豪、柳生十兵衛が、兵法書として父、宗矩の教えをはじめ、彼が生涯で体得したものを記した『月之抄《つきのしよう》』である。この装丁からして後年になってまとめられたものであろうが、見てもらいたいのは書体ではなく、兵法書なるものが、これほどしっかりしたかたちで今日まで伝承されている点である。

十兵衛と言うと、私は作家、五味《ごみ》康祐《やすすけ》の『柳生武芸帳』を想起し、忍者が跋扈《ばっこ》する時代小説の中の十兵衛を思い浮かべてしまうが、十兵衛当人は、武蔵同様に史実にその存在を残している。徳川家光の勘気にふれ、閑居を命じられ、諸国を武者修行したとほとんどの小説は書く。諸国武者修行では武蔵も同様に扱われる。二人が生きたのはほぼ同時代で、武蔵は、十兵衛の父、宗矩と一度あい対したいと望んでいたという。武蔵と十兵衛の共通点は、無類の強さと無敗伝説である。若い時代の二人も共通点がある。十兵衛の若き姿を『玉栄拾遺《ぎよくえいしゆうい》』という史料では〃弱冠ニシテ天資甚梟雄《はなはだきようゆう》、早ク新陰流ノ術ニ達シ〟とある。梟雄とは、モズと同じく獰猛なフクロウの容赦ない捕食の強さで、人となりをあらわす表現である。勿論、残忍の意を含めてである。十兵衛は相手を倒しまくったのだろう。それは名門道場、吉岡《よしおか》一門のあれほどの員数の敵をすべて倒した武蔵も同じで、巌流島《がんりゅうじま》における佐々木小次郎《ささきこじろう》との対決などは櫓《ろ》を削った木刀で一撃、即死である。

その二人が晩年になると静謐《せいひつ》な日々を送っていく。その結果、十兵衛に『月之抄』があり、武蔵には『五輪書』（オリンピックではありませんよ）が残る。その『五輪書』は〝地《ち》、水《すい》、火《か》、風《ふう》、空《くう》〟の五巻からなり、現代もあらたにこの本に関する書物が出版され、翻訳は十数ヶ国に及ぶ、海外では東洋を識《し》る名著のひとつになっている。

最後に、先述の、剣豪とは何か、である。

剣を以て相手と対し、撃破の道を歩み続けた人では、無敗のボクサー、アスリートのメダルの数のかがやきと変わらない。

『五輪書』の中の「火の巻」に〝兵法の智徳を以て、万人に勝つ所を極める〟とある。なるほど。『五輪書』の結文は、〝智《ち》は有也、利《り》は有也、道《どう》は有也、心《しん》は空也〟、智、利、道は真実、かたちがあるが、肝心の精神は空、すなわち解き放たれたものとでも言うべきなのだろうか。いやはや、よくわかりませんな。モズとフクロウが怖いという以外は……。

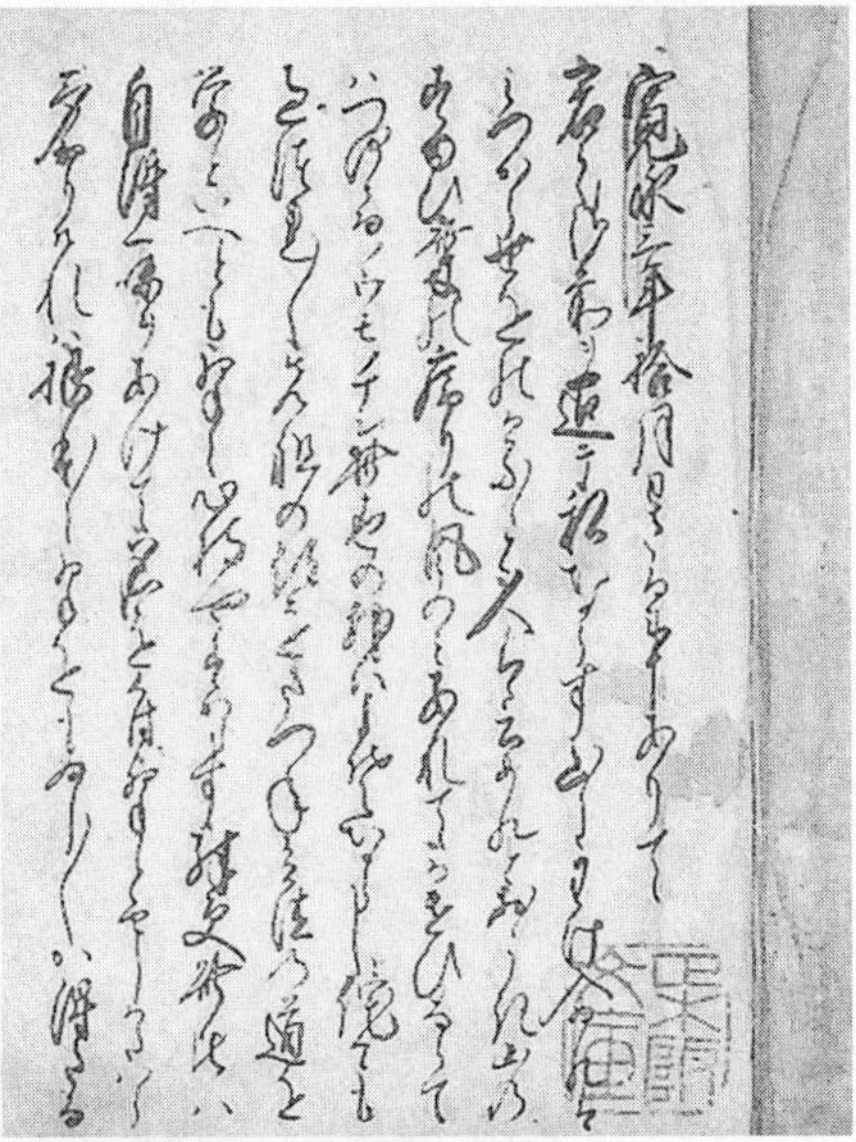

『月之抄』
柳生十兵衛
芳徳寺蔵

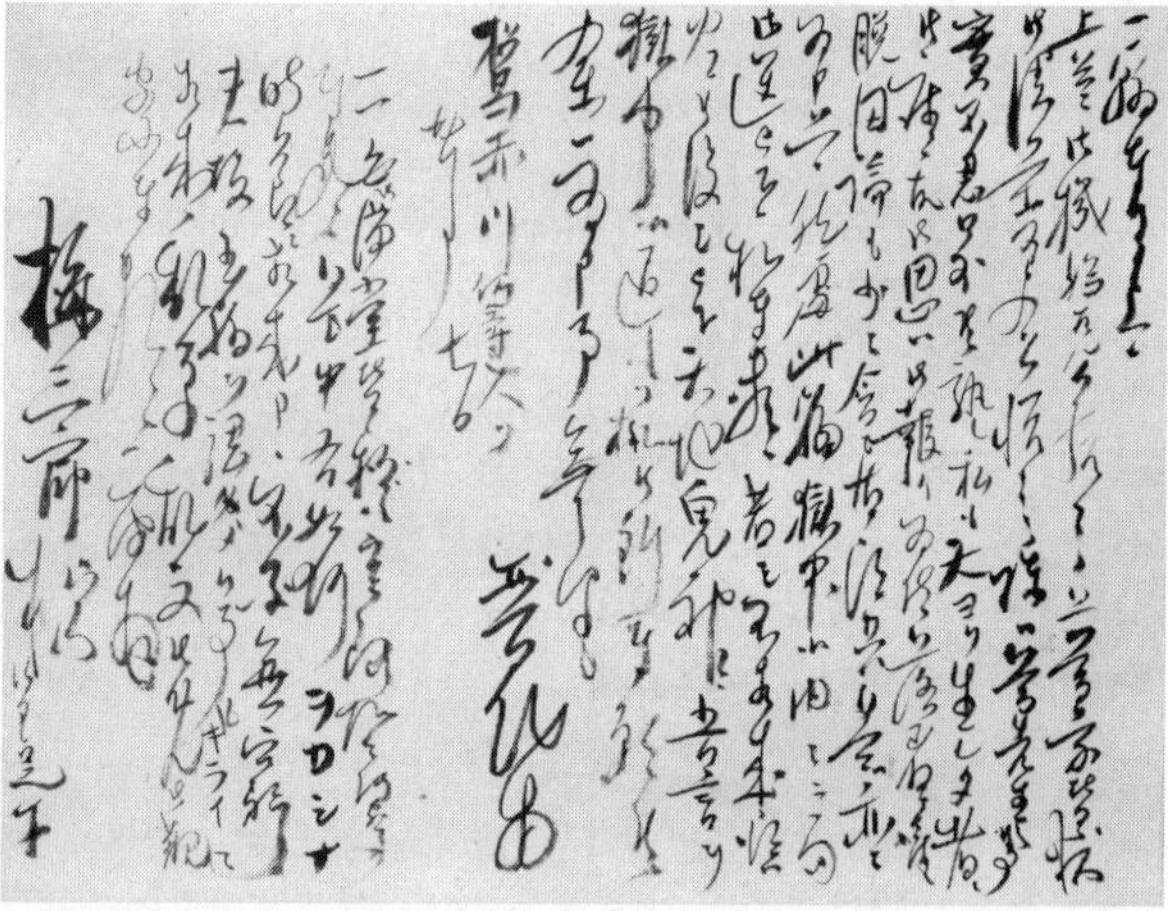

杉梅太郎（松陰兄）宛書簡｜高杉晋作｜安政６（1859）年２月７日｜一坂太郎氏蔵

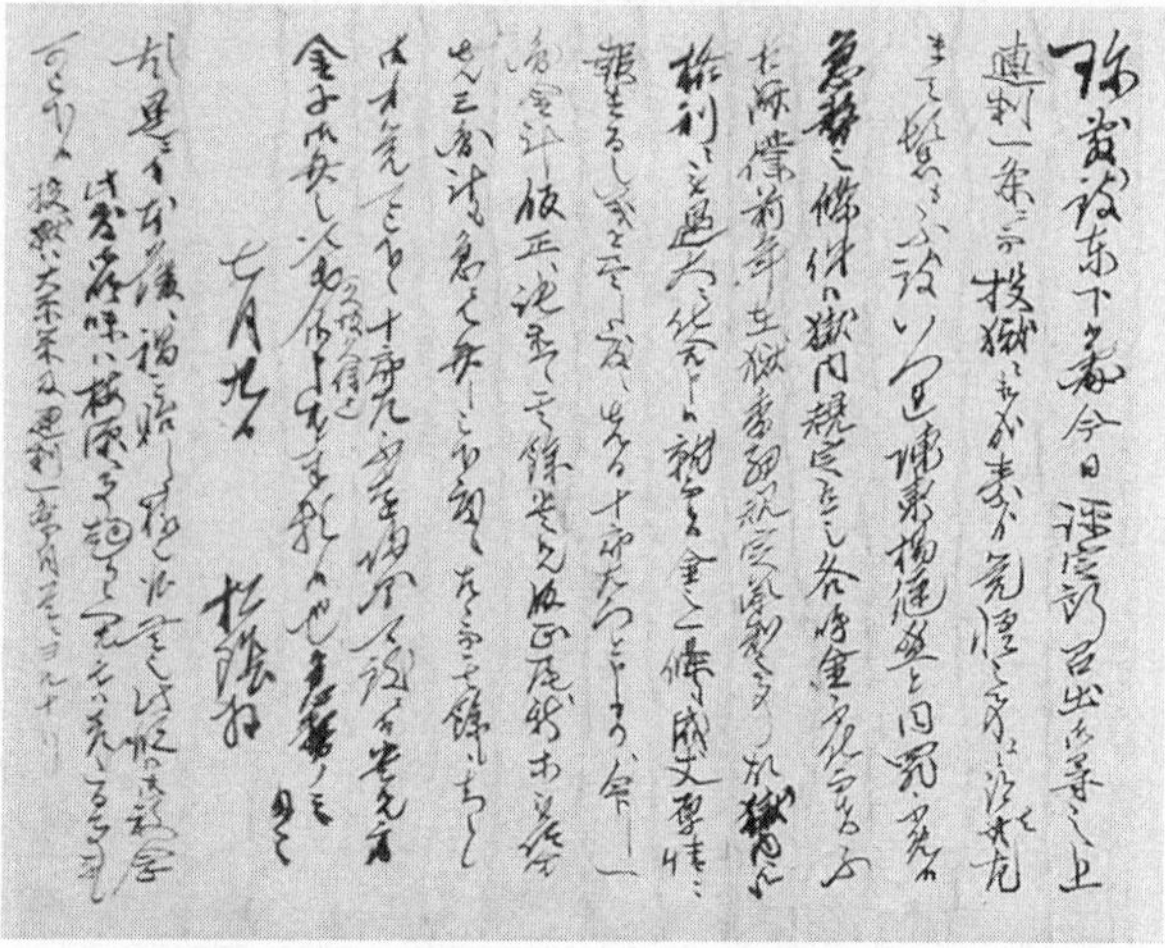

高杉晋作宛書簡｜吉田松陰｜安政６（1859）年７月９日｜萩博物館蔵

第二十八話
親思うこころ

明治維新という炎が、この国に燃え盛り、国家体制を大きく変えたことは日本人なら誰もが知っている。この革命に近い出来事の是非はここでは書かぬが、歴史上、最も長期にわたった江戸幕府という家を焼きつくした、その火種、その煙が上がったのはいつだろうか。

天保《てんぽう》十一年（一八四〇年）、長州藩主、毛利《もうり》慶親《よしちか》（のちの敬親《たかちか》）の御前で一人の少年が山鹿《やまが》素《そ》行《こう》の『武教全書《ぶきょうぜんしょ》』戦法篇三戦之事を進講した。その文章の明晰なること、論述の巧妙さに藩主はおおいに驚き、たちまち藩内で評判になった。吉田《よしだ》寅次《とらじ》郎《ろう》、のちの吉田松陰《しょういん》、十一歳の時である。以来、藩主は吉田の進講に一目置き、若き兵学者を藩の誉れとした。以降、若き学者がいかなる行動を取ろうとも擁護した形跡がある。この松陰の下（松《しょう》下村塾《かそんじゅく》）に維新の志士たちが教えを受けた。

その教え子の中で、村塾の〝竜虎〟と呼ばれた二人の志士がいた。一人は久《く》坂玄瑞《さかげんずい》、維新の草創期、最も活躍し、その英智と行動力で志士の信頼を一身に集めた逸材であった。

もう一人が、あの〝奇兵隊《きへいたい》〟を作った、小倉城奪取の主役、高杉晋作《たかすぎしんさく》である。西郷隆盛《さいごうたかもり》も、坂本龍馬も、長州に〝実践の高杉〟あり、と畏敬の念を持った男である。

さて一七八ページをご覧頂こう。下にあるのは吉田松陰が教え子、高杉晋作に宛てた手紙である。この手紙、安政六年（一八五九年）の七月九日と記してあるから、松陰が長州、萩の野山獄《のやまごく》から幕府の命で江戸へ移送され、小伝馬町《こでんまちょう》の牢に入った当日である。手紙の内容は牢名主に渡す金の工面を晋作に申し出たものだ。この手の世界に晋作は滅法強いと先生からみなされていたのだろう。先生、さすがに炯眼《けいがん》。晋作はすぐに金を用意し、牢名主以下同獄の悪党どもに、先生に何かあったらただでは済まんぞ、わかっちょるな、こら、と言ったかは知らない。

一七八ページ上にあるのは、その高杉晋作が野山獄中の松陰に手紙を届けて欲しいと松陰の家族に宛てた手紙だ。晋作は筆まめであった。友が米国遊学と聞くとはなむけに一筆。桂小五郎《かつらこごろう》（のちの木戸孝允《きどたかよし》）へは応援の一筆。ノイローゼの友を励まして一筆。果ては師、松陰の老中暗殺計画の企みを知って、諫《いさ》めての一筆までしている。

では二人の書、文字。雰囲気が似ていないか。師の書、字に弟子が似るのは当然である。どちらも実務の書である。それはそうだ。二人とも波乱の人生を送りながら、尽くした人事は国家という車輪を動かしはじめたのだから、書を悠長にしたためている暇などなかった。先生は獄中にあっても四百冊以上の本を読破するという学者であり、弟子の方は、今日は上海《シャンハイ》、明日は長崎、それ攻めろ小倉城と、ひとときも落ち着かなかった。実務の書だが、誤字、脱字が一文字もない。二人とも実は聡明、繊細な人なのである。これが当時の侍の文章と書の能力でもある。

松陰と晋作はさほど長い期間、ともに過ごしてはいないが、晋作は一目惚れ、いや一眼敬愛であった。この人以外に我に師なし、と決め、尊敬以上の思慕を抱いた。松陰は晋作を一目見て、その才、胆を認めたが、放って置くと何をしでかすかわからぬと塾生や周囲にそれを忠告し、暴挙をおさえた。

この二人にはいくつか共通点がある。そのひとつが、何をしでかすかわからぬ点である。松陰はほんの少し前に知り合った南部藩士との旅の約束を守るために、平然と脱藩した。家中大騒ぎである。ペリー提督の黒船でアメリカへ行くと決めると小舟で蒸気船に横付けし乗り込んだのである。幕府中大騒ぎである。晋作は晋作で藩の許可なく、オランダの軍艦を勝手に購入し、家老以下を仰天させる。こちらも家中大騒ぎである。上海遊学で藩が用意した大金を船待ちの長崎で芸者をあげてどんちゃん騒ぎし大半を使い果たす。次に二人は大志の前に、誰の身分も平等にしようとした。松下村塾は武士は勿論だが、商人、農民、流れ者にさえその門戸を開いた。奇兵隊も同じくである。維新の行動で平民も参加したと欧州で評されたのは、実は奇兵隊一点の話である。そして決死の覚悟を若くして身につけていた。そのあらわれが、一八三ページの松陰が斬首される前に残した歌である。〝身はたとひ武蔵の野辺に朽ぬとも留置《とどめおか》まし大和魂〟『留魂録《りゅうこんろく》』より（松陰辞世碑）。

最後の共通点については、私事だが、私は母から詩歌、書を教わった。その最初に教わったのが〝親思うこころにまさる親ごころ、今日の訪れ何と聞くらん〟という一歌である。これは松陰が処刑を悟った折、故郷の母は、この報せを聞いてどんなに切ないだろうか、と詠んだものだ。晋作もまた多くの芸者に惚れながら、結婚は親が言う嫁を貰い、危険人物とレッテルを貼られた松陰に学ぶために、夜遅く家を抜け出して学んだ。ともかく二人は、生涯にわたって親孝行であったことはまことに清々しい。

私が松陰先生の歌をいい加減に詠むと、母は必ず言った。

「親不孝な子供で偉くなった人は一人もいないのよ」

偉いと言われれば、二人が成した事はたしかに明治維新の原動力ではあっただろう。しかし松陰が没したのが三十歳。晋作は二十九歳の若さである。今の日本の若者が、いや大人であれ、この年齢をどうお考えや。

身はたとひ武蔵の野辺に
朽ぬとも留置まし大和魂
十月念五日　二十一回猛士

小伝馬町牢屋敷跡にある松陰辞世碑（東京都中央区）

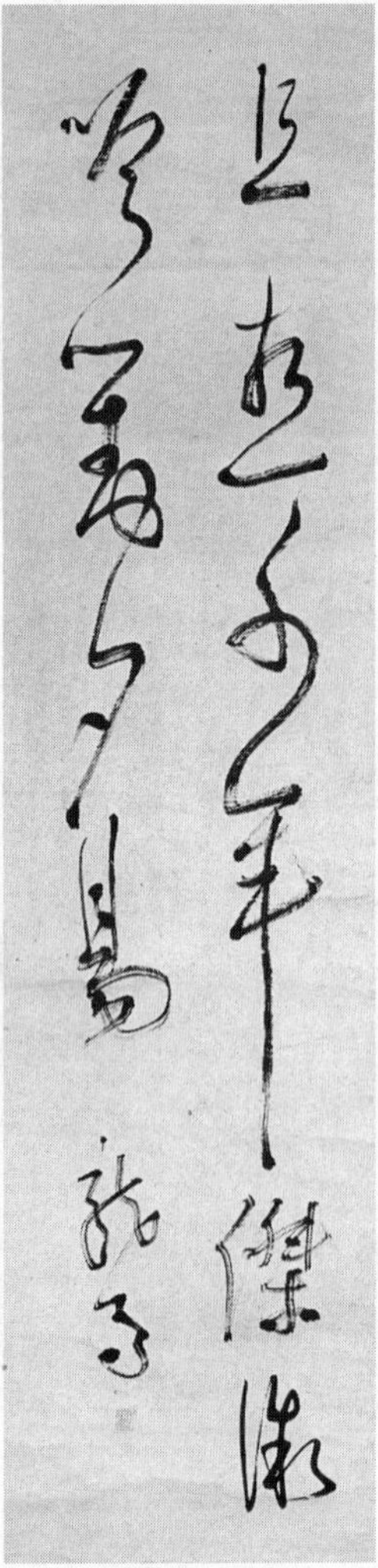

二行書｜坂本龍馬｜江戸時代｜『別冊太陽　名筆百選』（平凡社、1980年刊）より

第二十九話

一番人気の疾馬《ときうま》の書

まず右ページを見ていただこう。

紹介するこの〝二行書《にぎょうしょ》〟の字から読者の方それぞれにさまざまな印象を持たれるだろうが、私には清らかな水の流れのようなものが感じられた。最初の二文字は〝臣想〟そして〝千年傑〟と続く。この〝千年〟という字がまことにのびやかで好感を抱く。これを書いた青年、亡じて百五十年になるが、日本という国が無事にながらえば、この先千年後も青年の存在は語られるだろう。坂本龍馬である。

この青年の生きざまをあらゆる角度、視点から見て、〝濁《だく》〟とするものがない。この国の歴史の中で〝時代の要《かなめ》〟を成した人物で〝濁〟が微塵も見えない人はそういない。競走馬であったなら、トキノミノル、シンボリルドルフ、ディープインパクトにまさるとも劣らない。少し誉め過ぎ？　私もそう思うが、「泣き虫ではいかんきい」と姉から鍛えられた少年が、三十二年の生涯で人間業《わざ》とは思えない〝歴史の要〟を見事に果す。しかし〝奇跡〟という表現は当てはまらない。あらわれるべくしてあらわれ、去るべくして去った人である。

もう一度〝二行書〟に戻ろう。龍馬の書といわれるこの二行は〝臣想千年傑 微吟對夕易〟。意味は、自分は今、古来の傑人の徳、偉業を想い、詩を吟じて夕陽を見ている、という来たるべきものに立ちむかう心懐をとどめたものだ。

書の第一印象は〝清〟であったが、文字の内容を知ると、滾《たぎ》るエネルギーを感じる。最後の〝龍馬〟の文字がまことに味わいがある。本文は流動美のある書である。唐様の書体からは龍馬が書の手習いを受けていたことがあきらかにわかる。疾風のごとく走り続けた青年のどこにそんな時間があったのか。書は模倣《もほう》ではじまるが、おそらく書の勘所をつかむことに長けていたのだろう。その証拠に龍馬は実にいろんな書体を使いこなしている。

左ページに紹介する二通の手紙の文字をご覧いただきたい。

上は、恋人であったお龍宛に書かれたといわれる手紙である。読み易く、書き手の情感があらわれている。愛おしい人への手紙であるから楽しくなくてはという思いが、そのまま字体から感じられる。

それに比べて下の朱色の文字部分は極めて重要な約束事の確認で、その相手も桂小五郎（木戸孝允）で、西郷隆盛との〝薩長同盟六項目〟の条文の同意書の裏書きである。かすかに朱文字に重なる表の文字は桂小五郎のものだ。龍馬は怪我をしていた指で一気に

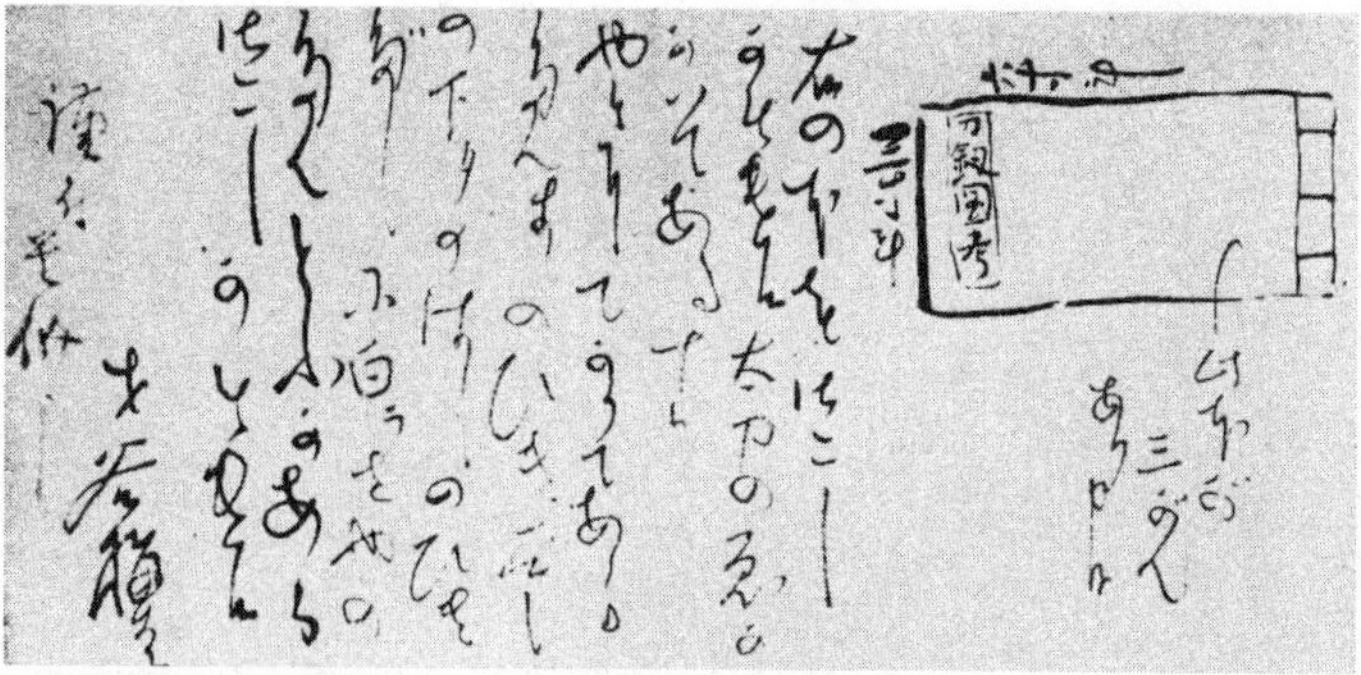

お龍宛書簡(推定)｜坂本龍馬｜慶応2(1866)年5月頃｜『土佐勤王志士遺墨集』より

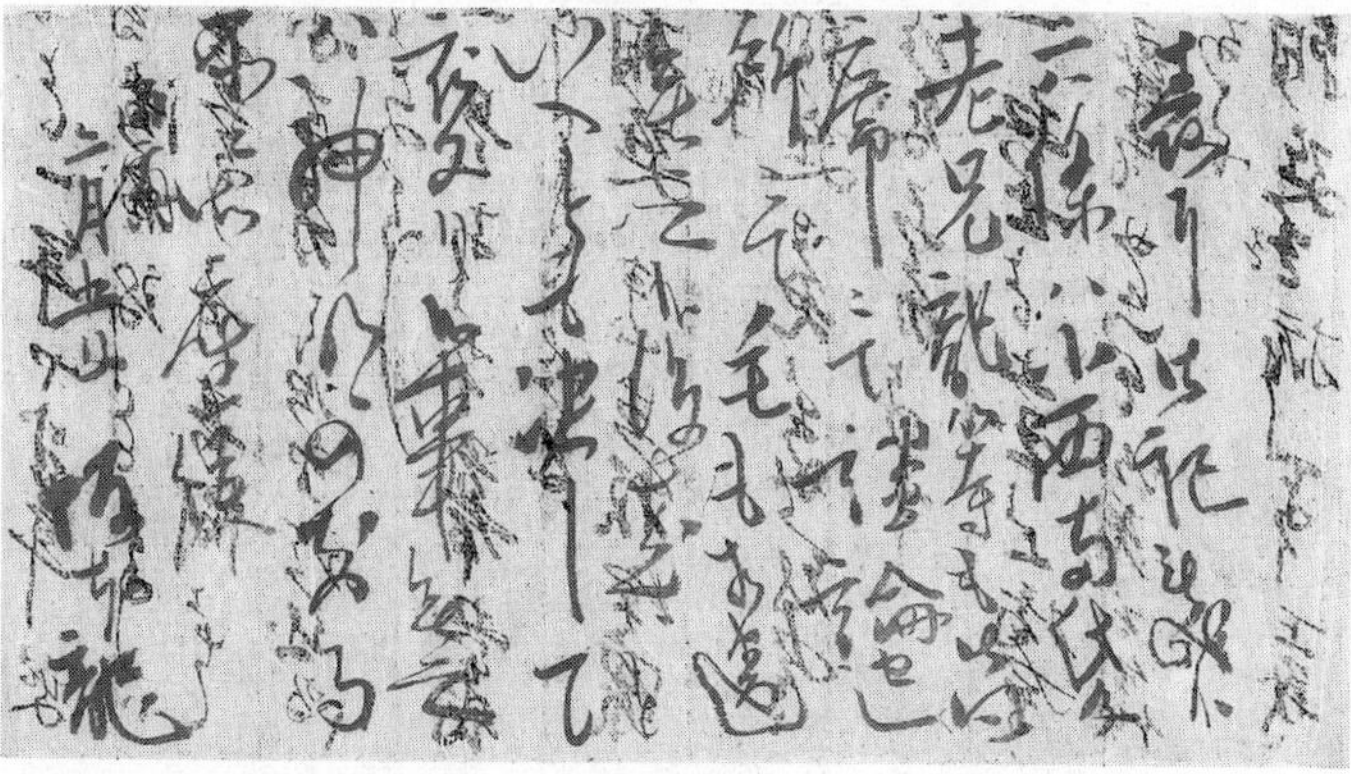

尺牘(龍馬裏書)｜坂本龍馬｜慶応2(1866)年｜宮内庁書陵部蔵

書いた。〝表に御記被成《なされ》候《そうろう》六条ハ、小（小《こ》松帯刀《まつたてわき》、薩摩藩家老）、西（西郷）、両氏及老兄（小五郎）、龍（自分）等も御同席ニて談論セし所ニて、毛も（少しも）相違無之《これなく》候。後来といへども〜〟とある。何しろ並の苦労ではなかった交渉の結実の書であるから文字にも迫力がある。この一通の手紙から日本の国家体制の大転換がはじまったと言ってもよかろう。

この迫力と相対するのが一八七ページ上の愛しい恋人への手紙だ。なんと部屋の間取りまで入れてある。手紙の目的に応じて自由に書きこなす。あらゆるものに非凡な対応力を以てあたる、まさに龍馬の真骨頂が文字にあらわれていると言えよう。

龍馬は走り続けたと書いたが、その疾走は常に危機を孕《はら》んでおり、何度となく死地を踏んでもおかしくない状況だった。

ここではそれを詳しく書かないが、左ページの手紙は故郷の姉、乙女に宛てて書いた龍馬が唯一安息で過ごすことができた日々に綴ったものである。イラスト？入りの手紙はどこか大好きな姉へのイタズラ書きと報告書を兼ねたような一通に映る。サイズは全紙サイズで、通常の半切サイズでこれをつなげば三メートルを越すものになる。この手紙にお龍を妻としたことが打ち明けられ「此龍女がおれバこそ、龍馬の命ハたすかりたり」と書いてある。

西郷隆盛らの招きで薩摩へ行った。霧島でお龍と温泉巡りをし、高千穂峰に登山し、長州藩船の桜島丸で長崎、長州へ旅したとあり、言わば新婚旅行の報告でもある。その登

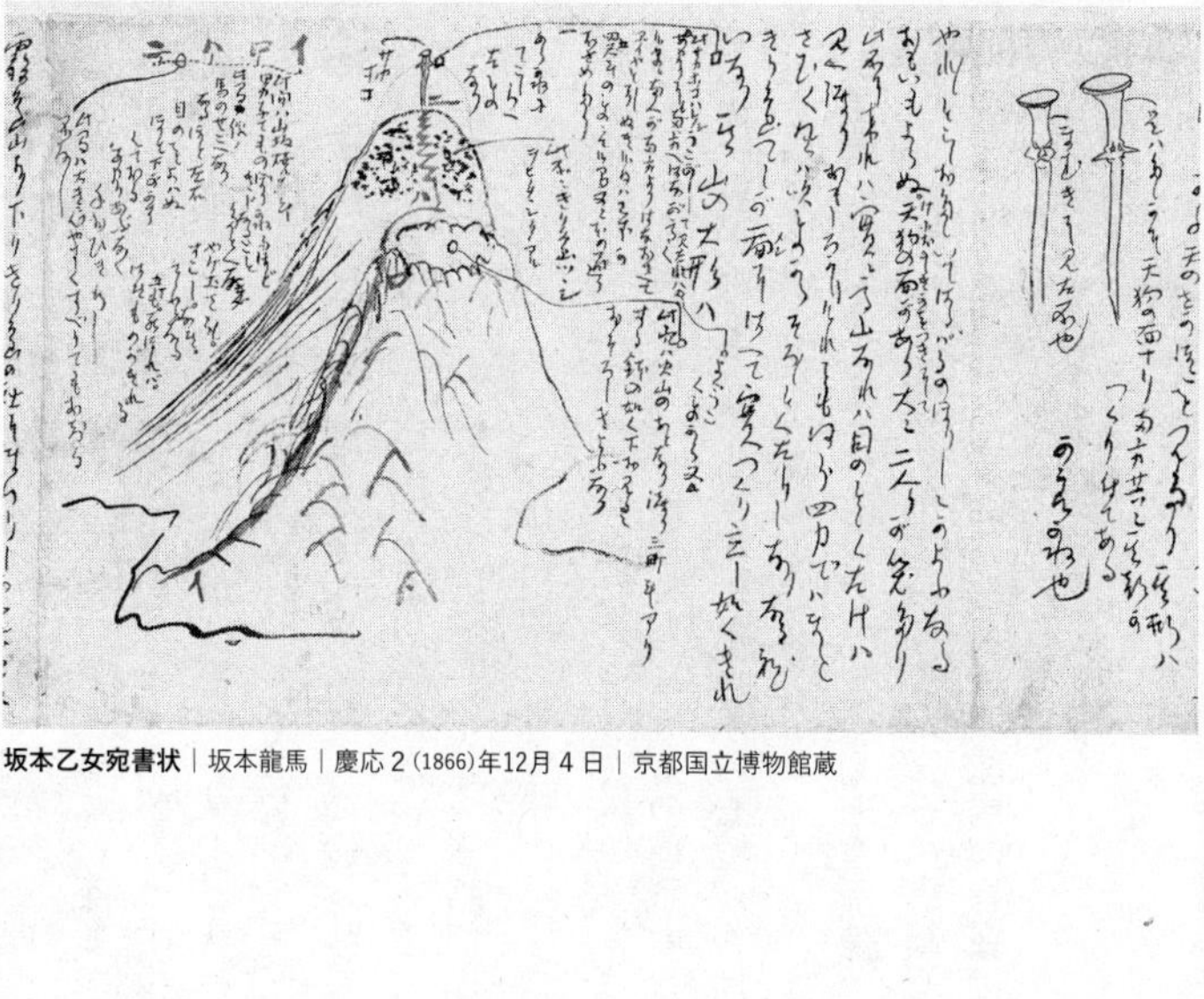

坂本乙女宛書状｜坂本龍馬｜慶応２(1866)年12月４日｜京都国立博物館蔵

山の峰の解説の中で、火口部分を○《マル》で示し、文章にも同様に○をしている。龍馬の手紙によく出てくる、読む人に注目して欲しい時の記号で、新感覚の手紙だ。

龍馬とお龍は日本人で最初にハネムーンに出かけたカップルと言われるが、その折の姿が銅像になっている。〝坂本龍馬お龍新婚湯治碑〟と銘があり、鹿児島県霧島市にある。

近年、龍馬の銅像は彼が生涯で足を運んだ土地に次から次に造られている。おそらく今、二宮金次郎（尊徳）を除けば、日本で一番銅像の多い人になっているのではないだろうか。

龍馬が履いていたブーツをオブジェにしたもの（「龍馬のぶーつ」）まである。ここまでやりますか、という思いがしないでもないが、長崎市伊良林《いらばやし》の亀山社中《かめやましやちゆう》（のちの海援隊）前で蒸気船の舵とブーツが海を眺める地に並んでいるところが妙にモダンで面白い。

文字は果して、その人をあらわすか、ということは、この連載のテーマのひとつだが、龍馬の書を通して、この〝歴史の要〟に生き続けた青年の心境、心情を見てみると、文字はその人をあらわしていると言えるように思う。

〝奇跡〟という表現が龍馬には似合わないと書いたのは、〝海軍操練所設立〟、〝薩長同盟の締結〟、〝海援隊の持つ近代性〟、〝船中八策における未来への広範な洞察力と創造力〟は、安易に〝奇跡〟が起こしたなどとても言えない。龍馬の存在は日本の歴史における必然性を有しているからである。

まさに一番人気の疾馬《ときうま》である。

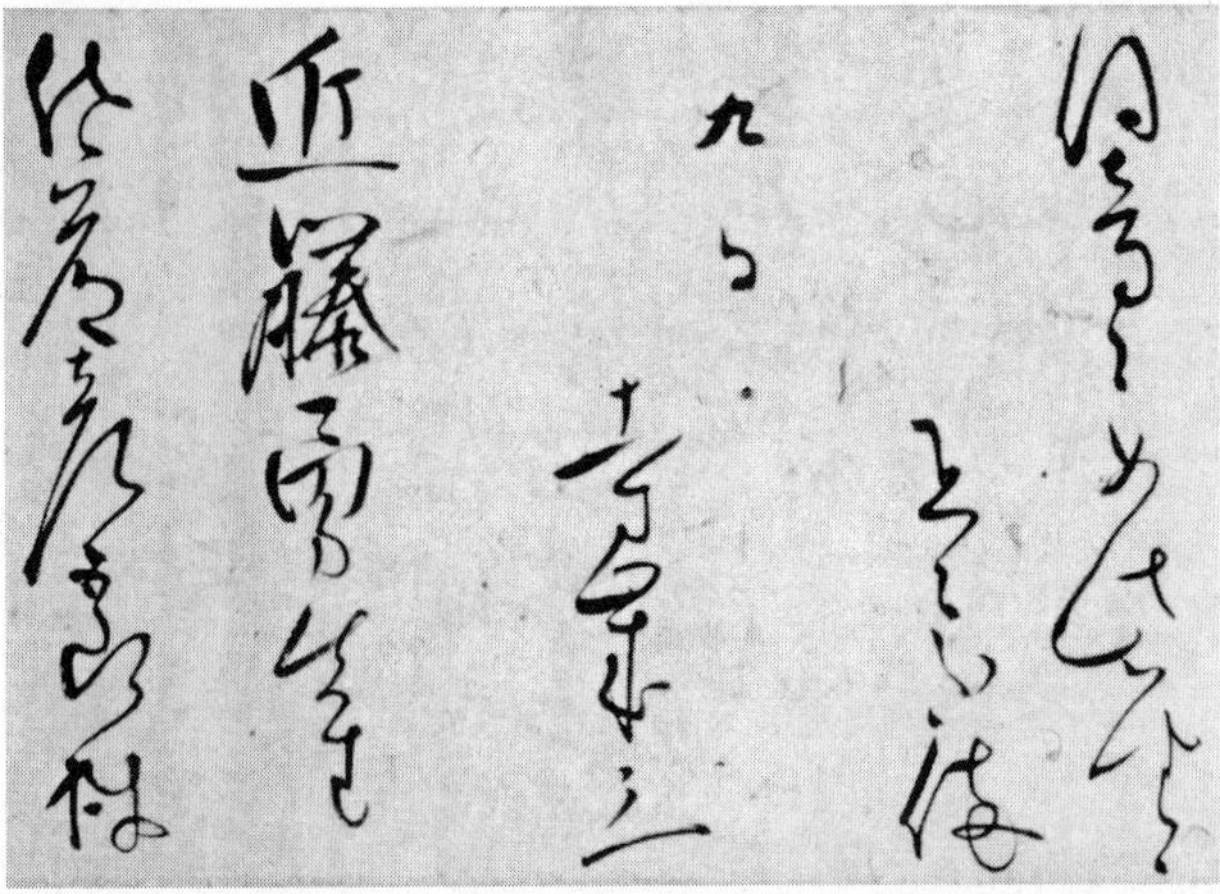

九日
土方歳三
近藤勇様
佐藤彦五郎様

近藤勇・佐藤彦五郎宛書簡｜土方歳三｜元治元(1864)年10月９日｜佐藤彦五郎新選組資料館蔵

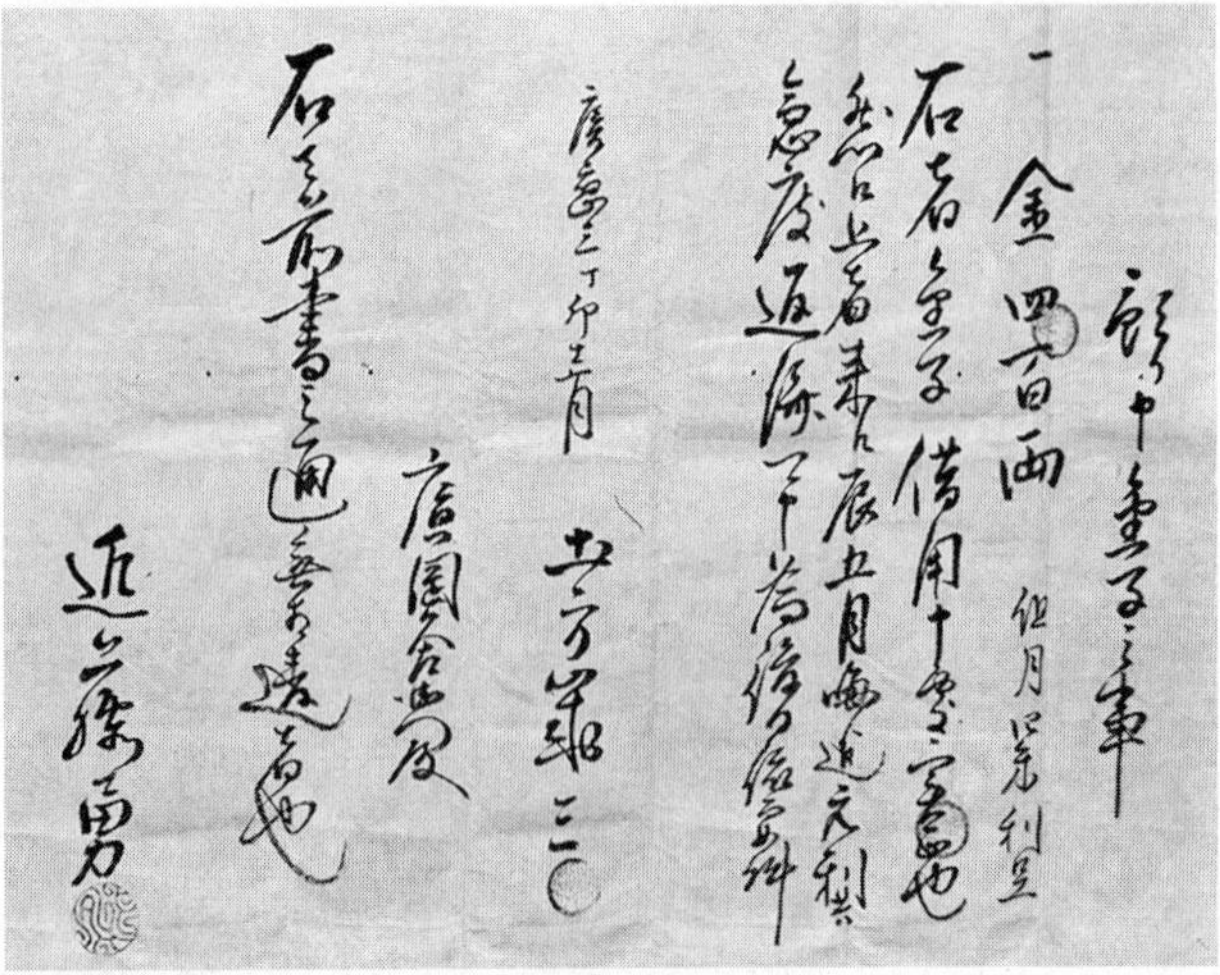

近藤勇

新選組借用書｜近藤勇｜慶応３(1867)年｜大同生命保険蔵

第三十話
騎士《ナイト》をめざした兵《つわもの》たち

新選組とは何であったのか？

ひと昔前なら〝鞍馬《くらま》天狗《てんぐ》〟、最近では一連の龍馬や晋作の物語を見た人なら、悪しき人斬り集団のイメージを持つかもしれない。果してそうだろうか。少し彼等のことを調べてみれば、組織の中核となっていた十数名の兵《つわもの》はきわめて正当な生き方を貫いている。勤王、佐幕の分け方は問題があるが、ともかく敵対者とならざるを得なかった二派の生き方を、中世ヨーロッパの見方で眺めると、新選組は徳川幕府という王国において、王に命を捧げて闘い続けた〝騎士団〟に似ている。この騎士団の出自は名門などではなく、かつて武州と呼んだ、今の東京郊外、日野、調布あたりで剣の道に入った農家の若者と禄《ろく》から離れた浪人であった。一方の薩長を中心とした若者の大半が下級武士と考えるなら、この二派の者は、ある意味似た境涯であったと言える。しかも近代の草創期、二派は〝攘夷〟という点でイデオロギーが一致していた。幕末を一枚のジグソーパズルにたとえるなら、両者はそれぞれのパズルのパーツが驚くほど見事にピタリと嵌《は》まり、倒幕派と佐幕（佐は助ける意味）派に真っぷたつに割れた。どちらにも正義はあった。それが新選組の悲劇を生んだとも言える。

まず一九二ページの下をご覧いただこう。新選組の要、近藤勇《こんどういさみ》の署名がある。頼山陽《らいさんよう》を敬愛していた彼の文字は凜としている。借用書である。漢詩の良い書もあるが、これを紹介したのには訳がある。将軍警護で上洛し、京都市中の警護をすることになり、近藤は当座の資金を商人に借りた。金四百両とある。借主は副長の土方歳三《ひじかたとしぞう》。保証人に近藤勇とある。四百両とは現在の貨幣価値で約二千万円。これは大坂の加島屋《かじまや》に残る借用書だ。テレビドラマ（「あさが来た」）で話題になった広岡浅子《ひろおかあさこ》が嫁いだ加島屋である。借用書が残るのは返済をしていないことになるが、近年、新選組は早々に三百両を返済した可能性もあると話題になった。

なぜ金が必要だったか。左ページにある隊士が袖に付けた袖章である。羽織が有名だ。これは赤穂浪士の討入りを歌舞伎にした『仮名手本忠臣蔵』の衣裳を、忠誠の義士たちを尊敬していた近藤たちの発案で模倣した。派手な羽織を着て数名が京都の市中を歩く姿はさぞ目立ったことだろう。京都市中の警護と言っても、役割の主なことは市中で狼藉《ろうぜき》をはたらく浪人どもの捕縛であったから、当然斬り合いになる。羽織の下には武具を付けるし、槍《やり》、刀、兜《かぶと》も必要である。その費用がかかった。加島屋のほか、鴻池家など、大坂の商家十家から金を借用した。

土方歳三は龍馬と並んで幕末の美丈夫だ。農家の末っ子であった歳三は商家に二度丁稚奉公に出されている。一度目は上司と揉め、二度目は奉公先で働く女性と関係し暇を出された。ヤレヤレ……。二十五歳の時、天然理心流、近藤周助《しゅうすけ》（近藤勇の養父）の下に入門した。歳三の姉が嫁いだ相手、佐藤彦五郎《さとうひこごろう》がすでにこの道場にいた。ここで歳三は道場の中心的存在であった近藤勇と出逢う。これが歳三の運命を変えた。同じ境遇で一歳

新選組隊士「袖章」―土方歳三資料館蔵

上なのに江戸の道場から出稽古に訪れる剣豪に自分の進むべき道を見たのかもしれない。のちの新選組の局長と副長の邂逅《かいこう》である。

その歳三の書、文字がすこぶる達筆なのである。一九二ページ上は、近藤勇と佐藤彦五郎に宛てた書簡の一部だが、あきらかに修練を積んだ書である。歳三と義兄、彦五郎は〝幕末三筆〟の一人とされる市河米庵《いちかわべいあん》の弟子、本田覚庵《ほんだかくあん》に学んだ。故に歳三の書には米庵流の筆致がうかがえる。筆遣いは流麗である。しかし頼山陽の書、詩を好んだ近藤勇と言い、佐藤彦五郎、歳三と言い、この三人が武州の農民の倅《せがれ》であったことに驚く。剣を鍛え、書を学び、漢詩、俳句まで嗜《たしな》むのは侍である。そうなのである。彼等は侍になろうとした集団だった。

京都壬生《みぶ》村からはじまった新選組は急成長をする。初代局長の芹沢鴨《せりざわかも》の粛清、池田屋《いけだや》事件での長州・土佐・肥後過激派の討伐、禁門《きんもん》の変《へん》での長州軍の撃退……と同じ〝攘夷〟であった薩長土肥の若者と、京都での佐幕の中心になった会津藩と新選組の若者は完全な敵となった。長州は英・仏・蘭・米の列強四国との下関戦争に敗れた後、幕府の第一次長州征伐で降伏するが、第二次では倒幕派が台頭し、軍を再編成し長州征伐軍を迎え撃つ体制を整える。そこに坂本龍馬が薩長同盟という奇跡を起こす。ここから歴史を大転換した歯車が動き出し、大政奉還、王政復古、錦の御旗をかかげた官軍に佐幕派は鳥羽伏見の戦いで敗れ、新選組も江戸へむかう。あとは歴史に残るように敗走、非業の死が連なる。近藤勇は流山《ながれやま》で新政府軍に囚われ、新選組憎しの土佐勢が斬首を主張し板橋で処刑され、その首は京都三条河原まで運ばれ晒された。

　土方は驚くほどの行動力で名前を内藤隼人《ないとうはやと》とかえ、会津戦争に加わり、仙台へ逃亡《ご》し、榎本武揚《えのもとたけあき》の艦隊に合流、蝦夷地《えぞち》（北海道）へ渡る。その艦隊の中心が開陽丸だ。最後の五稜郭《りようかく》の戦いである。土方は新政府軍の銃弾で即死する。〝騎士団〟の終焉である。あとは勝てば官軍の笛の音がするだけだった。

　さて最後に近藤勇の書をなぜ借用書にしたのかを話そう。

　勝者である新政府は加島屋をはじめ京、大坂の豪商を呼び出し、「ご一新のために金を準備せよ」と命じた。新政府が提示した金額はなんと総額三百万両。これを聞いた広岡浅子は「なんや、新選組はんのご用立も可愛らしいもんに思えてきますな」と言ったかも？　新政府はこの金を献金として一切返済していない。新選組が三百両をもし返済したのが事実なら、読者はどちらの若者を好まれるや。

　歴史は勝者のものである。主役の大半は消え、希望に燃えていた時代の書が残るだけである。

敬天愛人｜西郷隆盛｜鹿児島市立美術館蔵

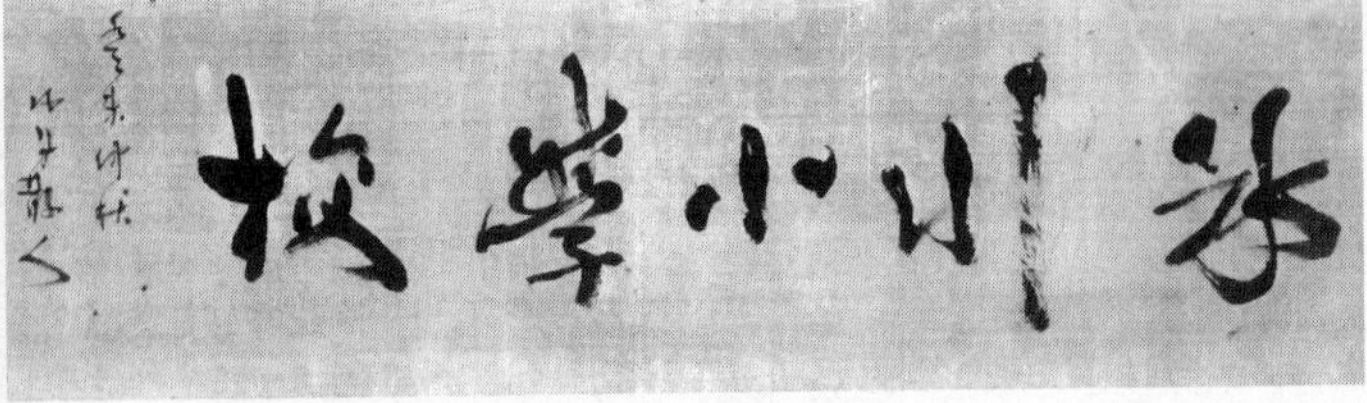

氷川小学校｜勝海舟｜港区立郷土歴史館蔵

第三十一話　幕末から明治へ、キラ星の書

明治二十二年（一八八九年）三月、東京から東南の夜空に煌々《こうこう》とかがやく大きな星があらわれた。その一ヶ月前、奸賊《かんぞく》とされていた西郷隆盛が罪を許され、正三位《しょうさんみ》を追贈《ついぞう》されたので、市井の人々はその星を仰ぎ見て「ほれ、罪を拭われて、また西郷星が出たぞ」と手を合わせて祈った。またと書いたのは、十二年前の西南戦争の最中、鹿児島、城山から辰巳《たつみ》（東南）の方向に毎晩一時を過ぎると、燃えるがごとき赤味を帯びた巨大な星が出現しはじめた。それまで人々が目にしたことのない大きさとかがやきだった。これを遠眼鏡《とおめがね》で見ると、星の中心に陸軍大将の大礼服を着て、手に旗を持ち、馬に乗る西郷大将の姿が見えると言われ、新聞もこれを報じ、日本全国に〝西郷星〟のことが知れ渡った。この星に願いを祈れば、大西郷がかなえてくれる。津々浦々まで人々は夜空の星に手を合わせた。西南戦争の真っ只中と、罪を許されての正三位の追贈の直後。西郷隆盛に関わるこのふたつの出来事が日本人の話題になっていた折も折の巨星の出現。民衆はこの悲劇の大将を口にこそ出さぬが支持をしていたのである。その星が十七年周期で地

球に接近する火星であったにせよ、天文学に優《まさ》る出来事だった。

さて今回は、その西郷どんと、彼と縁の深かった二人の江戸、明治を生きた人物の書を紹介する。一九八ページを見ていただこう。上にあるのが西郷隆盛の書である。まことに勇壮な書である。『敬天愛人』。座右の銘である。意味は「人の道は天を敬するところにあり、天は我も人も平等にいつくしむ。よって天と常にむき合え」。西郷は二度の遠島流罪を経験しており、その折に触れた琉球の思想が彼の言葉となった。大筆で一気に書かれた文字には勢いだけではなく細やかな西郷の情愛があふれている。手紙等多くの西郷の書が残っているが、どれも誠実な人となりが伝わる。

一九八ページの下にあるのは勝海舟《かつかいしゅう》の書である。海舟は書を能くする人であった。幕末から明治にかけての回想録『断腸之記《だんちょうのき》』の筆文字は流麗で、いかにも江戸人の洒落た書体だ。〝幕末三舟《さんしゅう》〟と呼ばれた海舟、山岡鉄舟《やまおかてっしゅう》、高橋泥舟《たかはしでいしゅう》の三人の書は見事である。しかし今回は東京の港区立郷土歴史館に今も残る書、『氷川小学校』を紹介した。明治七年（一八七四年）に私立小学校として発足したこの学校は海舟邸の近所だった。のちに公立となり、昭和の初め、勝家から東京市への邸跡地の寄贈により元勝邸の敷地に移った。今は閉校してないが、小学校の子供たちへ銘を書したのがいかにも海舟らしくて紹介した。

海舟と隆盛の二人がなした最大の功績は江戸城無血開城である。どちらの存在が欠けても、江戸、東京は戦火に巻きこまれ焼失し、想像を超える死傷者が出たことは間違いな

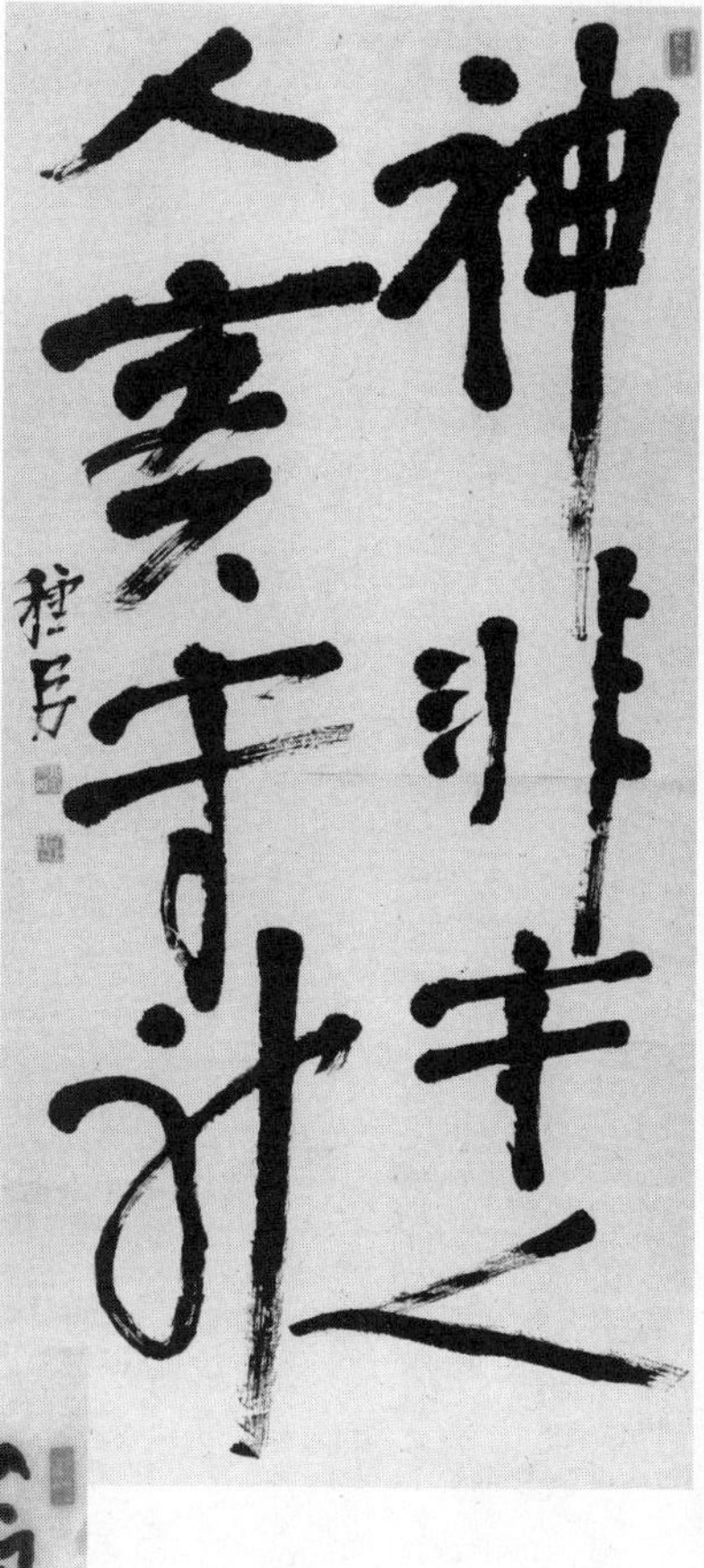

二行書「神非守人　人実守神」
副島種臣｜個人蔵

春日其四句(部分)｜副島種臣
佐賀市・実相院蔵

かろう。ではどうして二人が会談をもてるにいたったか。それは遡ること四年前、当時、幕府の軍艦奉行であった海舟を隆盛が大坂の宿に訪ね、すでに咸臨丸《かんりんまる》艦長として太平洋を往復していた海舟に海外、国内の事情と政局への考えを聞き、ひどく感服していたからだった。西郷は鹿児島の大久保《おおくぼ》利通《としみち》に海舟の思考、洞察力、人柄を誉めた手紙を送っている。四年後に新政府軍の東征大総督府下参謀と旧幕府の処置の交渉を一任された人物として会談するということに私は歴史の糸の存在を思わずにはいられない。

二〇一ページ右にある書。この人物の書を明治以降、最高位に置く人は多い。外務卿(外務大臣)、内務大臣等を歴任し明治新政府の主軸を生きた副島《そえじま》種臣《たねおみ》の書である。書家ではないが、書家外で卓越した書を残した人である。この二行書、〝神非守人　人実守神〟とあり、「神　人を守るに非《あら》ず。人　実に神を守る」。この言葉、今のところどこにも出典はない。神と人の相互を述べていることは間違いない。それにしても大胆というか、自由というか、天真というか、最初の〝神〟という字と最後の〝神〟はまったく別物に見えるし、〝非〟などは生きもののようである。同じページの左にあるのも種臣の書である。これが書ですか？　と思われる読者は多いだろうが、文字の形は篆書体から派生したものと思われるが、私には第十二話で、空海の書を紹介した時にスペインの画家、ジョアン・ミロの絵画と並べたように、今回もミロの名作『星座シリーズ』にこれとそっくりのものがあり、書と西洋画の奇妙な共通点にひどく感動した。ちなみに、この書は〝野〟

〝富〟〝烟〟〝霞〟と書いてある。五言二句で、色、天、縦、花、柳、春と続く。詩と捉えるべきだろう。種臣は晩年、号を〝蒼海〟として書、詩と長く対峙している。種臣の書の力量は、書を知らぬ誰が（子供でも）見ても鑑賞者の身体の芯を揺さぶる点にある。

さて最後に副島と西郷の関わりだが、二人は同時期、明治新政府の参議として国政に励んでいる。若き日の副島は佐賀出身のバリバリの勤王の志士であったから、西郷とは盟友であった。

明治十年（一八七七年）九月、西郷は完全包囲された城山で死ぬ三日前、洞中に岡部《おかべ》という男を呼び、ここから脱出し、生きて副島に会い、遺言を伝えて欲しいと言った。曰く「慎しみて『勿死《シナヌ》工夫《クフウ》』をしろ」と。副島は翌年、清国から帰国し、それを聞き愁嘆した。勝海舟と副島も親交があった。二人は西南戦争で新政府と戦った西郷が奸賊の汚名を受け、戦死した直後から、西郷の失地回復を図る決意をし、命日に集まり、七回忌の供養も堂々となした。海舟は西郷の子の面倒もみる。その嘆願は十二年後に実る。二人はどんな思いで、東京の夜空にかがやく西郷星を仰いだのだろうか。

『一葉舟』｜島崎藤村著
書、装丁：中村不折｜春陽堂
明治31(1898)年刊
台東区立書道博物館蔵

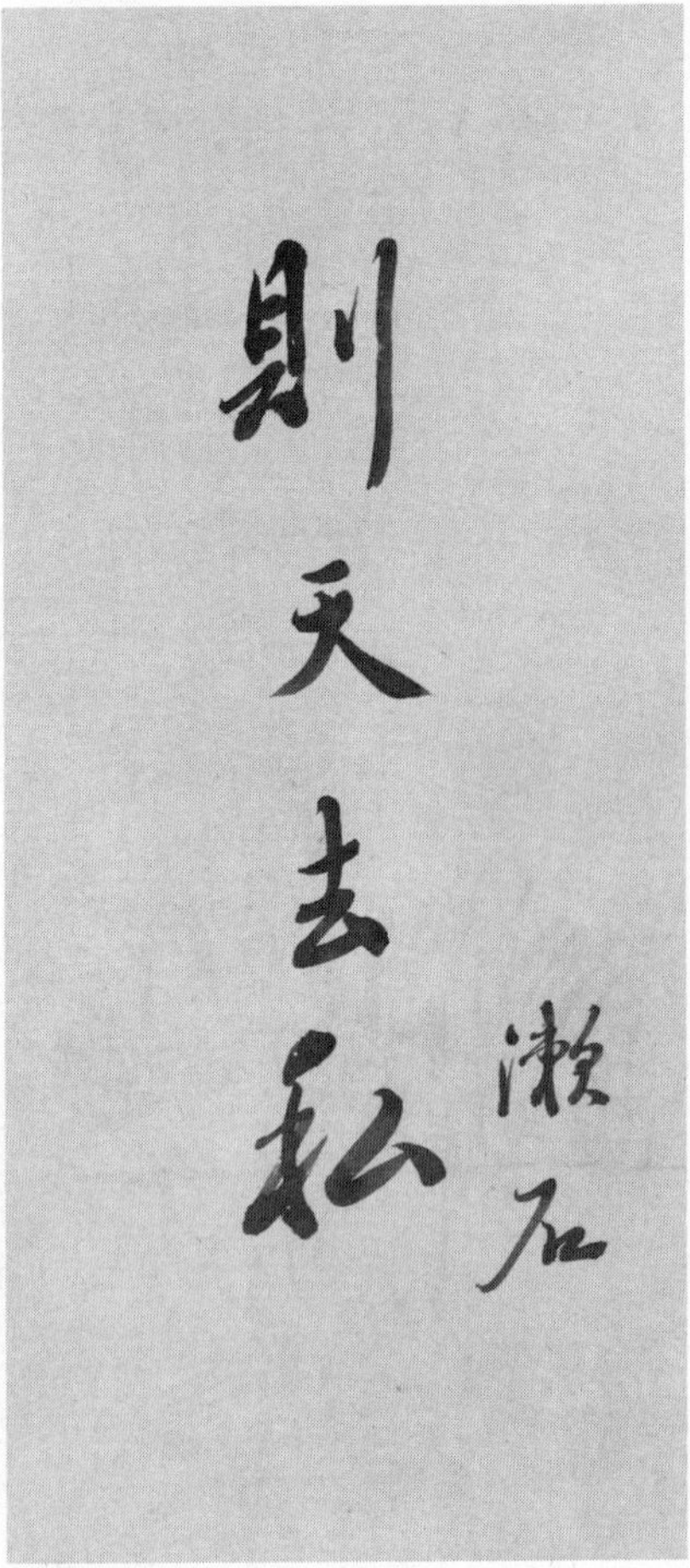

則天去私｜夏目漱石｜大正５(1916)年
『文章日記』(新潮社、大正６年版)より

第三十二話
苦悩と、苦労の果てに

さて今回は右ページを見ていただきたい。

〝則天去私〟とあり、右下に〝漱石〟とある。言わずと知れた文豪、夏目漱石の書である。大正五年（一九一六年）に書かれたもので、漱石、四十九歳、最晩年のものだ。私はこの書を、今春（二〇一六年）、神奈川近代文学館で開催されていた「100年目に出会う夏目漱石」展で見た。漱石に傾倒している人なら、この書より横長に書かれた大判のものを見た人が多いと思う。そちらは堂々とした書きっ振りで〝書としての構え〟が感じられる。一方、紹介したものは縦書きで、さして大きくはない。筆の速度はきわめてゆっくりとすすめられており、漱石の書に対する姿勢、すなわち丁寧な筆運びが伝わって来る。ただ一文字一文字の勢いはある。それは〝私〟の文字の〝禾〟から〝ム〟へ移る筆の連続性でわかる。〝漱石〟の文字の〝石〟の初動〝ア〟の伸びは、この書の全体のバランスの要となっている。そう、漱石の書はバランスがすぐれているものが多い。しかしそれは能筆家によくある定石のバランスではない。むしろ絵画や彫刻などに見られるバランスである。

漱石は小説を書く以前から、美術を鑑賞することを愉しみにしており、学生時代も「英語を学習するよりよほど楽しいし、充実した時間と思える」と言っている。ロンドンに留学していた折も、散歩道にテームズ河畔を選び、そこにあるテート・ギャラリー（美術館）に度々立ち寄り、バーン＝ジョーンズ、ターナー等の作品を鑑賞した。その中でも当時、世紀末芸術の旗手であったラファエル前派のダンテ・ガブリエル・ロセッティに感動している。文学者と画家の交流を見て〝文学美術〟という表現をみつけたほどだ。美術を愉しみ、画家、デザイナーと接したことから、のちに小説家となって自著の装丁に並々ならぬ苦心、工夫をしている。漱石のすべての著書の装丁は今日でも高い評価を受けている。作品『こころ』の初版などは装丁のすべてを自らしている。

その漱石の出世作となった『吾輩ハ猫デアル』の挿画を担当したのが、二〇四ページの左にある本の装丁をした中村不折《なかむらふせつ》である。その不折の書が、島崎藤村《しまざきとうそん》『一葉舟《ひとはぶね》』の文字である。味わいのある書だ。装丁、デザインも不折の仕事だから、どのような字体の書がふさわしいかをよく吟味して書かれてある。〝一葉舟〟の文字は、〝一〟と〝舟〟の真ん中にある〝葉〟の文字が素晴らしい。

中村不折は画家として明治の中期から大正、昭和にかけて活躍した人で、漱石と不折を引き合わせたのは、二人の友人であった正岡子規である。子規と漱石の間柄は、第五話で詳しく紹介した。二人は学生時代に知り合い、子規が漱石に俳句を教えたり、漱石が子規の文集を批評したり、二人が交わした書簡には明治を代表する文豪、俳人の若き日のこころの有り様が正直に綴られている。手紙の行間から伝わる二人の友情には崇高ささえ感じられる。

漱石と不折は、二人がロンドン、パリとそれぞれ英語の留学、西洋絵画の習得の留学で当地にいた折、より強い絆が生まれた。〝文学美術〟の結合でもあった。漱石は不折の作品を高く評価し、のちに不折の作品集に一文を寄せている。

漱石の書、文字で、私が、それを初めて目にした時から感心したのは、漱石の日記や手帳にきわめてちいさな文字で書かれた〝手記〟にも似たものの文字の丁寧さである。かなりのスピードで書き留められたものでも、彼が万年筆、羽根ペン、鉛筆で書いた文字には、或る種の〝美調〟が感じられることだ。これはおそらく漱石が子供の頃から培った〝美的センス〟としか言いようがない。神奈川近代文学館へ行けば、それらの文字は常設コーナーで見ることができるのでぜひ一度見て欲しい。

一方の不折は装丁も仕事であるが、絵画が本業である。その不折の書は副業かと言えば決してそうではない。その代表の書が、二〇九ページ上の『龍眠帖《りゅうみんじょう》』の一節の書である。不折の『龍眠帖』は、今も多くの書道ファンから名蹟として憧憬を受けている。不折の書は独学だが、その範としたのは中国の古法帖《こほうじょう》で王羲之《おうぎし》、顔真卿《がんしんけい》と言った王道を学び、画家として成功してからも、法帖、拓本、古名蹟を収集し、中国の周、漢の時代の銅器、古銭、仏像までをも購入し、それらのコレクションをおさめるために〝書道博物館〟を建てるまでに至っている。館は今も東京根岸にある。こちらもぜひ見学されるといい。

漱石は近代日本文学のひとつの峰である。日本人の大半が漱石を知っているし、その著書は今も読まれ続けている。同時にこれほど文学を研究、探求する人の対象になった文学者は他にいない。なぜそこまで漱石に日本人の多くが傾倒しているのか。それは没後百年の今も、彼の作品には〝今日性〟があるからだろう。漱石は今も現代文学者なのである。そこが近代文学の中の奇跡でもある。

この連載で初めて中村不折を知った人もあろう。不折は、子規に言わせると、驚愕するほどの貧乏画家であった。苦労を重ねた若者であった。漱石の若き日も苦悩を重ねる日々であった。やはり若い時の辛酸は、のちに光を与えるということか。

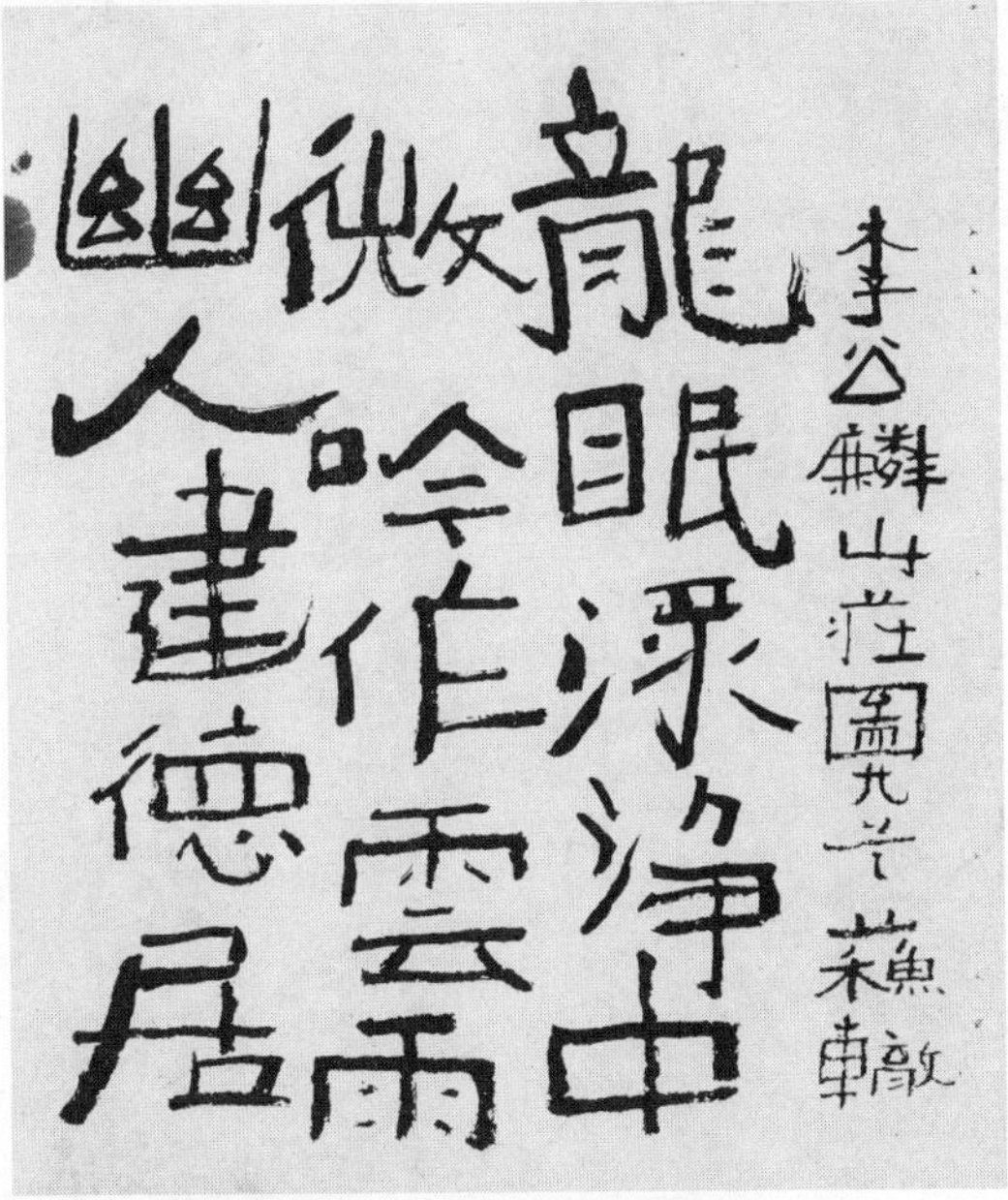

龍眠帖｜中村不折｜明治41(1908)年｜台東区立書道博物館蔵

根岸にある台東区立書道博物館

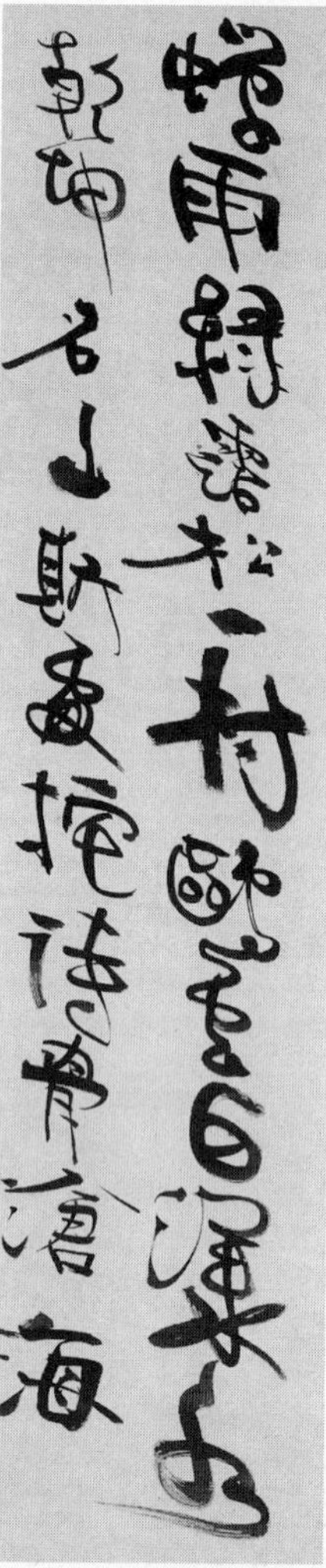

五浦即事―岡倉天心―横山大観記念館蔵

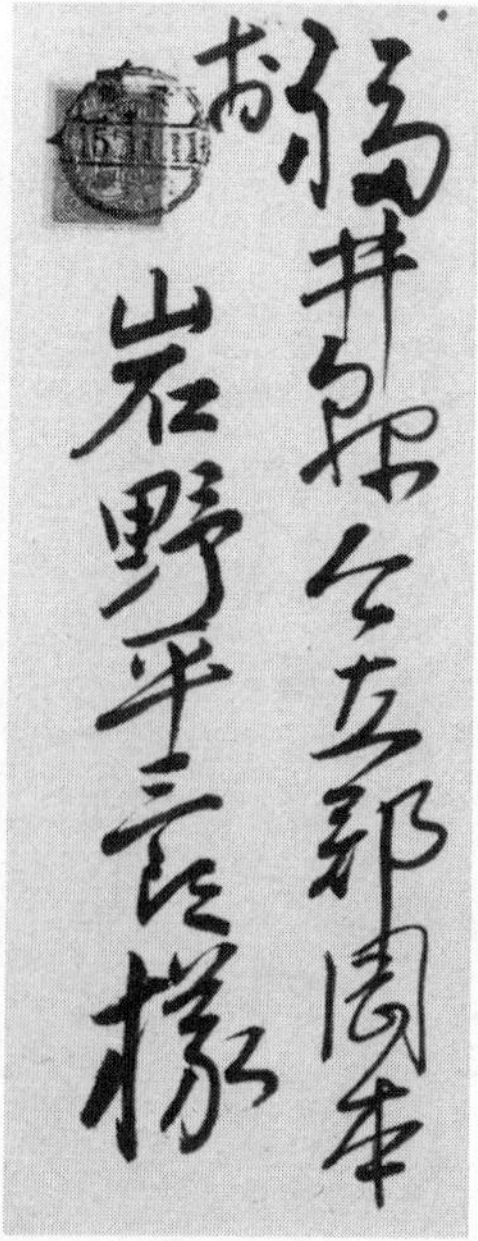

岩野平三郎宛書簡（宛名部分）―横山大観―大正15（1926）年11月11日消印―岩野家蔵

第三十三話　一升、二升で酔ってどうする

一年に二度、或る文学賞の選考で築地にある某料亭へ出かける。どこかの会議室でも済むものだが、八十年前にこの文学賞がはじまった折、作品を選考する作家は、各々が一国一城の主であると自負する輩《やから》の集まりなので、酒でも一献《いっこん》かたむけながらさせぬと摑み合いの喧嘩になっては、と菊池寛《きくちかん》が言ったとか言わぬとか……（真意は知らない）。正月明けと梅雨時にあり、席に着くと床の間にまことに風情のある掛け軸がある。さぞ名が知れた画家の手によるものだろうと思うが、作者は尋ねない。聞いて、作者がわからねば恰好がつかない。

或る年の初め、煙草盆の脇に置かれたマッチを見て、料亭の老女将に尋ねた。

「このマッチの文字は誰が書かれたのですか」

「タイカン先生と聞いております」

――タイカン？　大寒《きせつ》ではあるまい。

横山大観《よこやまたいかん》のことである。大観は昭和三年（一九二八年）に、この料亭で還暦の祝いをし

ている。

今回は、明治、大正、昭和を生きた日本画壇の大御所、横山大観である。二一〇ページ左にあるのは、画家が越前和紙の名匠、岩野平三郎《いわのへいざぶろう》に出した封書の宛名書の文字である。本文は長いので封筒の字にした。手紙の目的は、当時、完成した早稲田大学の新図書館に作品を依頼され、一辺が四、五メートルの巨大な越前紙の発注であった。重さ十二キロ。大観先生の注文であったから紙匠も全力でこれを仕上げた。画家の文字はまことに豪快であるが、画家の繊細さは一文字一文字にあらわれている。大観がまだ二十九歳の折、日本絵画協会展に出展した作品『無我《むが》』には、幼な子の無垢が見事に描いてある。この翌年発表された『屈原《くつげん》』とともに大観の出世作と呼ばれる。大観の風貌は、これこそが画家の風貌と言われる。性格も豪放磊落《ごうほうらいらく》であったと言う。その上、大酒豪で、一升くらいの酒で酔って絵が描けるか、と豪語した。この酒の飲み方を教えた人物の書が右にある。

岡倉天心《おかくらてんしん》。大観の大恩人だ。画家は終生敬愛を欠くことがなかった。

東京美術学校の創設に力を注ぎ、故あってそこを退き、日本美術院を起こした。大観がどれほど天心を信奉していたか。大観君、東洋の美を学びたいなら、すぐインドに行きなさい、と言われれば、収入もほとんどなかった若者は切符代だけを握って、畏友《いゆう》、菱田春草《ひしだしゅんそう》と二人飲まず喰わずでインドへ行く。次は西洋かね、アメリカへ行きなさい。これまた異国で金がなくなり二人して絵を描き展覧会をして食べつなぐ。無名の若者二人の作品を展覧会までこぎつけさせたのは、天心先生が陰で交渉していたからだ。そんなに簡単に交渉が？　と読者は思われようが、明治人で、その英語力の双璧は、内村鑑三《うちむらかんぞう》と天心の二人と言われたほどの能力だった。その天心の書。これまた自由《じゆう》奔放《ほんぽう》。『五浦即事《いづらそくじ》』と題された自作の漢詩で「蟬雨《ぜんう》　緑《みどり》に霑《うるお》ふ　松《まつ》　一村《いっそん》　鷗雲《おううん》　白《しろ》く漾《ただよ》ふ　水《みず》　乾坤《けんこん》　名山《めいざん》　斯處《このところ》（処）　詩骨《しこつ》を托《たく》す　滄海《そうかい》～」とあり、天心が晩年過ごした茨城、五浦の海辺で詠んだものだ。この五浦に日本美術院が移されると、大観以下名だたる画家が天心先生を慕い、この地に移り住み創作を続けた。

天心の書、文字の特徴は大半が右下がりで、草書の範からどんどん外れている。自由と表せば自由だが、ようは己の書に執着がない。伝わればいいのだろう。この書に味わいがあるのかと訊かれても、彼の漢詩と同じで私にはよくわからない。

今回、天心の生涯を辿る折、私が驚かされたのは天心の風貌の変容と、写真に写っている彼のコスチューム、シチュエーションの風変わりなことである。東京美術学校の制服が奈良時代の官人の装いをそのまま取り入れたところから特異な様相ははじまるのだが、それを堂々と着て外出し、或る時はアザラシの毛皮のブーツで白馬に乗り、ボストンでは羽織、袴で通し、中国の旅では弁髪《べんぱつ》のカツラで、五浦では釣り師のコスチュームを愉しむ。そしてその風貌が毎回変わる。日本を代表する美術界のドンがである。一度、ご覧いただければわかる。『The Book of Tea』（茶の本）と題され、今も海外で売れ続けている天心の著書である。訳本ではない。自らが英語で著述した東洋の美についての本である。〝忘我〟〝虚無〟と美の関連性を語っている。この本の前に書かれたのが、冒頭、〝Asia is One.〟の一文ではじまる『The Ideals of the East』(東洋の理想)である。

なぜ、天心にこれほどの言語力があったか。それは福井藩士であった彼の父、岡倉覚右衛門《かくえもん》が幕末にはじまった諸外国との通商でひらかれた横浜港で、藩命で生糸商を営むことになり、そこで父親は息子に外国人の英語教師をつけて、語学を学ばせたからだ。こういう発想が、幕末、明治初期の日本人の先見性である。若者は来日したアーネスト・フェノロサの通訳を兼ねて古都を訪ね、法隆寺《ほうりゆうじ》で堂外不出とされた〝夢殿救世観音像《ゆめどののぐぜかんのんぞう》〟を光の中に出したり、ボストン美術館の東洋部への美術品の買付けに中国を旅する。予測できない天心先生の行動を見守りながら、若き日の横山大観は着実に画力、精神力を向上させる。大観、大観と、ことあるごとに天心は弟子を呼んだ。宴があればその席に招き、「君、一升、二升は酒のうちに入らんよ」と教え、大観は厠《かわや》に駆け込み、すべてを吐いて席に戻り、また飲み干し、気が付けば大酒豪になっていたと言う。酒もそうだが、画業も天心の目が常に見守っていたから日本を代表する画家となった。天心なくば大観はなかった。

新喜楽のマッチ

妙用｜鈴木大拙｜鈴木大拙館蔵

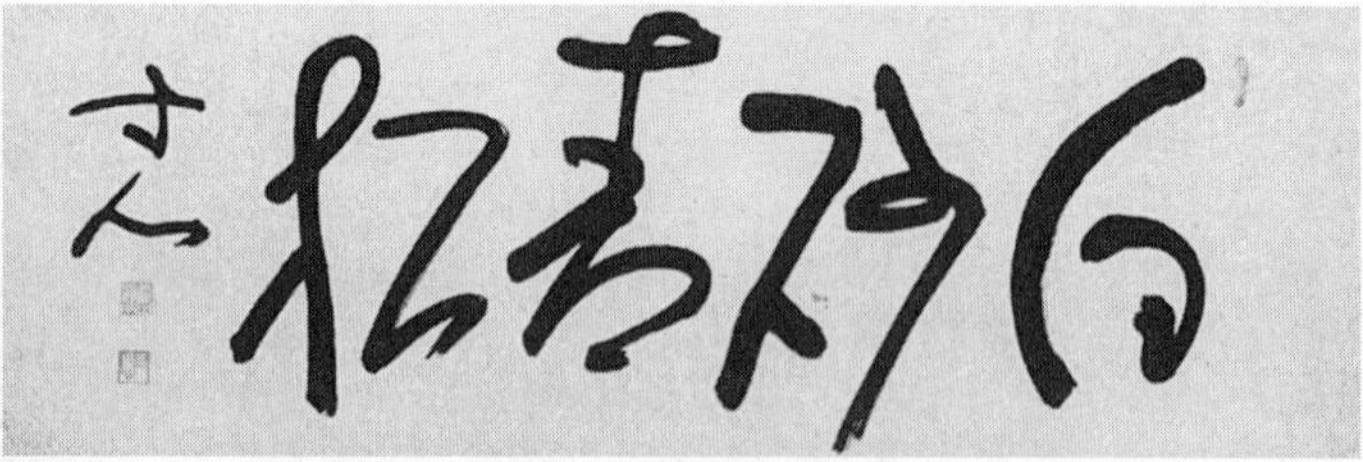

白砂青松｜西田幾多郎｜石川県西田幾多郎記念哲学館蔵

第三十四話　禅と哲学の「無」の世界

鈴木《すずき》大拙《だいせつ》は二十五年間、アメリカを主としてヨーロッパ、世界各地で、禅の普及につとめた。戦前、戦後、世界の名だたる思想家、哲学者が、彼の語る、禅を軸とした仏教、東洋思想に耳を傾け、東洋を知り、思想の深淵に感嘆した。

本名、鈴木貞太郎《ていたろう》。石川県金沢の人である。日本でも彼を知る人は、その考察力の大きさに畏敬を抱き、師とした思想家、企業家は大勢いて、今なお、その著書は読み続けられている。昭和二年（一九二七年）にロンドンで出版された『Essays in Zen Buddhism』は、現在も版を重ねている名著である。

実際、己に厳しく、日々を律することを旨とした。哲学者であるが、明治以降日本で哲学を学ぶすべての人がソクラテス、アリストテレスからはじまり、ヘーゲル、カント……と西洋哲学から、哲学とは何たるかを知ったが、日本人から生まれた哲学の不在を打破し、〝唯一の日本人の哲学〟を作るにいたった人物である。

西田幾多郎《にしだきたろう》。この人も金沢の出身である。それどころか、二人は同学年で、同じ学舎

（第四高等中学校、現・金沢大学）でともに学んでいる。二人は互いを畏敬し、生涯の友として生きた。

西田哲学は日本の哲学史の、今なお頂きにあると言っていい。その西田の書が二一六ページ下にある。たっぷりと墨の力がみなぎる書だ。〝白砂青松〟とある。解り易い、日本の美しい海岸風景をあらわす言葉だ。丁寧で、大胆で、それでいて誠実が伝わってくる文字である。私の好きな書である。この書を初めて見た時の感動は今も覚えている。晩年の書であるのに枯淡がないのは、生涯、探究を続けた西田の生きる姿勢が表出していると言ってよいだろう。〝寸心《すんしん》〟は西田の号である。この書を見た十五年余り前、西田の漢詩の書を見た。丁寧で誠実な書だが、〝白砂青松〟に比べると風速のようなものがなかった。しかしこちらは西田の書の完成型に近い。書は解り易いが、『西田幾多郎全集』を読んだがこれがすこぶる難解で、私の手に負えるものではなかった。私も大学と、五十歳を過ぎて故郷の恩師の下で哲学の再勉強をして、哲学がまったく解らないとは思っていなかったのだが、西田の著書はかなりの時間が必要だと思った。書はおそらく独学であろうが、書をこよなく愛していたことは伝わって来る。彼の書斎を見た人が、ソクラテス像の写真と鉄舟の〝虚空〟の書があったと言うから間違いあるまい。

一方、鈴木大拙の書は二一六ページ上にある。〝玅用《みようよう》〟とある。現代表記なら〝妙用〟である。〝妙〟は大拙が晩年好んで用いた言葉である。大乗仏教の根本語である〝真空妙《しんくうみよう》有《う》〟の妙であり、〝無事〟〝自然〟もすべて〝妙〟とした。力強い筆致である。生前の大拙を知る人は、晩年にいたってもなお若者のごとく行動し、対話し、思索に耽《ふ》ける姿の爽快さに驚いていた。大拙には英語の書がある。これがなかなか味わいがある。〝O wonderful ～ and yet again wonderful〟の書はシェークスピアの『お気に召すまま』の第三幕の科白《せりふ》である。読書量は厖大《ぼうだい》でほとんどを原書で読んでいる。

大拙の功績は禅思想、東洋思想を海外に広く紹介した点にある。著書は勿論だが、それ以上に大拙は招かれれば世界のどこにでも出かけて、英語で講演、対話を続けた。欧米の哲学者、思想家が驚いたのは、大拙の英語による表現の素晴らしさであった。「彼の語る英語を聞いていると、この言語が実にシンプルに本質を語ることができることを認識させられた」。あのハイデッガーにそう言わしめている。長いアメリカでの生活もあったが、それ以上に大拙は言語の可能性を信じ、適切な言葉を探し続けていたのだろう。

言語は叙情である。対話もまた情緒から成り立つ。もうひとつ大拙に真の英語を身に付けさせた理由に、彼の妻、ビアトリスの存在がある。大拙に求められ、自らも求め、日本に嫁になるためにやって来た新妻との時間が大拙に適確で、かつ高潔な語学感覚を持たせたのだろう。

西田も家族はあったが、その有様は大拙とは真逆で、我が子ら五人に先立たれ、妻まで死別し、これほど家族と切ない別離をくり返した人はいない。まさに〝大悲〟であった。二人は、禅と、哲学の探究を黙々と続けた。

左にあるのは、二人の書いた〝無〟である。それぞれ二人の生誕の地にある「鈴木大拙館」「石川県西田幾多郎記念哲学館」におさめられ、大拙の〝無〟は二〇一六年七月〜十一月開催の企画展（「無-心 Mu-Shin」展）でも見ることができた。

西田は大拙のことをこう述べている。

「大拙君は高い山が雲の上へ頭を出しているような人である。そしてそこから世間を眺めている、否《いや》、自分自身をも眺めているのである。全く何もない所から、物事を見ているような人である」

一方、大拙は西田の死を報らされた時、柱につかまって泣きながら言った。

「永遠の沈黙を守る彼に還ったその姿、自分は思わず慟哭せずには居られなかったのである。（略）西田をして今四、五年生かしめておきたかった」

日本のため、東洋全体のため、世界のために、あと四、五年生きてもらいたかった、と断言した。

金沢の学舎で出逢い、日本の思想史にこれほどの道を拓いた畏友は他にいない。

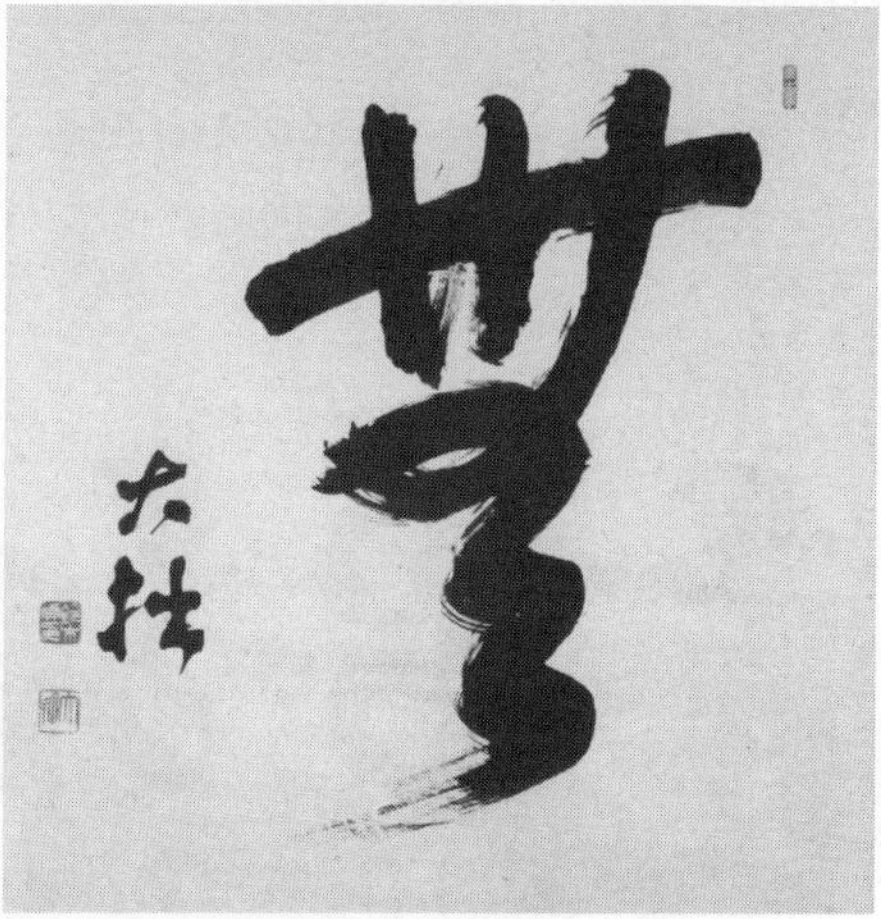

無―鈴木大拙―鈴木大拙館蔵

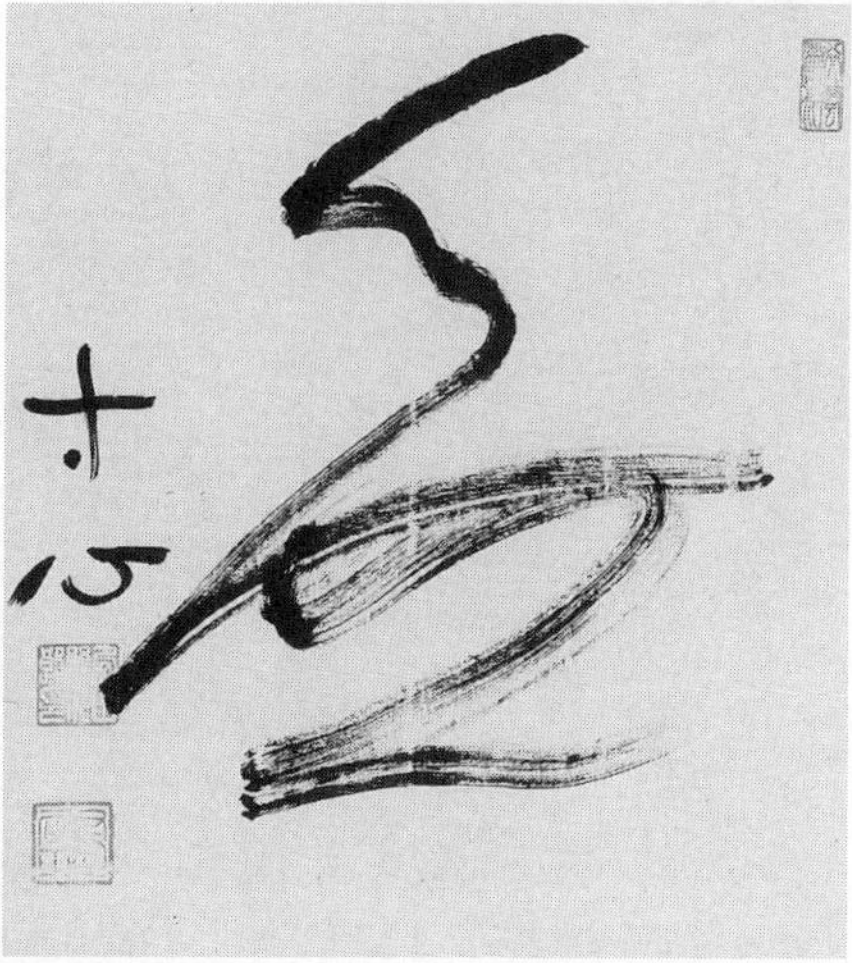

無―西田幾多郎―石川県西田幾多郎記念哲学館蔵

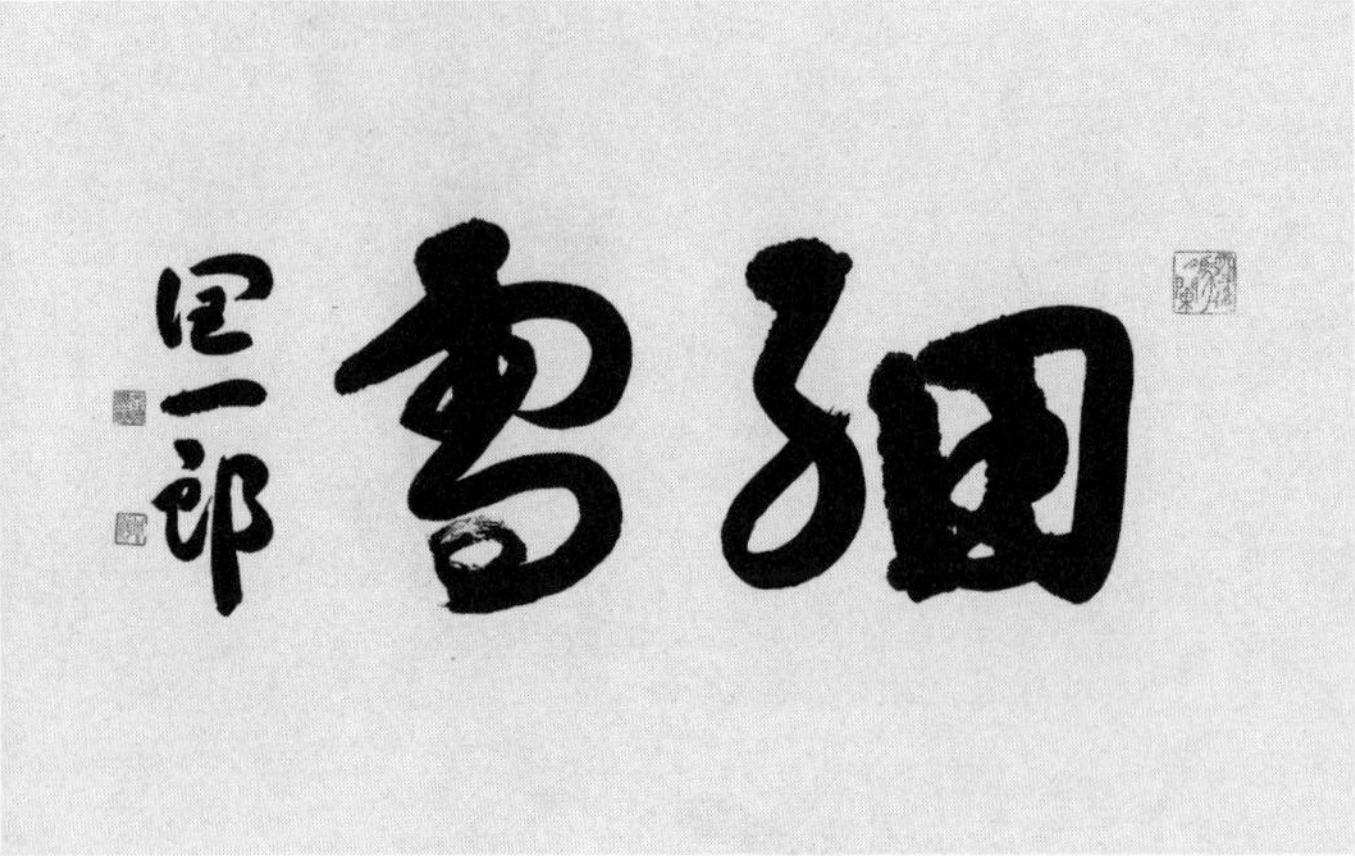

細雪｜谷崎潤一郎｜『墨』(1986年３月号)より

第三十五話

生涯〝花〟を愛《め》でた二人の作家

日本が近代を迎えて、いったい何人の小説家が世にあらわれたかは知らぬが、〝文豪〟と呼ばれるにふさわしい作家は、その来歴、作品群の隆盛振り、そして何より絶筆にいたるまでの小説家の生きてきた姿、生活の有り様を見ても、谷崎潤一郎《たにざきじゅんいちろう》をおいて他にあるまい。〝大谷崎〟と呼ぶ人までいる。漱石を文豪と呼ぶ人もいるが、漱石には、たとえば彼が散歩をしていても、よほどの鬱《うつ》状態でなければ、煙草屋のオバチャンが、あら先生、お散歩？　と声をかけても、やあ、と手を上げ、機嫌がよければ笑うかもしれない人間臭さがある。いくら度胸のあるオバチャンでも谷崎はそうはいかない。あの目で睨まれれば、オバチャンは、あらぬ方を見て、膝の上の猫の頭を叩き、何なのよ、今年はよく台風が来たわね、となる。

さて今回は、その谷崎の書である。まずは右ページを見て頂こう。一目瞭然、〝細雪《ささめゆき》〟とある。書を所望されて〝細雪〟と書く人もこの人しかいない。言わずと知れた谷崎作品の代表作のタイトルである。

たっぷりと墨をふくんだ太筆で、或る速度をもってじっくり、そして一気に書かれたものである。谷崎の書への興味が深くなったのは関東大震災後、関西へ移り住むようになり、やがて根津《ねづ》松子《まつこ》と出逢って、ともに暮らすようになった昭和九年（一九三四年）あたりからである。二人が交わした文の字を見ると、これは松子の字の端麗さに驚く。谷崎より一枚上であった。あの当時の船場《せんば》の御寮《ごりよう》さんが身に付けた作法としての書のレベルの高さは並ではない。中でも松子は群を抜いていたのだろう。その松子が娘時代から家より持たされていた近衛三藐院《このえさんみやくいん》（関白近衛信尹《のぶただ》）の写本を谷崎は見て興味を示したと言う。何やら男と女のレベルが違いますな。

一枚の原稿用紙に書かれた谷崎の真筆を一度手元に置いた時期があった。鎌倉に住んでいた頃、骨董屋が〝蔵出し〟があると言うので、知人の経師屋《きようじや》と見に行き、雑箱の残り物の中にその原稿用紙があった。筆文字で奈良を散策した随筆の一枚だった。「伊集院さん、こりゃ何だろうね？」経師屋が言った。「谷崎のようだね」「谷崎って？」「いいよ。そいつは私が買い取ろう」。五千円ほどだった。後日、経師屋が来て「あの大谷崎先生のもんじゃないのかね。今まだ手元に？」「ああ。しかし文学館かどこかへ贈るつもりだ」「そんな馬鹿なことはよしなさい。どうだい、あなたの狭い部屋の仕事場と寝床を分ける粋な折り屏風を差し上げようじゃないか」。それから数年、夢見が良かった。あんな一枚でな……。

谷崎は江戸っ子である。子供時代の家は裕福だったがやがて傾き、中学へ通うこともままならぬようになった。助けてくれたのは教師、学友だった。二十四歳で『刺青』を書いた。それまで何作か書いたが皆ダメだった。谷崎とて失望し、神経をやられている。この『刺青』を誉めてくれた先輩作家がいた。同じ江戸っ子の永井《ながい》荷《か》風《ふう》である。「三田文学」で作品を絶讃した。これが谷崎が世に出るきっかけだった。谷崎は生涯、荷風への恩義を忘れなかった。

その恩人、永井荷風の書が、二二七ページにある。『断腸亭日記《だんちょうていにっき》』のタイトルを書いた字である。大正六年（一九一七年）九月十六日より、独居して隠棲する日常と、散策好きの作家が見て回った記録である。〝断腸亭〟とは荷風が暮らす六畳間に付けた名前で、胃腸の弱い自分と庭先に植えた湿った日蔭に咲く花、秋海棠《しゅうかいどう》の別名を断腸花と呼ぶので名付けた。荷風の字の美麗さと丁寧な書体を、私は若い時に見て感心した。紹介したのは断腸亭日記の表題を罫紙《けいし》に書いたものだが、その後、『断腸亭日乗《にちじょう》』となる日記は罫線がなくさらの和紙に綴《つづ》られており、何が感心するかと言えば、タテに約二十数文字、九行の一ページの文字がヨコにもナナメにも乱れることがない。その上、スケッチまで入れている。昭和二十年（一九四五年）七月十三日とあるから、戦争の最中に荷風先生は散策を続けていらっしゃる。疎開先の岡山での見聞である。この時、谷崎も岡山の勝山町《かつやまちょう》（現・真庭市）へ疎開していた。谷崎は大恩人の荷風先生が近くにいらっしゃるのを知り、先生を家に招いて、松子夫人のこころづくしのスキ焼をご馳走している。

荷風は谷崎より七歳上の明治十二年（一八七九年）生まれである。父はアメリカのプリンストン大学に留学した有能な人で、工部省、文部省、内務省で勤務し、退官後、日本郵船に入社し、上海支店長、横浜支店長を歴任した。長男（本名、壮吉《そうきち》）として育った荷風は父の期待とは逆に、第一高等学校の入学試験に落第してしまう。勉学に身が入らぬどころか、二十歳の年に六代目朝寐坊《あさねぼう》むらくなる落語家の下に入門し、三遊亭夢之助《さんゆうていゆめのすけ》と名乗って寄席《よせ》で修業をはじめた。どうにも放蕩息子に父も呆《あ》きれ果て、アメリカ、タコマにある商店へ預け、そこからハイスクールに通わせる。大学へ進み、英文学とフランス語を学んだ。実は放蕩息子には憧れの土地があった。フランスである。荷風は父へフランス行きを懇願する。父はしかたなくフランス、リヨンの横浜正金銀行支店に勤務させる。ところが銀行員に嫌気がさし、独断で退職し念願のパリへ行く。オペラ、音楽会、美術館と日々、西欧に触れる。

荷風はアメリカ、フランスを見聞したことが『あめりか物語』『ふらんす物語』を誕生させる。谷崎は関西へ移り住み、『痴人の愛』『卍』を執筆、そして戦時下、『細雪』の連載をはじめる。二人の文学者の共通点は初期作品がともに発禁になっており、発禁は日常のように続いた。それでも平然と作家は執筆を続ける。ここが並の作家との違いだ。

最後、二人の共通点として忘れてはならないのが、生涯、女性を愛《め》でた点である。二人がこよなく愛でた女性を花にたとえれば、谷崎は絢爛《けんらん》に咲く花で、荷風は日蔭にひっそりと咲く花であった。

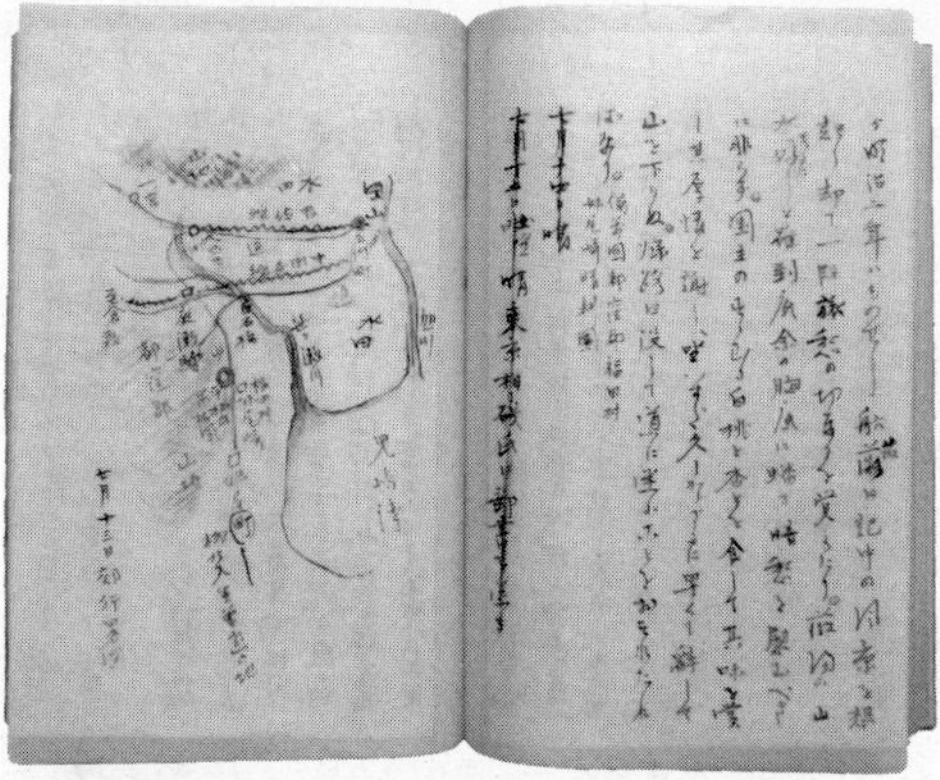

『断腸亭日乗』｜永井荷風｜昭和20(1945)年７月13日の項
永井壮一郎氏蔵｜協力：市川市

「断腸亭日記」タイトル部分

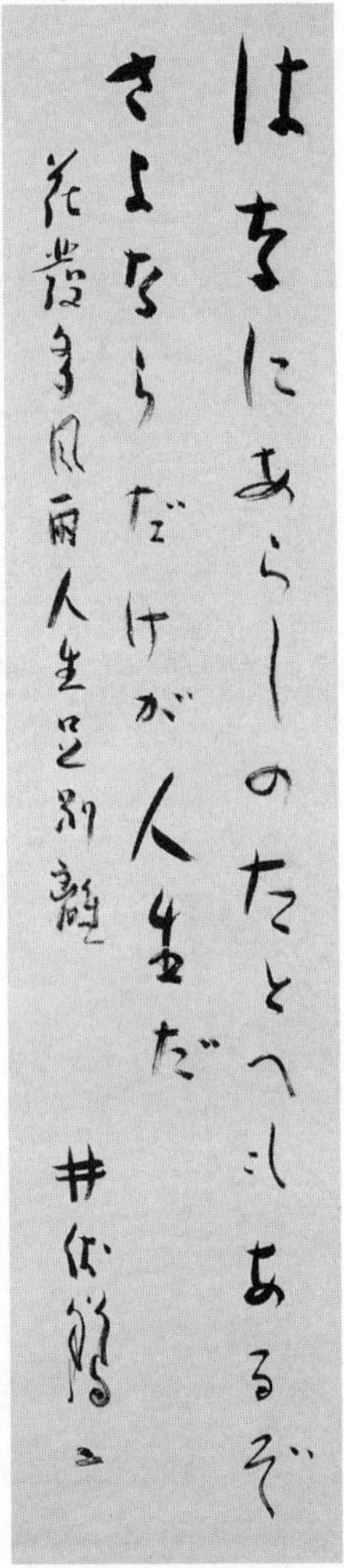
はなにあらしのたとへもあるぞ
さよならだけが人生だ
花発多風雨人生足別離
井伏鱒二

勧酒―井伏鱒二 山梨県立文学館蔵

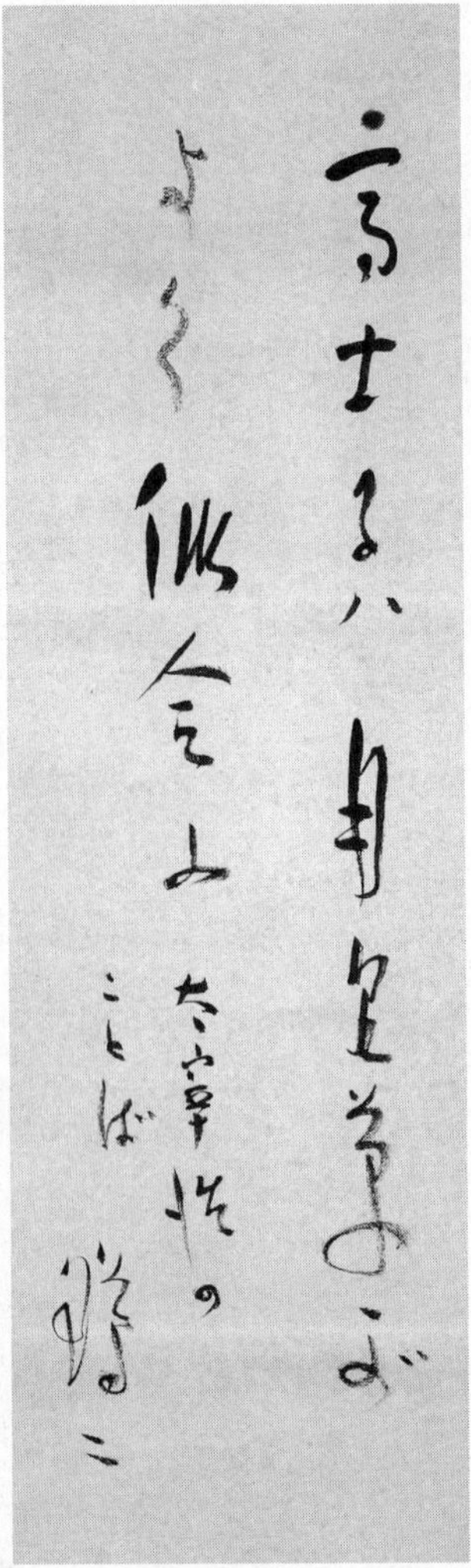
富士には月見草がよく似合ふ
太宰治のことば
鱒二

太宰治のことば―井伏鱒二 山梨県立文学館蔵

第三十六話
山椒魚《さんしょううお》と、月見草の文字

ひと昔前の話であるが、作家としてデビューし、さまざまな編集者に逢う機会が少しずつ増えていた頃、妙なことだが、各社に名物編集者と噂される男たちがいて（女性もいた）、彼等が小説の注文に来れば、あの新人作家はいよいよ檜舞台を目指すことになると言われた。私はぐうたらであったのに、なぜか編集者に恵まれていた。勿論、相手は年長者である。彼等が共通して話題にするのが〝荻窪《おぎくぼ》の達人〟と称される井伏鱒二《いぶせますじ》の話だった。井伏の話をする時だけ、皆が一様に畏敬の念と親しみを込めた話し方をした。百戦錬磨の編集者たちが、いっときであれその作家と席を、時間を同じくしたのを誇りに思っているように聞こえたのは、井伏以外は吉行淳之介《よしゆきじゅんのすけ》しか、私は知らない。〝達人〟は井伏には似合うが、吉行はどう表現したらいいのだろうか。

その編集者の一人が、或る時、一冊の詩集を私に差し出し、これを手元に置いておけば、あなたは無事でいられますから、と言った。その頃、私は生活の半分の時間と金を、ギャンブルに費やしていたから〝無事〟という言葉に胸の隅の何かが動いたのを覚えている。

『厄除《やくよ》け詩集』である。この詩集の中に晩唐の詩人、于武陵《うぶりよう》の『勧酒《かんしゅ》』なるものがあり、これを達人が訳詩した。名訳と言われている。〝コノサカヅキヲ受ケテクレ　ドウゾナミナミツガシテオクレ　ハナニアラシノタトヘモアルゾ「サヨナラ」ダケガ人生ダ〟。実に酒が美味《うま》そうに思える訳である。実際、井伏はグラスに酒をなみなみと注ぎ、将棋盤の横に置いて静かに呑んでいた。

さて今回は、その井伏の書である。まずは二二八ページの右方、今紹介した〝はなにあらしのたとへもあるぞ　さよならだけが人生だ〟と書してある。井伏の人柄をよくあらわした丁寧で、誠実な書である。井伏は、人を驚かすようなことをしない人であった。それは彼の初期からの作品を読めばわかる。自身の足元に描いた円から、不必要に出ることがなかった。近代作家の大半は逆のことをした。達人たる所以《ゆえん》である。

その漢詩文の書の隣りは同じく井伏の手による書である。〝富士に八月見草がよく似合ふ〟とある。この一文は、知る人は忘れることがない一文。そう、太宰治《だざいおさむ》の『富嶽百景《ふがくひやっけい》』の一文である。井伏の書の中にも〝太宰治のことば〟とある。後輩、太宰の文学碑の建立に井伏は尽力したので、その旅の折に誰かに請われて書したのかもしれない。井伏にすれば珍しいことである。いや普通、文学者という者は、他人の文章を書くことはまずない。よほど太宰への想いがあったのだろう。いや、間違いなくあったのである。それは後で述べるとして、井伏のこの書には、かなりハイセンスな文字バランスがうかがえる。永い間、書に親しんでいないと書けない字である。〝富士〟の鈍重な感じと〝月見草〟がスーッと立っている感じが良い。絵画の素養があきらかに伝わってくる書でもある。短冊を頻繁に練っていたのかもしれない。

左は、その太宰の生原稿である。すぐに読める字である。作品『斜陽』の一文だ。鉛筆で書いたものと思われるが、〝幽かな〟〝お擧げ〟〝髪〟とまことに丁寧に書かれてある。他の生原稿もそうだが、太宰の字は丁寧で、読み易い。そのことはもしかして彼が、時に声を上げて書いていたこととつながるかもしれない。

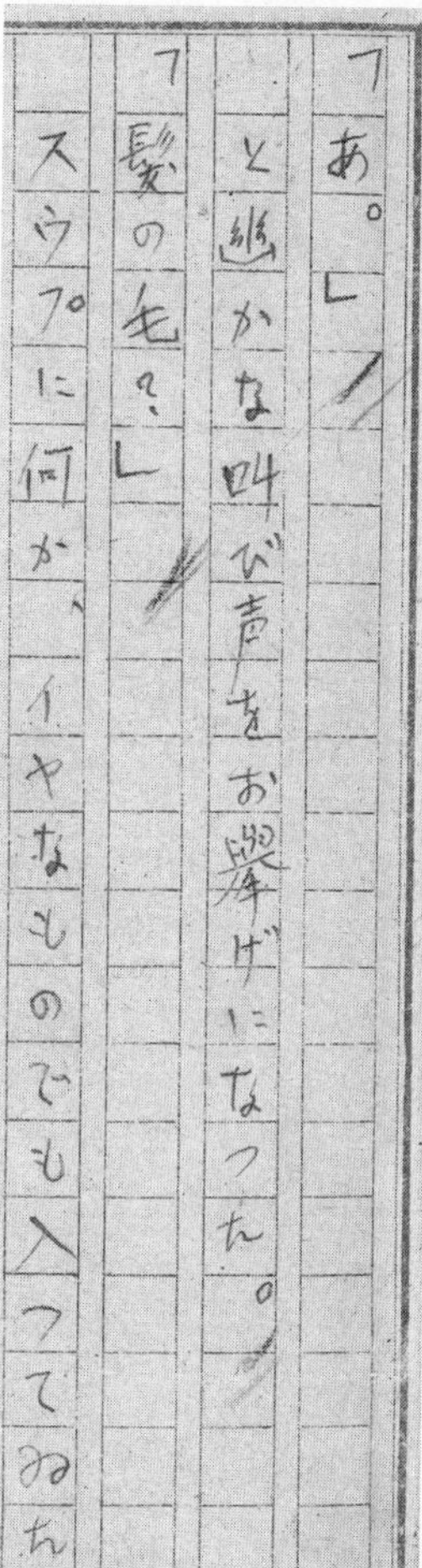
「あ。」
と幽かな叫び声をお擧げになつた。
「髪の毛？」
スウプに何か、イヤなものでも入つてゐた

『斜陽』自筆原稿―太宰治―「新潮」昭和22（1947）年7月号掲載―日本近代文学館蔵

二人が逢ったのは昭和五年（一九三〇年）五月である。井伏三十二歳、太宰二十歳の時だ。太宰は中学一年生の時、井伏の『幽閉』を読み感銘を受け、高校の時、青森の同人誌「細胞文芸」に寄稿を依頼している。初めて逢って以来、太宰は事あるたびに井伏の元を訪れている。井伏も十歳以上年下の太宰を受け入れ、温泉へともに旅をしているのだから、よほど太宰に何か素直な面があったのだろう。昭和十四年（一九三九年）には太宰と石原美知子《いしはらみちこ》の結婚式を、井伏が媒酌人となり、杉並清水町《すぎなみしみずちょう》の自宅で挙げさせている。ともかく井伏は、この若者と真摯にむき合った。パビナール中毒、自殺未遂、借金、結婚と、若者の身に起きた悲劇、挫折、彷徨……に手を差しのべた。青森から上京し、新進気鋭の作家になったとは言え、これほど井伏が太宰を見守り続けた心底が察しかねる。太宰によほど魅力があった？　そんなことで達人は動くものではない。

井伏は明治三十一年（一八九八年）に広島、加茂村《かもそん》で代々、名主であった家の次男として誕生し、四歳で母を亡くしたため祖母に育てられた。五歳で今度は父を亡くす。父の遺言に、子供に文学をさせてはいけないとあったというから面白い。中学生頃から少年は画家になることを志し、十九歳の時、京都に写生旅行に出かけた折、当時、京都画壇の雄であった橋本関雪《はしもとかんせつ》を訪ね、入門を望んだが、果されず帰郷した。井伏少年は落胆し、兄のすすめもあって志望を文学にかえ、上京して早稲田大学の予科に進んだ。二年後『ありぢごく』『幽閉』を執筆した。中学生の太宰が読んだのはその四年後、同人誌「世紀」

に発表された『幽閉』である。この『幽閉』がのちの名作『山椒魚《さんしょううお》』となるのである。それ以降の井伏は決して裕福ではなかったが着実に作品を発表し続ける。戦時に陸軍徴用でシンガポールに行くが、井伏は黙々と作品を執筆した。これほど波風が立たぬように映る作家は珍しい。唯一の嵐は、太宰の失踪と入水自殺である。その折の井伏の弔辞を読むと、無念さが伝わって来る。それにしても奇妙な十八年（後半は疎遠だったが）の交流である。

話は戻るが、井伏の詩集を編集者から貰った頃、私は京都に住んでおり、近くにあった橋本関雪の居（記念館）を訪ね、庭を眺めながら、画家は無理だと言われ、失望した少年の姿を思った。それが達人を生んだ。

太宰は三十九歳で自死し、井伏は九十五歳で生涯を終えた。月見草は夕べに咲き、朝には萎《しぼ》む一夜花である。山椒魚は何十年生きるのかまだ記録がたしかではない。

五風十雨—熊谷守一—石川県七尾美術館（池田コレクション）蔵

一花開萬國春—中川一政—真鶴町立中川一政美術館蔵

第三十七話
書は、画家の苦難に寄り添えるのか

今回はまず右ページをご覧いただこう。

右の書も、左の書も、清々しいと言おうか、眺めていて、イイナー、と思わず声が出そうな、気持ちが晴々とするような一筆である。書家の手では、これは書けない。どうして書けないか。理屈はわからないが、こういう字を書いた書家を私は知らないからである。第三十四話で紹介した哲学者、西田幾多郎の書と共通したところがある。三人に共通しているのは、書に興味を抱いたのが、誰かを先生とせずに、独学で書とむき合ったことである。それは何を意味するかと言うと、彼等独りのもの、すなわち〝独りの書〟であることだ。〝独りの書〟であるのなら、その字は、常識（文字は読むものとか、何が書かれているのかとか）から逸脱したり、我儘《わがまま》勝手な字になりそうなものであるが、それがない。それどころか、本来の文字というものは、たとえば〝風〟は〝雨〟は、〝花〟は〝春〟は、こういう字への想いから誕生したのではないか、とさえ思えるのである。

なぜ、そう思うか？　鑑賞したものがゆたかで、瑞々しい気持ちになるからである。人間が食べることと、生き抜くことのために（本能でもいいか）、種の保存のためだけに行動する生きものでしかなかったら、この地球上に、これほど長く、生き続けることはできなかっただろう。人間は〝ものを思う〟ことを知り、〝ものを思う〟生きものとして数千年を生き続けているのである。〝ものを思う〟ことは、ものを発想し、ものを創造することにつながっていった。

白川静博士の素晴らしい洞察力を借りれば、どうやらその〝もの〟への進化の過程の途中に、私たちは文字を獲得したようである。先述した、本来の文字というものが、字への想いから誕生したのではないかと申したのは、その点にあるのだ。

今回の二人の人物は、いずれも画家である。それも洋画家である。

二三四ページ右の書は〝五風十雨〟としたためてある。ゴフウジュウウと読む。読んで字のごとく、五日に一度風が吹き、十日に一度雨が降るということだ。ほう、何じゃらほい、と普通は思う。中国の古典思想書、後漢の王充《おうじゅう》による『論衡《ろんこう》』の「是応《ぜおう》」にある。天候が順調で農作物がよく育っている。転じて世の中が安泰であるという意味となる。この書を書いたのは、画家、熊谷守一《くまがいもりかず》である。明治十三年（一八八〇年）、岐阜県の恵《え》那《な》郡《ぐん》付知《つけち》村《むら》（現・中津《なかつ》川《がわ》市付知町）で生まれた。画家を志し、東京美術学校へ進み、青木繁《あおきしげる》と同期である。青木繁が唯一認めた画才を持つ学生であったと言われるが、守一は、青木を叱咤激励していたと言われ、それをあの異才・青木が受け入れていたと言うから、守一は並の画学生ではなかったのだろう。山奥から東京へ絵を学ぶために出られたのだから実家は裕福であったが、没落した。守一の生涯は貧乏この上なかった。我が子を病いで亡くした時、霊前に生卵を置いてやった。卵が買えない生活だった。不憫《ふびん》でならなかったのだろう。仏前の卵を描いている。それでも守一は創作を続けた。戦後、パリで初めての個展を開催し、大絶讃を受けたが、貧乏はかわらなかった。〝売る絵〟を描かなかったのである。ここが並の画家と違う。生涯で描いた作品の点数はきわめて少ない。しかも四号の作品が大半だ。このサイズしか描けぬ、を徹した。それが『宵月《よいづき》』である。枝と残る葉と天上の月が描いてある。鑑賞をくり返して行くと、画家の見つめる宇宙が伝わって来ることがある。私は守一の生誕地の付知町を二度訪ねた。山ばかりである。よくこんな山間の地からこれほどの画家があらわれ、私たちに作品を残してくれたものだと感心する。守一の絵を見続けて三十年が過ぎたが、鑑賞する度に、この人を知り、作品に逢えて良かったと思う。知らねば絵画の何たるかをわからずに死ぬところだった。誉め過ぎ？　贔屓ですから。

二三四ページの左の書。〝一花開萬國春〟と書いてある。読み易い書は実にイイ。意味は「一花開くを見て天下の春を知る」ということだ。『華厳経疏鈔《けごんきょうしょしょう》』四十四にある言葉だ。この上なく力強い書風である。書いたのは同じく洋画家の中川一政《なかがわかずまさ》である。九十五歳の時の書である。力強いと評したが、一政の書で〝一〟なるものを何枚か見たが、思わず見る者の肝を動かすような書だった。その〝一〟からはじまる書の〝花〟と〝春〟が格別良い字である。一政の書は一目見れば一政とわかる。一政しか書けないからだろう。二人の書には師がないと書いたが、一政は尋常小学校三年生の坊主の時に、第三十二話でも紹介した洋画家の中村不折《なかむらふせつ》に接していたが、その時は不折の書の大きさがわからず、惜しいことをしたと述懐している。次ページ左下にあるのがその一政の本業である油絵『薔薇』である。一政の描いた薔薇を好む日本人は多い。一目見て一政の薔薇とわかるところが、一政の「他の画家を圧する」ところである。

一政は明治二十六年（一八九三年）、東京の本郷で生まれた。江戸っ子である。一政は自分の来歴をいっさい放っているが、中学生の時に若山牧水《わかやまぼくすい》主宰の「創作」に短歌、詩、散文を発表し、「萬朝報《よろずちようほう》」に懸賞小説も書いて当選している。これがいきなり書いたようで、どんな才があったのか不思議だ。ところが、またいきなり、絵を描く。このいきなりが半端ではない。独自の創作がはじまるのだが、それからの一政の生き方は凄まじい。晩年、彼が述懐したものを読むと、あっさりしているだけに苦闘が余計に伝わる。何かに己を捧げた人物なのである。

最後に、この二人の共通点を、二人の書を通じて想像すると、専心せねばならぬものがある人に、書というものが、創作の中で寄り添えるものの、唯一、無二のものであったのではないかと、私には思える。書、文字にはそれだけ魅力、魔力があるのではないか。

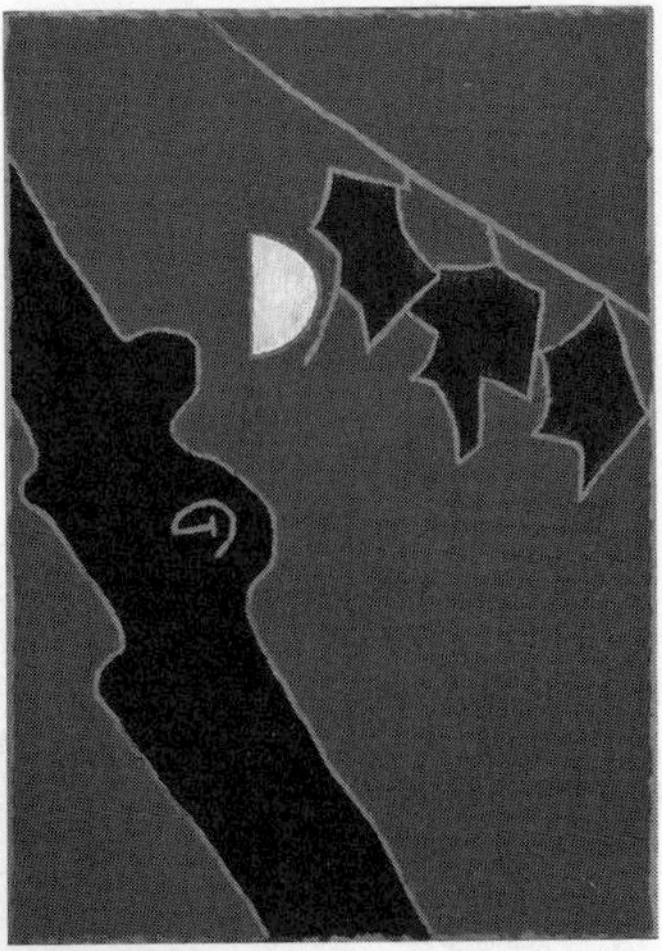

宵月｜熊谷守一｜個人蔵

薔薇｜中川一政｜真鶴町立中川一政美術館蔵

鳥｜井上有一｜昭和51(1976)年｜©UNAC TOKYO

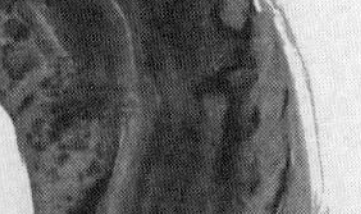

第三十八話　書は万人のものである

さて今回の書、文字に読者はいささか驚かれるかもしれない。まずは右ページ上の文字を見ていただこう。

――何ですか、これは？

と大半の読者は思われよう。書なのである。何と書いてあるか。〝鳥〟と書いてある。

――これが鳥ですか？

そう〝鳥〟という文字なのである。鳥に見ようと思えば、見えなくもない？　私はそういう強引なことは言わない。

右ページ下を見てもらいたい。並べたみっつの文字、すべてが〝鳥〟という文字である。一番右が上の文字である。

――ウ〜ム、何となく〝鳥〟という文字に見えなくもない。いや見えて来た……。

そう無理をされずとも結構です。

書いた人は懸命に、いや懸命では表現が足りない。命懸けで書き続けた。本当に？　はい本当に命を、身を削って書いた文字なのです。

二四三ページにあるのは中国において、一、二の書家といわれた顔真卿《がんしんけい》先生の名書、『多宝塔碑《たほうとうひ》』である。その〝鳥〟の字を先の書は手本とした。しかし、書というより、地下からマグマが噴出したような、大動脈のどこかが破裂して血が噴き出したような、さらに言えば文字を知らない子供が自由に描いた絵のようにも映る。そう、事実これを書いた人は、若い時代、書道界なる既存の体制に抗して、「原始に還れ」「子供に還れ」と叫んでいた。

書いた人は井上有一《いのうえゆういち》。

知る人ぞ知る創作の人である。大正五年（一九一六年）に東京下谷《したや》の二長町《にちようまち》（現・台東区台東）に生まれた江戸っ子である。井上を書道家と呼ぶ人もあろうが、私は彼を書道家と思っていない。彼の職業は教師である。十九歳で本所の横川尋常小学校（現・墨田区立横川小学校）の訓導《くんどう》（きんどうとも読む、当時の正規教員をこう呼んだ）となって以来、六十歳で定年退職をするまでの四十二年間を井上は教育者として仕事をまっとうしている。その教員生活の中で昭和二十年（一九四五年）三月十日の東京大空襲に遭遇し、宿直だった井上は死にかけた。いやほとんど生き残れぬ状況で、彼は奇跡的に生き残り、教え子たちを失なった。この記憶をのちに『噫横川国民学校《ああよこかわこくみんがっこう》』と題した文で書き上げ、一九九四年ニューヨークのグッゲンハイム美術館で展示され大きな反響を呼んだ。この創作は教師として、人間として見た戦争の記録である。この人の軸には常に教壇に立つ自分があった。

私が好きな教師としての井上のエピソードは教え子一人一人の似顔絵（それに近いがまるで違うのだが）を色紙に描き着色して卒業の折に渡していたことだ。若い時から絵筆を握ると上手かったが、その才能はむしろ墨の工夫、作品のトリーミングなどに活きている。

さて左側に申し訳ない程度にしか紹介できなかった中国を代表する書家で、古今日本人から絶大なる人気がある顔真卿先生のことを少し話す。この連載のはじまるきっかけは〝書聖〟王羲之であるが、今も中国で、一の書家とは誰ぞ、と問えば必ず、王羲之と並んで名前が挙がるのが〝楷書の真卿〟である。顔真卿の楷書世界を〝顔法《がんぽう》〟と呼ぶ。楷書は草書より出生が遅い。この楷書を完成させたのが顔真卿である。当人は勿論、完成などとは思っていないが、彼でなくてはできなかったのも事実である。その理由は、ひ

多宝塔碑―顔真卿―天宝11（752）年―台東区立書道博物館蔵

多宝塔碑（部分）

とつに彼の血脈が、顔家が書の将来を計るに十分過ぎる人材を有し、同時に手本となるべき師（張旭《ちょうきょく》）が、後進に逸材（懐素《かいそ》）がいたこと。次に彼自身が書道家ではなく進士《しんし》、つまり官吏として人生の大半を捧げ、その上、仕える国家に対し、〝義烈剛勁《ごうけい》〟つまり忠として正しいことは堂々と王に対しても諫言し、乱（安禄山《あんろくざん》の乱）が起これば自ら剣を取って戦場へ赴き、戦った人であることが挙げられる。実践の中での書を鍛えた。そう、顔真卿は行政、戦闘、そして書までのすべて、中国流で言えば王道を歩んで没した人なのである。こういう人が生きていたこと自体が奇跡の上に、紹介した楷書の最高峰と言われる『多宝塔碑』を四十四歳の折に書き上げているのである。まさに〝書は人なり〟という言葉にこれ以上ふさわしい人物はいまい。

井上有一も、この扱いに迷惑していると思うが、井上は顔真卿をこよなく愛し、一九六〇年代後半に東京で開催された中国二千年展に出された顔真卿の『顔氏家廟碑《がんしかびようひ》』全拓の大幅二幅に感動し、以来、体調がすぐれない中、一日中これを臨書（そばに置き、手本として書くこと）し続けている。

彼が没してすでに三十年を越えるが、井上有一を愛する人たちは、毎年六月の〝狼涙忌《ろうるいき》〟法要に集うという。

左下が、逞《たくま》しき日々の井上の姿である。見てのとおり、教師時代〝カボチャ先生〟と呼ばれていたのがよくわかる。血肉滾《たぎ》らせ、気力をふり絞って全身で創作する写真だ。これを見ると、彼の書を愛する人たちの想いがわからぬでもない。井上は数々の言葉を残しているが、その中でも「書は、万人のものである。書を、解放せよ」を紹介して筆を置こう。

井上有一｜伊藤時男撮影

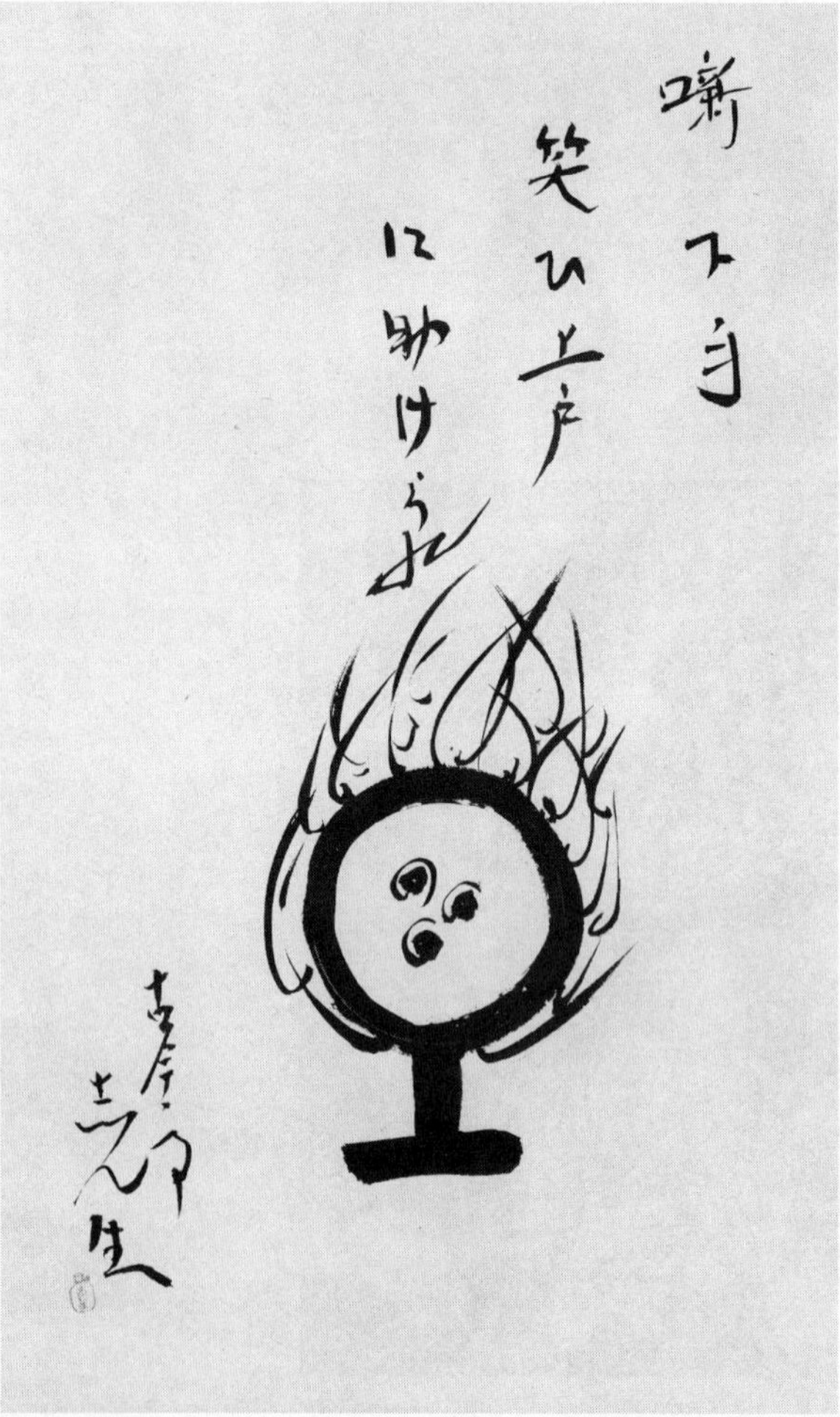

色紙「噺下手　笑ひ上戸に助けられ」―五代目古今亭志ん生―古今亭志ん駒蔵

第三十九話
困まった人たちの、困まった書

芸人という人々は、善《よ》いような悪いような、困まった人々である。ひと昔前までは、芸人が家に挨拶に、遊びに来るというと、金目の物品は隠したものだ。しかし日本人は何故か、この芸人を愛して来た。

さて今回は三年にわたって続けて来た連載のほぼ最終回となる。その芸人の書、文字をご覧いただこう。三人の芸人に登場願った。年功序列で、まず二四六ページの書。落語を贔屓にしている方なら知らぬ人はない古今亭志ん生《ここんていしんしょう》である。

明治二十三年（一八九〇年）神田亀住町《かんだかめずみちょう》（現・千代田区外神田）の士族の家に生まれたが、小学校ですでに素行がよろしくなく退学。奉公にも出たが続かず、博打に酒の放蕩で家出、与太の時代があった（腕に般若《はんにゃ》の刺青がある）。その与太が五代目志ん生を襲名したのは四十九歳。その間のことはいろいろあり過ぎて省略する。いろいろの証拠に三遊亭朝太《ちょうた》から志ん生まで十六回名前を変えている。

無類の酒好きであった。どのくらい好きだったかと言うと、あの天地がひっくり返った関東大地震の折、揺れがようやくおさまると、身重の女房を放って酒屋へ走った。酒屋はもう商いどころでなかったから、銭はいらないと言う。そこで四斗樽《しとだる》を開けて、一升五合をその場で飲み、一升壜《びん》を数本かかえ千鳥足で、逃げまどう人の間を揺れながら帰ったという。

晩年、名人と呼ばれた。高座で眠ってしまった話は有名で、それでも客は喜んで寝姿を見ていたと言う。その志ん生の書、文字が中央にある。師匠、何か一筆と請われた。「おい、そこの茶碗を持って来な」。師匠、色紙の上に茶碗を伏せて、その周りを筆で一周させ、台座を足してチョンチョン。「どうだ。火焔《かえん》太鼓だ」。志ん生の十八番の噺《はなし》である。川柳を少しやっていたから〝噺下手　笑ひ上戸に助けられ〟。さてこの文字をどう解釈するか？　まったく解釈の必要はない。子供でももう少しましな字は書く。しかし名人の書である。

立川談志《たてかわだんし》、私にとってこの人が名人である。談志晩年の七年、私は落語は談志しか聴きに、見に行かなかった。その十数年前、私は自分で生まれて初めて好きなものを見物に行った。それが談志で「芝浜《しばはま》」であった。その夜、これが芸か、芸人と言うものかと思った。以来、年末に二人で神楽坂の鮨屋で逢った。ただ見ているだけで嬉しかった。含羞《がんしゅう》の人であった。「イー兄よ（私の事です）。おまえさんは美味そうに酒を呑むね」。すでに談志は酒を昔のようには呑めなかった。腕を組み直し少し斜に構えて、首を一、二度振

竹箒で書道｜ビートたけし

カツラで書道｜ビートたけし

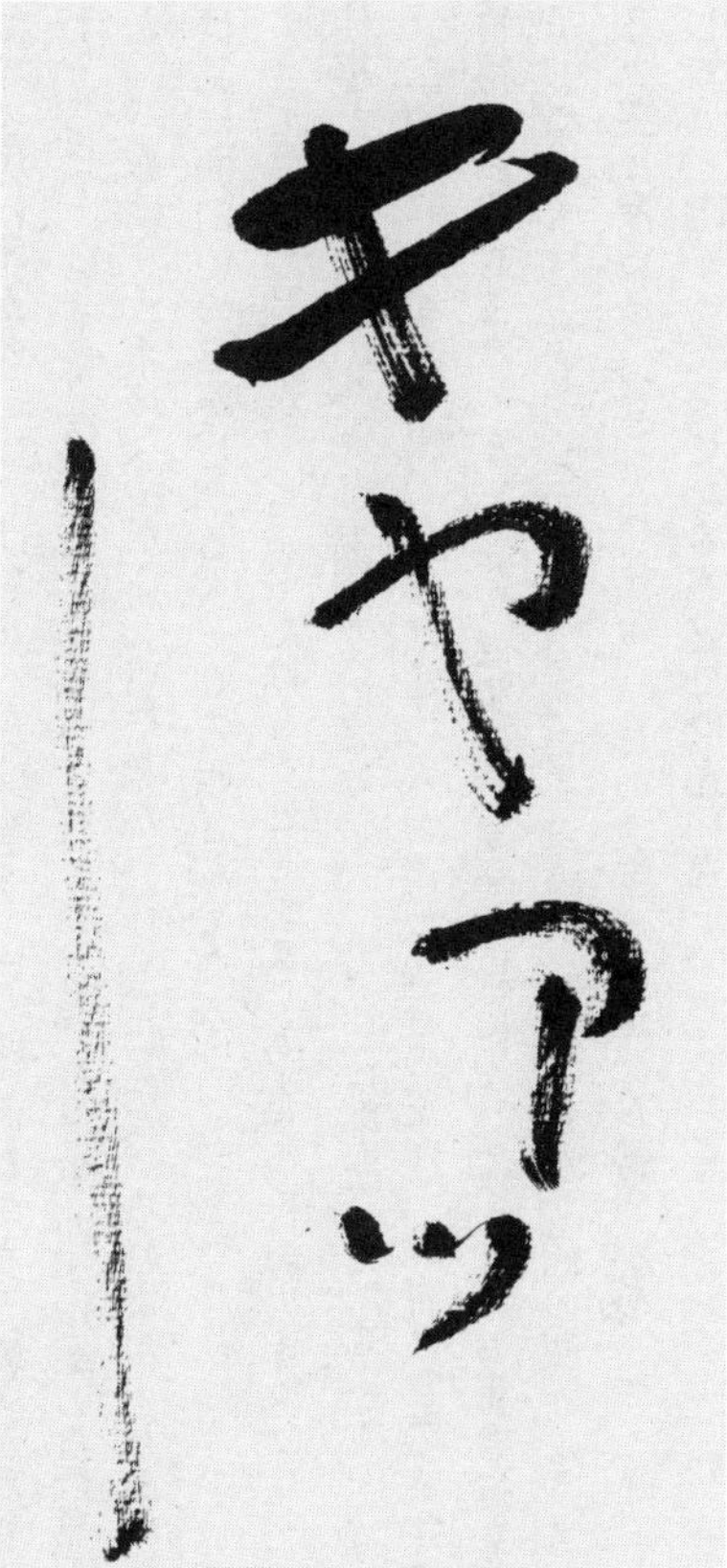

キャァッー｜立川談志
『談志五夜』パンフレットより

り、「いや、まいったな」と言って白い歯を見せる。一度、落語について〝イリュージョン〟なる言葉で誰かに語っているのをそばで聞き、猛スピードで頭が回転するのに驚愕した。並の人間では、名人までは行かないことを知った。

その談志の書、文字が二四九ページ右にある。〝キャアッー〟。読んで字のごとくで、意味も何もない。この字をどう解釈するか？　これもまったく解釈を無用とする。

或る時、四十歳なかばで男なら誰でもそばに座りたいすこぶるイイ女に、「今、世の中でイイ男は誰かね？」と訊いた。「イイ男？　そりゃ何なのさ。艶気がある男ならわかるわ」「ほう、そりゃ誰だい？」「談志とたけしよ」。私は思わず相手を見返した。「おまえさん、やはりイイ女なんだな。いやおみそれしました」。その女が、ちあきなおみと書けば話は面白いのだが、知る人ぞ知る姐さんである。

さて最後の登場が、ビートたけしこと北野武《きたのたけし》である。〝世界のキタノ〟でもある。その仕事と才能は今の芸人の追随を許さない。

二四九ページ左の書、文字はこの人が書いたものだが〝北野武〟の文字の〝北野〟は竹箒でお書きになった。〝武〟は実はカツラを墨に浸して、頭でお書きになった。バカな子供に大人は、「もっと頭を使って考えなさい」と叱るが、頭の使いようも、ここまで来ると芸になる（そんなことはないか）。この文字がなかなか勢いがあってイイ。しかし根本としては、困まった書であることは間違いない。

私はこの人を才能の宝島、〝天賦の名人〟と呼んでいる。パリで見たこの人のオブジェ、絵画展（カルティエ現代美術財団「北野武／ビートたけし『絵描き小僧』展」二〇一〇年三月～九月）はパリっ子の度肝を抜いた。その上、あれほどの作品群の映画監督である。あとはまた小説を書かぬよう祈るだけである。

名人は字を書かせても、茶碗、絶叫、箒、カツラと実に困まった人たちである。

ではなぜ名人の書、字をほぼ最終回に紹介したのか？

王羲之からはじまり、歴史の中の書、文字を見て来たが、名蹟と呼ばれるものを見れば見るほど、私の中に奇妙なわだかまりがひろがった。大半の書が高尚に映った。事実、高尚だからしかたない。故に解釈がいる。つまり万人のものではない。

芸人の書、字が解釈不要なのは、彼等に大衆の悲哀、という上質の温度を確かに感じるからだ。書、文字は人となりでなく、そのぬくもりかもしれない。二千年にわたる書の時間の旅をしてみて、本物の書、文字は読者の皆さんの家の片隅にあるのではと思った。

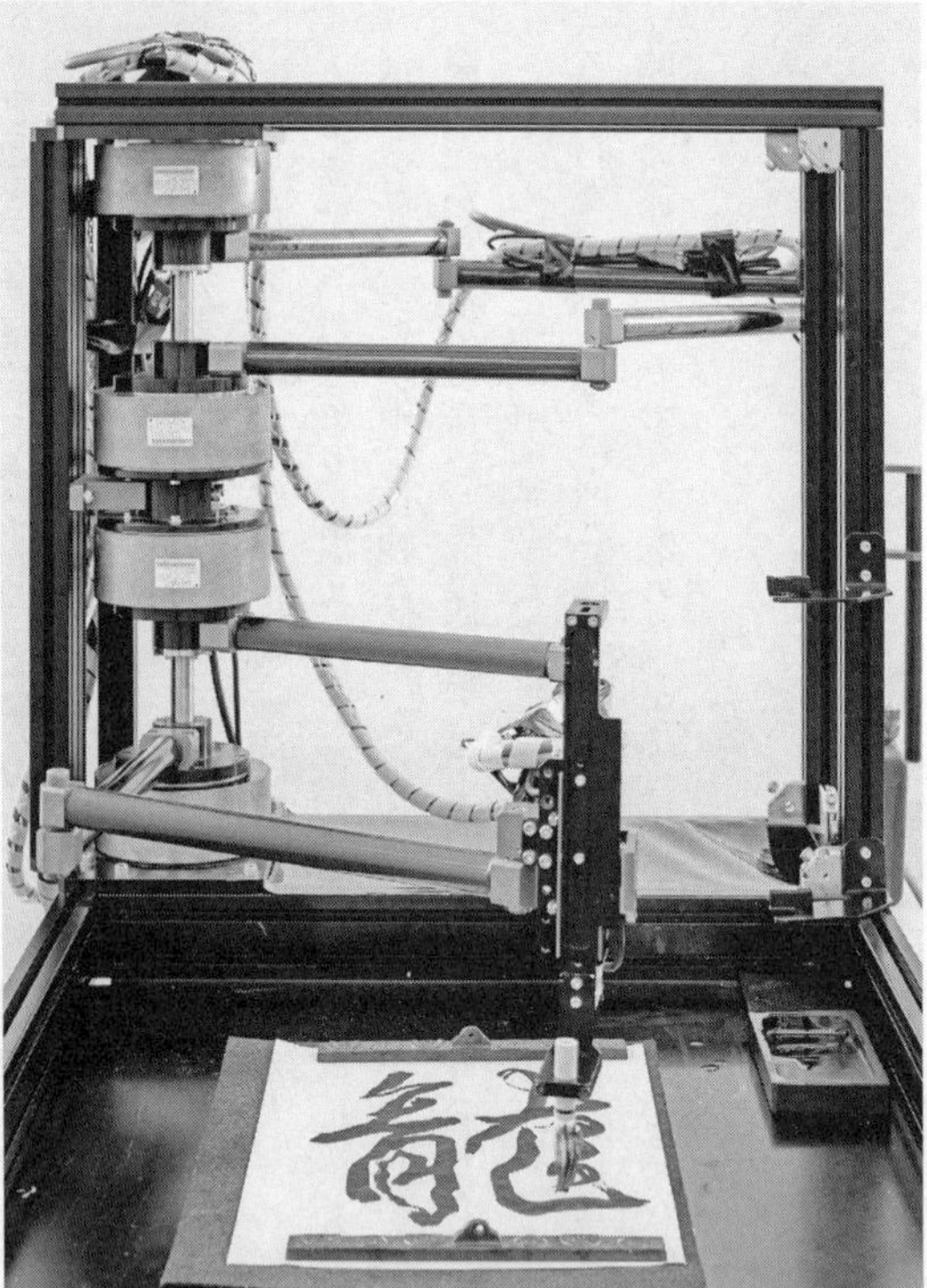

書道ロボット「筆雄」

ロボットが描いた「呂」(左)
と、お手本となった「呂」

最終話　文字の中の哀しみ

最終話である。

まずは右ページをご覧いただこう。上にある奇妙なかたちをした機械のようなものを見てもらいたい。中世ヨーロッパのキリスト教の異端者に責め苦を与える恐ろしい機具に似てなくもないが、この方、ちゃんと名前もあるロボットである。名前は〝筆雄《ふでお》〟。氏姓がないのは、現在の我が国にはまだロボットたちが暮らす郷や里がないからである。命名なさったのは桂誠一郎《かつらせいいちろう》工学博士である。この革新的なロボットに、〝筆雄〟というきわめてシンプルな発想が、理工系の人々の情緒のなさかもしれぬが、この筆雄君、単純な名前とは比較にならないほど、よくできる子なのである。なぜ、筆雄君か？　それはこのロボットが自ら筆を持ち、墨の付け具合を計り、書を見事に仕上げるからである。

――ホウーッ、それは本当ですか？

と読者の大半の方が思われよう。私も、最初この筆雄君の存在を紹介した雑誌の記事を読んだ時、ホンマカイナ？と思った。

ロボットがいとも簡単に、さらさらと見事な書をこなすのであれば、私がこの連載で三年半も模索してきた〝文字に美はありや〟の根本が揺らいでしまう。そこで担当者と二人で多摩川を渡り、福澤諭吉先生の後輩たちが待つキャンパスへむかった。博士は准教授（現在は教授）でもあり、ゼミの学生たちと筆雄君を囲んでお待ちだった。

「本日は少し筆雄の機嫌が悪くて……」

そら来た。ロボットに対面するのは初めてだが、機械であるのは間違いない。ところが博士の口振りでは、筆雄君は一個の、いや一人の個性であるらしい。準備が整った。筆雄君、やる気になったようだ。もう一度二五二ページに戻って下にあるふたつの文字をご覧いただきたい。右の〝呂〟（ロボットの呂）は、私が書いた稚拙な文字である。先にこれを書いた私が筆雄君に「書いてみたまえ」（言葉は理解できる段階ではありませんが）と待っていると、彼はゆっくりと硯の上に筆を運び、左の文字を書き上げたのである。墨の付け具合がいささか少量だったので、やわらかな〝呂〟であるが、たいしたものであった。筆雄の書の方が味わいがあるのは口惜しい。上の写真の中は、同じく私が書いた草書に近い〝龍〟で、これを見せると、負けじと挑んで来た。こちらはいささか戸惑いが出た。筆雄が記憶するのは書道で言うところの〝ツー、トン、ツー、ト〟と筆が見せる強弱とスピードの触感をとらえるからで、私の書き方に独得の癖が生じると、その癖の方に反応したようである。癖とは触感である。まだ筆雄以前のロボットであった時、一番苦労したのが〝触る〟という或る加減をともなった動作だったと言う。なぜそれができたか、簡単に言えば、ビデオカメラが映像と音声を録画して再生できるように、人間が何かに触れて行う動作を保存し、再生する技術を開発したからだと言う。つまり私が〝呂〟をどのタイミングで、どのくらいの力を加えて書いたかをデータ化するのだ。私の筆の動きを一秒で一万回の動きに記録し、より近い動きにした。超極微小の真似であるが、将来、人工知能と合わされば、何が起きるかわからない。

博士とゼミの学生たちに日本酒をいずれ贈ることを約束して別れた。筆雄も酒が好きなのだろうか……。

帰路、多摩川を渡りながら、〝書聖〟王羲之先生が、筆雄を見たら何と思うのだろうかと想像した。顔真卿は、鑑真は、空海は、世阿弥は、千利休は……、想像しても何も出てくるはずはない。

第三回で王羲之先生の名蹟、『蘭亭序《らんていじょ》』冒頭部分を紹介した。千七百年前の一人の役人の書が、現在もなお手本として敬われ、人々の憧憬を受け、中華料理店のメニューに、麻雀の牌の字に、商店街の看板に、賞状、案内状の文字に生き続けていることが、書、文字の持つ、何とも奇妙な奥深さである。このことは東洋に限らず、西洋においても同様に、文字の基準と、それにともなう情緒を、人間は守って来たのである。

それ故に、名蹟、能筆の残した文字はなるたけ実際に本物を見るようにして来た。歴史上で何か事を成した人物がどのような書、文字をその手で書いたか。

――なるほど、これが織田信長の字か、やはり逞しいナ。想像していたより秀吉は字を大切にしていたのか。さすがに家康らしい書だな……。

と勝手に、いや自由に、人となりと文字を見ることで、発見もあり、苦笑したこともあった。空海の書とスペインの巨匠、ミロの絵画が何やら同じ情感が湧いているのはどうした理由なんだ？　と愉しみつつ読者の皆さんに紹介した。空海とミロに関しては、書の行き着く処と絵画のそれは時間、空間を越えて意外と同じ屋根の下に息づいていてもおかしくないのではという考えだった。坂本龍馬の書、文字、ポンチ絵などは、あきらかに風雲児でしか書くことができない現代的な感覚があり、同時にこの青年の誠実さを文字が語ってくれていた。夏目漱石、正岡子規、谷崎潤一郎、永井荷風、井伏鱒二、太宰治……の文学者の書、文字にも、彼等の作品世界をどこか彷彿させるものはあったように思う。松尾芭蕉と与謝蕪村を対比させてみるとやはり面白さがあった。水戸黄門さんこと徳川光圀と『忠臣蔵』の主役、大石内蔵助の並べ方などはいささか強引さがあって呆れた読者もあったろうが、それはそれで読み返してみると、〝忠〟の文字には、その文字にしか湧き上がって来ないものがあり、内蔵助の丁寧な書簡の文字が切実なものを感じさせてくれた。

書、文字とは何であるのか？　確たる答えはでなかったが、人間が文字を獲得した瞬間から、その情緒、さらに言えばその時間に生きていた証しがそこにあり、生きることは哀しみを常にともなうものだから、当然、書、文字には〝哀しみ〟が伝わって来た。

文字の中に〝哀しみ〟が見えたのである。

桂誠一郎准教授(当時)と筆者(右)
慶應義塾大学新川崎タウンキャンパスにて

主要参考文献

白川静『文字講話』全五巻　平凡社
石川九楊編『書の宇宙』全二十四巻　二玄社
尾崎學『王羲之の手紙　十七帖を読む』天来書院
杭迫柏樹編『王羲之書法字典』二玄社
小松茂美『かな　その成立と変遷』岩波書店
北川太一著、高村規写真『高村光太郎 書の深淵』二玄社
西田龍雄『西夏王国の言語と文化』岩波書店
岡村美穂子、上田閑照『大拙の風景　鈴木大拙とは誰か』燈影舎
北室南苑『哲学者西田幾多郎の書の魅力』里文出版

初出
本書は「文藝春秋」二〇一四年一月号から
二〇一七年四月号まで連載したものに加筆した作品です。

単行本　二〇一八年一月　文藝春秋刊

DTP制作　エヴリ・シンク

文春文庫

文字《もじ》に美《び》はありや。

定価はカバーに
表示してあります

2020年11月10日　第1刷

著　者　伊集院《いじゅういん》　静《しずか》
発行者　花田朋子
発行所　株式会社　文藝春秋

東京都千代田区紀尾井町 3-23　〒102-8008
TEL 03・3265・1211㈹
文藝春秋ホームページ　http://www.bunshun.co.jp
落丁、乱丁本は、お手数ですが小社製作部宛お送り下さい。送料小社負担でお取替致します。

印刷製本・凸版印刷

Printed in Japan
ISBN978-4-16-791598-8

（　）内は解説者。品切の節はご容赦下さい。

受け月
伊集院 静
願いごとがこぼれずに叶う月か……。高校野球で鬼監督と呼ばれた男が、引退の日、空を見上げていた。表題作他、選考委員に絶賛された「切子皿」など全七篇。直木賞受賞作。（長部日出雄）
い-26-4

冬のはなびら
伊集院 静
親友真人《まこと》の遺志を継ぎ、小島に教会を建てた元銀行員月丘と彼を支える真人の両親との温かい心の交流を描く表題作など、市井の人々の確かな〝生〟を描く六つの短篇小説集。（清水良典）
い-26-10

乳房
伊集院 静
愛する妻は癌に冒されていた……。何気ない会話の中に潜む情愛。そっと甦る、優しく切ない過去の記憶。吉川英治文学新人賞を受賞、映画化もされた珠玉の短篇集。（小池真理子）
い-26-12

羊の目
伊集院 静
男の名はサイレントマン。神に祈りを捧げる殺人者——。戦後の闇社会を震撼させたヤクザの、哀しくも一途な生涯を描き、なお清々しい余韻を残す長篇大河小説。（西木正明）
い-26-15

少年譜
伊集院 静
多感な少年期に、誰と出会い、何を学ぶか——。大人になるために必ず通らなければならぬ道程に、優しい光をあてた少年小説集。危機の時代を生きぬくための処方箋です。（石田衣良）
い-26-16

あなたに似たゴルファーたち
伊集院 静
ゴルファーならば、誰にでも心当たりのあるワンシーン。深遠かつ甘美な世界を端正な筆致でとらえた、この著者ならではの小説集。プレーの前夜に読むことをお薦めします。（島地勝彦）
い-26-17

伊集院静の流儀
伊集院 静
危機の時代を、ほんとうの「大人」として生きるために——。今もっとも注目を集める作家の魅力を凝縮したベストセラーが待望の文庫化。エッセイ、対論、箴言集、等々。ファン必携の一冊。
い-26-18

（　）内は解説者。品切の節はご容赦下さい。

伊集院　静
眺めのいい人
井上陽水、北野武、色川武大、松井秀喜、武豊、宮沢りえ、高倉健など、異能の人々の素顔が垣間見える、著者ならではの交遊録。大ベストセラー『大人の流儀』は、本書があってこそ生まれた。

い-26-19

伊集院　静
浅草のおんな
三社祭、ほおずき市、隅田川……。女将の料理と人柄に惚れた常連客でにぎわう浅草の小料理屋「志万田」を舞台に、揺れ動く女心と人々の悲喜交々を細やかな筆致で描く。（道尾秀介）
い-26-20

伊集院　静
星月夜
東京湾で発見された若い女性と老人の遺体。事件の鍵を握るのは、老人の孫娘、黄金色の銅鐸、そして星月夜の哀しい記憶……。かくも美しく、せつない、感動の長編小説。（池上冬樹）
い-26-21

伊集院　静
悩むが花
「究極のエロソングを作りたいのです」という歌手の桑田佳祐さんも……。「悩んだことがありません」という作家の桐野夏生さんも……。あなたの相談に、伊集院静さんが答えます。

い-26-23

伊集院　静
人生なんてわからぬことだらけで死んでしまう、それでいい。
悩むが花

週刊文春好評連載「悩むが花」第二弾！　「ちまちま言ってないで街に出ろ」。読者の悩みに時に親身に時に厳しく回答する伊集院氏の言葉を読むうちに、不思議と元気が出てくる一冊。

い-26-24

伊集院　静
女と男の品格。
悩むが花

「女を舐めとると、命取られるよ」「男の本性は失敗することで見えてくる」——世の中、男女のことは兎角、謎ばかり。あらゆる悩みに答えます。週刊文春の大人気連載より厳選。

い-26-25

（　）内は解説者。品切の節はご容赦下さい。

赤瀬川原平
新解さんの謎
辞書の中から突然立ち現われた一人の男。それが魚が好きで金欠で女に厳しい「新解さん」だ。三省堂新明解国語辞典をダシにして抱腹絶倒、でもちょっと真面目な言葉のジャングル探検記。

あ-36-1

井上ひさし
本の運命
本のお蔭で戦争を生き延び、本読みたさに闇屋となり、本の重みで家を潰した著者が語る、楽しく役に立つ読書の極意。氏の十三万冊の蔵書で、故郷に図書館ができるまで。（出久根達郎）
い-3-20

池波正太郎 編
鬼平犯科帳の世界
著者自身が責任編集して話題を呼んだオール讀物臨時増刊号「鬼平犯科帳の世界」を再編集して文庫化した、決定版〝鬼平事典〟……。これ一冊で鬼平に関するすべてがわかる。

い-4-43

石川忠久
漢詩への招待
中国四千年の詩を「漢詩」と呼んで日本人も永く愛誦してきた。古代の詩経から李白、杜甫、白楽天、近代の魯迅まで、名詩百四十首に、こなれた訳と行き届いた解説を附した格好の入門書。

い-60-1

池上 彰
この社会で戦う君に「知の世界地図」をあげよう
池上彰教授の東工大講義　世界篇
東工大教授でもある池上さんが、「悪い会社、優れた経営者の見分け方」から「お金と幸福の関係」まで、理系学生こそ知るべき「世間」のしくみを徹底講義。社会人も必読！
い-81-3

池上 彰
この日本で生きる君が知っておくべき「戦後史の学び方」
池上彰教授の東工大講義　日本篇
格差、反日、デフレ、原発と復興、沖縄と安全保障——自信喪失した日本はいかに敗戦から蘇ったか。「ほんとうの戦後史」を学びたい人への一冊。大好評、東工大講義シリーズ第二弾。
い-81-4

池上 彰
学校では教えない「社会人のための現代史」
池上彰教授の東工大講義　国際篇
EUの挫折、イスラム国の登場、エネルギー戦争、反日問題——すべて東西冷戦後の15年に原点があります。ビジネスにも投資にも現代史は必須です！　わかりやすい講義の実況中継。
い-81-5

（　）内は解説者。品切の節はご容赦下さい。

池上　彰
池上彰のこれが「世界のルール」だ！
平和は終わった！　イスラム国、ピケティ「資本」、池上さんが「渦中の人」となった朝日新聞問題、トランプ大統領の登場……大困難の時代に必要な50の知識があなたを守り鍛える！
い-81-7

内田　樹
街場の文体論
教師生活最後の講義で「どうしても伝えたかったこと」。他者に「届く言葉」はどこから生まれるのか——など、「言語と文体」について熱く語りつくす集大成。（青山ゆみこ）
う-19-21

円満字二郎
漢和辞典的に申しますと。
「ピラフ」を漢字で表すと？　エロチックな妄想をかき立てる「嬲《なぶ》る」をたびたび用いたあの文豪とは？　漢和辞典編集者の〝職業病〟から生まれた、漢字に関する面白コラム百六十本。
え-16-1

大森洋平
考証要集　秘伝！　ＮＨＫ時代考証資料
ＮＨＫ番組の時代考証を手がける著者が、制作現場のエピソードをひきながら、史実の勘違い、思い込み、単なる誤解を一刀両断。あなたの歴史力がぐーんとアップします。
お-64-1

大森洋平
考証要集２　蔵出し　ＮＨＫ時代考証資料
ＮＨＫ現役ディレクターが積み重ねてきた知識をまたも大公開。時代考証とは、ドラマにリアリティという命を吹き込む魔法である。大河ドラマも朝ドラも、考証を知ればぐーんと面白い！
お-64-2

川上弘美
大好きな本　川上弘美書評集
知って、好きになって、とてもいいと思うから、書評したくなるのだ。純文学からマンガまで、著者が心からお勧めする百四十四冊。あなたの好きな本もきっと見つかります。（豊﨑由美）
か-21-7

川口則弘
芥川賞物語
芥川賞の第一回から第一五五回までの全歴史とエピソードがこれ一冊に。市井の愛好家が、愛と外からの冷静な目で著した日本文学振興会〝非公認〟本。資料的価値と面白さ抜群。
か-73-1

（　）内は解説者。品切の節はご容赦下さい。

直木賞物語
川口則弘

日本文学振興会非公認！　人気サイト「直木賞のすべて」を運営する著者が、その「直木賞オタク」ぶりを遺憾なく発揮した、エピソードで読む直木賞通史。文学賞は小説より奇なり!?

か-73-2

悪魔の勉強術
年収一千万稼ぐ大人になるために

佐藤　優

「平日3時間の勉強時間を確保せよ」「語学習得の最強メソッドとは？」。就活に、スキルアップに欠かせない勉強術には、近道があるのだ。その奥義を明かした極秘ゼミを紙上再現する。

さ-52-7

司馬遼太郎全仕事
文藝春秋　編

生誕九十年、「竜馬がゆく」連載開始五十年の節目に、国民的作家の作品世界へ誘う全作品ガイド。作品解説、読みどころ、特別企画を付した、親しみやすく面白い、日本人必携本！

し-1-250

上機嫌な言葉366日
田辺聖子

人生を愉しむ達人・お聖さんのチャーミングな言葉366。白黒つけない曖昧な部分にこそ宿るオトナの智恵が、硬い頭と心を解きほぐしてくれる。人生で一番すてきなものは、上機嫌！

た-3-58

あなたと読む恋の歌百首
俵　万智

満ち足りた恋、過ぎ去った恋、胸が焼かれるほど狂おしい恋。百人の歌人による百首の恋の歌に、俵万智流の解釈と鑑賞が添えられた、ユニークな短歌鑑賞かつ恋愛手引きの書。（野田秀樹）

た-31-5

愛する源氏物語
俵　万智

源氏物語に登場する七百九十五首の和歌は、登場人物の心の結晶。ときに恋のゆくえを左右する——千年の時を越え、「万智訳」で甦る愛の物語。第十四回紫式部文学賞受賞作。（東　直子）

た-31-7

オレがマリオ
俵　万智

東日本大震災から五日後、西へ向かいそのまま石垣島に住むことになる親子。豊かな自然、地域の人との触れ合いは、様々な変化をもたらした。新しい光に満ちた第五歌集。（松村由利子）

た-31-9

（　）内は解説者。品切の節はご容赦下さい。

竹本住大夫
人間、やっぱり情でんなぁ
「死ぬまで稽古、死んでも稽古せなあきまへんなぁ」。人形浄瑠璃「文楽」の大夫として、日本人の義理人情を語りつづけて68年。平成30年に逝去した〝文楽の鬼〟の最後の言葉は。

た-70-2

筒井康隆
現代語裏辞典
驚天動地の1万2000項目！　「愛」から「ワンルームマンション」まで。笑いと毒で、日本語を翻弄し、蹂躙しまくる。作家という悪魔が降臨する、日本文学史上もっとも危険な一冊。

つ-1-17

中川李枝子　絵・山脇百合子
本・子ども・絵本
「本は子どもに人生への希望と自信を与える」と信じる著者が絵本や児童書を紹介し、子どもへの向き合い方等アドヴァイスを綴る。『ぐりとぐら』の作者が贈る名エッセイ。　（小川洋子）
な-80-1

西　加奈子・せきしろ
ダイオウイカは知らないでしょう
気鋭の作家二人が短歌に初挑戦！　個性的なゲスト達が出すお題に、溢れる想像力を心の赴くまま三十一文字にグッと込めます。自分も思わず一首詠みたくなる、楽しい短歌本。

に-22-3

能町みね子
言葉尻とらえ隊
ニュースや芸能人ブログなどで見聞きして、妙にひっかかった言葉の数々。その言葉から漂う〝モヤモヤとした違和感〟の正体を、能町みね子が明らかに！　「週刊文春」人気コラム。

の-16-4

能町みね子
お話はよく伺っております
電車で、喫茶店で、道端で偶然に出会った、知らない誰かの知らないドラマを能町みね子が（勝手に）リポート！　〈実録＆妄想〉人間観察エッセイ。単行本未掲載のエッセイ15本も収録。

の-16-7

林　真理子
林真理子の名作読本
文学少女だった著者が、「放浪記」「斜陽」「嵐が丘」など、今までに感動した世界の名作五十四冊を解説した読書案内。また簡潔平明な内容で反響を呼んだ「林真理子の文章読本」を併録。

は-3-27

（　）内は解説者。品切の節はご容赦下さい。

文藝春秋 編
藤沢周平のすべて
惜しんであまりあるこの作家。その生涯と作品、魅力のすべてを語り尽くす愛読者必携の藤沢周平文芸読本。弔辞から全作品リスト、年譜、未公開写真までを収録した完全編集版。

ふ-1-94

福田恒存
私《わたくし》の國語教室
「現代かなづかい」の不合理を具体例を挙げて論証し、歴史的かなづかひの原理を語意識に沿って解説しながら、国語問題の本質を論じて学界、論壇、文壇に衝撃を与へた不朽の名著の復刊。

ふ-9-3

藤原正彦
名著講義
時に人生相談、時に激論、時に脱線し爆笑しつつ、名著（「武士道」「忘れられた日本人」等）を読み解く。感涙&白熱の「文藝春秋読者賞」受賞の藤原読書ゼミ・師弟問答を全公開！（岸本葉子）
ふ-26-3

丸谷才一
思考のレッスン
いい考えはどうすれば浮かぶのか？「ひいきの学者を作れ」「文章は最後のマルまで考えて書け」……。究極の読書法、文章の極意、発想のコツを伝授する画期的講義。（鹿島 茂）
ま-2-16

松岡修造
本気になればすべてが変わる
生きる技術をみがく70のヒント
「自分の人生を、自分らしく生きる」方法を松岡修造が伝授。「自分の取扱説明書を書く」、「決断力養成トレーニング」など、70の具体的な実践例を紹介し、より輝く生き方へと導きます。
ま-27-1

岸本佐知子・三浦しをん・吉田篤弘・吉田浩美
『罪と罰』を読まない
ドストエフスキーの『罪と罰』を読んだことのない四人が挑んだ「読まない」座談会。前半では読まずに作品の中味を推理しあい、読後の後半では溢れる〝ドスト〟愛を語り合う。（矢部太郎）
み-36-50

文藝春秋 編
向田邦子ふたたび
飛行機事故で急逝した向田邦子の死を惜しみ、文壇関係者らが寄せた追悼文、弔辞、回想からその素顔に迫る。若き日のポートレートなど百余点の秘蔵写真も収録、全魅力が蘇る一冊。

む-1-24

（　）内は解説者。品切の節はご容赦下さい。

村上春樹
若い読者のための短編小説案内
戦後日本の代表的な六短編を、村上春樹さんが全く新しい視点から読み解く。自らの創作の秘訣も明かしながら論じる刺激いっぱいの読書案内。「小説って、こんなに面白く読めるんだ！」

む-5-7

メガミックス 編
人生を教えてくれた 傑作！ 広告コピー516
「おいしい生活。」「一緒なら、きっと、うまく行くさ。」「恋は、遠い日の花火ではない。」……糸井重里、仲畑貴志、眞木準らが活躍した、あの時代の傑作コピー516本を一挙掲載！　（穂村　弘）
め-2-1

山本夏彦
完本 文語文
祖国とは国語である。日本人は文語文を捨てて何を失ったか。明治以来欧米の文物は、混乱と活気と迷惑をもたらした。樋口一葉、佐藤春夫たちの名文を引き、現代口語文の欠点を衝く。

や-11-16

米原万里
打ちのめされるようなすごい本
最期の力をふり絞って執筆した壮絶ながん闘病記を収録した、著者唯一の書評集。「私の読書日記」と一九九五年から二〇〇五年まで十年間の全書評を一冊に。　（丸谷才一・井上ひさし）
よ-21-4

文藝春秋 編
教科書でおぼえた名詩
僕の前に道はない…春眠暁を覚えず…戦後の日本の中学、高校の国語教科書千五百余冊から精選した詩、短歌・和歌、俳句二百五十篇の国民的愛唱詩歌集。うろおぼえ索引、作者・題名索引付。

編-4-3

ピーター・J・マクミラン
英語で読む百人一首
日本人なら誰もが親しんできた百人一首。あの和歌たちを美しい英語の詩に翻訳、見慣れた百首の歌が新鮮によみがえる。英語を知りたい人にも日本の美をもっと知りたい人にも最適。

編-4-5

（　）内は解説者。品切の節はご容赦下さい。

安野光雅
絵のある自伝
昭和を生きた著者が出会い、別れていった人々との思い出をユーモア溢れる文章と柔らかな水彩画で綴る初の自伝。心温まる追憶は時代の空気を浮かび上がらせ、読む者の胸に迫る。
あ-9-7

岩下尚史《ひさふみ》
芸者論　花柳界の記憶
新橋演舞場に身を置き、名妓たちと親交のあった著者が、芸者の成り立ちから戦前、戦後の花柳界全盛の時代までを細やかに描写。和辻哲郎文化賞を受賞した、画期的日本文化論。（平岩弓枝）
い-75-1

岩下尚史
名妓の夜咄《よばなし》
政財界の接待の場、伝統芸能の継承の場としての花柳界の実態とは？　大人の社交界、本物の日本文化に触れられる、昭和前期から新橋で活躍した名妓による貴重な証言の詰まった一冊。
い-75-2

桂　米朝
落語と私
東京落語と上方落語のちがい、講談・漫談とのちがい、女の落語家は何故いないか等々、当代一流の落語家にして文化人である著者が落語に関するすべてをやさしく語る。（矢野誠一）
か-8-1

春日太一
あかんやつら　東映京都撮影所血風録
型破りな錦之助の時代劇から、警察もヤクザも巻き込んだ『仁義なき戦い』撮影まで。熱き映画馬鹿たちを活写し、東映の伝説秘話を取材したノンフィクション。（水道橋博士）
か-71-1

春日太一
ドラマ「鬼平犯科帳」ができるまで
遂に幕を閉じた人気ドラマ「鬼平犯科帳」シリーズ。二十八年間にわたったその長い歴史を振り返り、プロデューサーなど制作スタッフの貴重な証言を多数収録した、ファン必読の書。
か-71-2

春日太一
仲代達矢が語る日本映画黄金時代　完全版
80歳を超えてなお活躍する役者・仲代達矢。岡本喜八、黒澤明ら名監督との出会いから夏目雅子、勝新太郎ら伝説の俳優との仕事、現在の映画界に至るまで語り尽くした濃密な一冊。
か-71-3

（　）内は解説者。品切の節はご容赦下さい。

菊地成孔《なるよし》・大谷能生《よしお》
東京大学のアルバート・アイラー
東大ジャズ講義録・歴史編

ジャズとは何なのか？　気鋭の音楽家コンビがジャズ史をポップに斬新に語り倒し、「三百人の受講者を熱狂させた伝説の東大講義。あなたのジャズの聴き方はまったく新たなものになる。

き-30-1

久世光彦
ベスト・オブ・マイ・ラスト・ソング

末期の刻に一曲だけ聴くことができるとしたら、どんな歌を選ぶか——。14年間連載されたエッセイから52篇を選んだ〈決定版〉。小林亜星、小泉今日子、久世朋子の語り下し座談会収録。

く-17-7

小林信彦
アイドル女優に乾杯！
本音を申せば⑩

年齢を重ね、ますます好奇心旺盛な小林さん。政治への不信をボヤきつつも、日々の中で「面白いもの」を見つけ、楽しみ、分析します。週刊文春連載エッセイ文庫版第十六弾。（芝山幹郎）

こ-6-36

小林信彦
女優で観るか、監督を追うか
本音を申せば⑪

元日の朝、大瀧詠一の訃報を聞いた二〇一四年。健さんや菅原文太も見送ることになる。一方でハリウッドの傑作や若手女優の作品も堪能。週刊文春好評連載第十七弾。（芝山幹郎）

こ-6-37

小林信彦
映画狂乱日記
本音を申せば⑫

青春時代から現在まで、映画は常に身近にあった。戦後の映画館、全盛期のハリウッド映画、最近の日本映画への感動！　古今東西の映画に心をふるわせる人気コラム。（芝山幹郎）

こ-6-38

酒井順子
女を観る歌舞伎

嫉妬する女、だめんず好きな女……歌舞伎に登場する女性たちには、時を越えた共感と驚きがある！　著者の分析・分類が冴え渡る、楽しい歌舞伎論。市村萬次郎氏との対談を特別収録。

さ-29-8

水道橋博士
藝人春秋

北野武、松本人志、そのまんま東……今を時めく芸人たちを、博士ならではの鋭く愛情に満ちた目で描き、ベストセラーとなった藝人論。有吉弘行論を文庫版特別収録。（若林正恭）

す-20-1

（　）内は解説者。品切の節はご容赦下さい。

戸部田　誠（てれびのスキマ）
人生でムダなことばかり、みんなテレビに教わった
人気タレントが番組中にこぼした一言が、彼らの来し方行く末を物語る。たけし、さんま、タモリ、中居正広、又吉直樹、マツコ、宮沢りえなど百人による百の名言で編む文庫オリジナル。
と-31-1

中野京子
名画の謎　ギリシャ神話篇
古典絵画はエンターテインメント！「名画の謎」シリーズ、文庫化の第一弾は、西洋絵画鑑賞には避けて通れない「ギリシャ神話」がテーマ。絵の中の神々の物語を読み解きます。（森村泰昌）
な-58-3

中野京子
名画の謎　旧約・新約聖書篇
矛盾があるからこそ名画は面白い！「創世記」からイエスの生涯、『最後の審判』などのキリスト教絵画を平易かつ魅力的に解説。驚きと教養に満ちたシリーズ第二弾。（野口悠紀雄）
な-58-4

中野京子
名画の謎　陰謀の歴史篇
画家が描いたのは、権力へと強欲な手を伸ばし、運命に翻弄され、恋に身を焦がす人間たちの姿。美しい絵に秘められた時代の息吹と人々の思惑をスリリングに読み解く。（宮部みゆき）
な-58-6

中野京子
名画の謎　対決篇
そっくりの構図で裸婦を描いた2枚。片や絶賛され、もう一方は物議をかもした。その理由は？　様々な観点から名画を対決させ、真相を紐解く。絵画の世界は広く奥深い！（岡本弘毅）
な-58-7

中野京子
名画と読むイエス・キリストの物語
あのイエス・キリストの一生を、43点の絵画を通して解説しつつ、その生涯を追う。「怖い絵」シリーズで大人気の著者ならではの、読んで、見て楽しい一冊。（末盛千枝子）
な-58-5

永井義男
江戸春画考
不倫、夜這い、男色、獣姦……江戸びとの性を春画を通してやさしく解説。江戸時代のアダルトグッズや江戸の人びとにはできて現代人にはできない性の実態などを紹介する面白コラム集。
な-77-1

（　）内は解説者。品切の節はご容赦下さい。

野村萬斎
狂言サイボーグ
狂言におけるカマエとは「隙なく立つこと」——。「胸で見る」極意から演者のもつ「背中」の重要性まで、日本の身体文化の深淵に光をあてた名著。（齋藤　孝）
の-17-1

秦　新二・成田睦子
フェルメール最後の真実
世界に37点しかないフェルメール作品。それを動かすのは「フェルメール・マン」と呼ばれる国際シンジケートの男たち。美術展の裏側をリアルに描くドキュメント。全作品カラーで掲載。
は-15-2

橋本　忍
複眼の映像
私と黒澤明
黒澤との共作『羅生門』で脚本家デビューした著者が初めて明かす『生きる』や『七人の侍』の創作秘話の数々。黒澤映画の貴重な一次資料にして、名脚本家の感動の自伝。（加藤正人）
は-38-1

原田マハ
モダン
ピカソ、マティス、ワイエス……。モダンアートの聖地を舞台に、現代絵画の巨匠たちの代表作に材を取り、アートを愛する人びとの様々な人間模様を描き出す短篇集。（朽木ゆり子）
は-40-3

速水健朗・円堂都司昭・栗原裕一郎
大山くまお・成松　哲
バンド臨終図巻
ビートルズからSMAPまで
あなたの好きなあのバンドはなぜ解散した？　金に女に音楽性の不一致。美しい解散宣言から泥沼の裁判沙汰まで古今東西191のバンドの「死」を網羅する音楽ファン悶絶の大著！
は-51-1

みうらじゅん
みうらじゅんのゆるゆる映画劇場
雑誌「映画秘宝」の人気連載を文庫化。実は「日本映画批評家大賞」受賞者である著者が、軽快な文章＋キョーレツなネタが満載のマンガで綴る爆笑映画エッセイ。DVD店のお供に！
み-23-2

山﨑　努
俳優のノート
舞台『リア王』の出演決定から二年にわたって綴られた、緻密な演技プラン。黒澤明、伊丹十三、岸田今日子らとの魂のやりとり。役作りのすべてを明かした日記文学の傑作！（香川照之）
や-30-2